W0401439

Glück in der Steiermark

Kapitel 1

»An Weana sog i nix!«

Das war deutlich. Ganz kurz flammt in Martin Glück der altbekannte Jähzorn auf, aber dann muss er wider Willen lachen. Darüber würde sich seine Anti-Aggressionsbetreuerin in Wien sicher freuen. Das Komische aus jeder Situation herauszufiltern, war ihr Rat gewesen, den er erst für Nonsens gehalten hatte. Aber hier, auf Abwegen im oststeirischen Apfelland und mangels Navi gestrandet in einem Ort namens Floing, da siegte das Lachen über die Wut.

Er hat ja einiges über die Abneigung der Steirer gegen die Hauptstädter gehört. Aber dass dieser Mann, den er ganz freundlich nach dem Weg gefragt hat, von seinem Traktorhochsitz geradezu herabspuckt, er werde einem Wiener keine Auskunft geben, überrascht ihn dann doch. Er setzt gerade an, ihm zu erklären, dass er Kriminalbeamter und auf dem Weg nach Graz sei, da unterbricht ihn der Landwirt, der immer noch grimmig das Wiener Autokennzeichen von Martins Käfer Cabrio beäugt: »Jetzt foast halt amol umi bis zum Marterl, dann links aufi und nocha rechts obi. Dann bist glei in Anger und nocha in Weiz, also eh scho fost in Graz.« Von seiner Wortlava erschöpft, lüftet der Bauer den Hut und rattert mit Traktor samt Apfelladung davon.

***

Die neuen Kollegen im Landeskriminalamt lachen schallend über Martins Apfellanderlebnis. »Hast wenigstens Floing bei Anger bei Weiz kennengelernt«, prostet man ihm zu.

»Willkommen in der wilden Steiermark, Martin! Schön, dass du da bist, um uns aus der Scheiße zu helfen. Hat man dir eh gesagt, dass bei uns ein aggressives Darmvirus grassiert, das die halbe Abteilung lahmgelegt hat. Dann hat sich auch noch ein Kollege in den Vaterschaftsurlaub verabschiedet. Da nehmen wir sogar einen Wiener zur Not. Der nächste Mord gehört dir, Chefinspektor!«

Martin freut sich, wieder einmal ganz offiziell in Sachen Mord ermitteln zu dürfen, auch wenn er vorerst nur als Springer eingesetzt wird. Hauptsache, er ist aus seinem Strafkammerl in Wien, in das man ihn verbannt hatte, herausgekommen. Zwangsurlaub, Kammerl und Bagatellfälle waren die Folge einer Schlägerei gewesen. Genau genommen hat nur Martin zugeschlagen. Gar nicht so fest eigentlich, aber die falsche Zielperson. Seine Faust landete im Gesicht seines Chefs, aus Eifersucht, weil er ihn Arm in Arm mit seiner Frau – inzwischen Ex-Frau – Larissa erwischte. Der Zwangsurlaub, den er danach am Wörthersee verbrachte, war ja sehr schön, vor allem wegen Lily Prokop, Kärntner Kollegin und inzwischen ein bisserl mehr. Sein Wiener Kellerbüro weniger. Obwohl er von dort aus trotzdem heimlich zwei Morde rund um eine Erbschaft aufgeklärt hat.

Er glaubt, dass es ihm gefallen wird in Graz. Eine Stadt von bezaubernder Gemütlichkeit, und nah genug bei Klagenfurt, um Lily oft zu besuchen. Eine kleine zentral gelegene Wohnung, offenbar auch nette Kollegen. Jedenfalls die, die vom Team übrig sind. Martin war echt überrascht, als man ihm an seinem ersten Arbeitstag eröffnete, man werde nach Dienstschluss eine kleine Willkommensfeier für ihn ausrichten. Der Chef persönlich hat dann einen jungen Uniformierten mit hundert Euro losgeschickt, um »fünf ordentliche Flaschen Wein« zu kaufen. Als der Polizist kurz darauf mit mehreren Doppelliterflaschen »Platscher Perle« zurückkam, und dem Oberst stolz siebzig Euro Wechselgeld in die Hand drückte – »ich hab für viel weniger Geld viel mehr Wein gekriegt« – wäre Martin als Vorgesetzter wohl explodiert. Oberst Hannes Lammer lachte nur und sandte einen weinkundigen Mitarbeiter aus. Und so genießen sie jetzt einen südsteirischen Sauvignon Blanc vom berühmten *Weingut Skoff* und Brote mit Verhackertem.

Nachdem die wichtigsten persönlichen Fragen – Verheiratet? Kinder? – mit »Nein, geschieden, keine Kinder« abgehakt sind, kommen die neuen Kollegen zum Wesentlichen: »Warst schon einmal in der Südsteiermark?« Als Martin auch dies verneint, macht sich Verwunderung breit. »Die steirische Toskana, was heißt: schöner als die Toskana! Da musst unbedingt hin. Gerade jetzt im Herbst ist die richtige Zeit für die Steirischen Weinstraßen.«

Hat er auch vor und sich schon entsprechend eingelesen. Er muss nur noch mit Lily einen gemeinsamen Termin finden. Außerdem will er sich ein paar Kulturevents im Steirischen Herbst zu Gemüte führen, Jazz vor allem. Hannes Lammer, ebenfalls Jazzfan, der noch dazu selbst Saxofon spielt, gibt ihm gleich ein paar Tipps. »Wenn'st Lust hast, kannst ja mit mir ins *Café Stockwerk* gehen, das ist *der* legendäre Jazzkeller in Graz!«

So willkommen hat Martin sich selten gefühlt. Vielleicht am ehesten in seiner Kindheitssommerfrische »Villa Romana« am Wörthersee, deren Besitzerin seine erste pubertäre und natürlich platonische Liebe war. Wahrscheinlich wird ihn Romana auch in Graz besuchen. Die Stadt hat ein Spielcasino.

»Ah, mein neuer Chef – aus dem schönen Wiieen!« Fast böse schaut er drein, der blasse, rotblonde Mann Mitte dreißig, der auf Martin zugeht. »Ich bin Felix Wagner, und Ihnen als Partner zugeteilt«, sagt er ohne Begeisterung und reicht Martin die Hand. Vorsichtiges Händeschütteln, die Wagnerische fühlt sich kalt an.

Ein Wienerhasser, denkt Martin. Wäre ja zu schön gewesen, wenn sie *alle* nett wären. »Na ja, so eng würde ich das mit dem Chef nicht sehen«, Martin zwingt sich zu einem freundlichen Lächeln und reicht Wagner ein Weinglas, das dieser mit den Worten ablehnt, dass er keinen Wein trinke. Auch gut, denkt Martin. »Wir werden als Partner zusammenarbeiten. Außerdem kennen Sie sich hier aus, und ohne Sie bin ich sicher aufg'schmissen.«

»Freilich sans des als Wiiieener.« Sagt es, dreht sich um und geht zurück in sein Büro.

»Der mag di schon amal net, weil seine Frau mit einem aus Wien auf und davon ist«, flüstert ein Kollege Martin zu. Schon verständlich, aber Martins Hochstimmung hat trotzdem einen Dämpfer bekommen. Auf einmal vermisst er seinen Wiener Kollegen Fassl. Sie waren ein gutes Team und irgendwie auch Freunde. Hier ist er noch ein Fremder, obwohl sie sich alle Mühe geben, ihm Graz schmackhaft zu machen. Eine Stunde später löst sich die kleine Gesellschaft auf, und er ist ganz froh darüber. Jetzt will er in seine neue Wohnung, Lily anrufen und dann einen gemütlichen Abend mit Dizzy Gillespie und dessen Jazztrompete verbringen.

Als er am Paulustor ins Freie kommt, begrüßt ihn ein strahlender Herbstabend. Da können seine Bleibe auf Zeit in der Burggasse, Lily und Gillespies Trompete ruhig noch etwas warten. Er beschließt, einen Spaziergang über die Sporgasse und das »Bermudadreieck« zwischen Färbergasse, Mehlplatz und Glockenspielplatz zu machen und sich dann irgendwo in einen Gastgarten zu setzen.

Das Viertel ist ein beliebter abendlicher Treffpunkt der Grazer, das weiß er noch von früher. Kleine Bars, Bistros, jede Menge Esslokale. Dem Wetter geschuldet drängen sich hier jede Menge Leute. Martin bekommt Lust dazuzugehören. Er stellt sich an eine Bar am Glockenspielplatz und will ein Glas Weißwein ordern. Doch vom Gasthof gegenüber riecht es verlockend nach Backhendln oder Wiener Schnitzeln, also wandert er ins *Glöckl Bräu,* setzt sich an den letzten freien Tisch draußen und bestellt Bier und steirischen Backhendlsalat.

Das Gold der Steiermark muss man mögen, und er tut es. Passt aber auf, dass Hemd und Jacke von der grünschwarzen Flüssigkeit verschont bleiben. Kernölflecken gehen nur in der Sonne wieder weg, das ist sogar bis nach Wien vorgedrungen. Das Gösser-Bier schmeckt herrlich, und während er dasitzt und die allerletzten Sonnenstrahlen genießt, betrachtet er die Vorübergehenden. Viele junge Leute, Graz ist eine Universitätsstadt. Als er selbst noch Student war, hat er oft einen Freund in Graz besucht und ist mit ihm durch die einschlägigen Studentenlokale gezogen, wo man sich ein Bier und als Höhepunkt des kulinarischen Luxus eine serbische Bohnensuppe oder einen Djuvec-Reis im *Winterbierhaus* geleistet hat. Er erinnert sich, dass das ganz in der Nähe vom Glockenspielplatz war, in der Bürgergasse. Das Bermudadreieck war damals nicht so hip wie heute. Die Stadt hat sich herausgeputzt, zumindest in dieser Ecke.

Nach einem weiteren Bier zahlt er und beschließt spontan, erstens sein altes Stammlokal aufzusuchen und zweitens Robert, den Freund von damals, anzurufen. Martin schlendert vom Glockenspielplatz durch die enge Abraham-a-Santa-Clara-Gasse hinauf in die Bürgergasse. Da irgendwo muss es sein. Aber nirgends entdeckt er ein Schild, das auf das *Winterbierhaus* hinweist. Zweimal geht er die Bürgergasse hinauf und wieder zurück. Vergeblich. Das Beisl aus seiner Jugend scheint verschwunden. Als er an einem alten Palais mit dem Schild *Hotel zum Dom* vorbeikommt, beschließt er nachzufragen. In einem Hotel wird man ja wohl auch einem Wiener Auskunft geben.

»*Winterbierhaus?*«, fragt die Frau an der Rezeption. »Ja, da stehn S' eh mittendrin in der Schank.«

Martin erfährt, dass es schon vor Jahren geschlossen wurde und sich jetzt das Hotel in dem Palais befindet.

Er bedankt sich und macht sich auf in die Burggasse, zu seinem neuen Zuhause. Die barocken Häuser, von schäbig bis herausgeputzt, erkennt er wieder. Ein Vierteljahrhundert ist's her, seit er mit Robert um die Ecken gezogen ist. Er hat den Kontakt zum Studienfreund verloren. Irgendwer hat ihm erzählt, dass Robert Facharzt für Rheumatologie geworden ist und die Tochter seines Universitätsprofessors geheiratet hat. Na, das wird er schon noch im Detail erfahren.

Inzwischen ist er bei dem Biedermeierhaus angekommen, in dem sich seine vorübergehende Bleibe befindet. Es ist nur teilweise renoviert, der Eingangsbereich gehört nicht dazu, da bröckelt der Putz, aber sein Appartement im zweiten Stock ist picobello.

Angeblich wohnen in dem Haus nur Theaterleute. Das Stadttheater hat die Wohnungen pauschal angemietet und stellt sie den Schauspielern zur Verfügung, die für ein, zwei Saisonen am Schauspielhaus engagiert sind. Und mittendrin in der Künstlerkolonie jetzt auch Martin Glück. Irgendwer in seiner Abteilung in Wien kennt jemanden am Grazer Theater, der Martin dort eine zufällig freistehende Wohnung vermittelt hat. So ist das in Österreich: Du musst jemanden kennen, der jemanden kennt ...

Wein und Bier, das herzliche Willkommen und die Freude auf die nächsten Wochen in Graz haben ihn übermütig gemacht. Er versucht, die zwei Stockwerke auf einem Bein hinaufzuhüpfen – Relikt aus seiner sportlichen Jugendzeit, als er jede Gelegenheit fürs Training nutzte. Nach einer Etage muss er sich allerdings eingestehen, dass das mit fast sechsundvierzig nicht mehr so leicht ist wie damals. Egal, jetzt steht er vor seiner Wohnung, und gleich wird er sich aufs Sofa schmeißen, eine seiner gelegentlichen Zigaretten rauchen und Lily in Klagenfurt anrufen. Nach ein paar kleineren und größeren Missverständnissen rund um die heiklen Themen Eifersucht und Selbstbestimmung herrscht im Moment wieder Waffenstillstand. Er müsste sich halt öfter bei ihr melden.

Gerade steckt er den Schlüssel ins Schloss, als er aus der Nebenwohnung Frauenstimmen hört.

»Ich liebe ihn, aber ich mag ihn nicht!« In pathetischem Bühnendeutsch.

Immerhin ein Satz, den er unterschreiben kann, wenn er an seine Ex denkt. Viel zu lange hat er Larissa geliebt, ohne sie zu mögen. Aber von Beziehungsdramen hat er mehr als genug.

»Sei froh, dass du den selbstverliebten Macho-Arsch los bist.« Eine zweite Stimme von nebenan.

»Aber er hat mich sooo verletzt …«

Martin will nichts mehr hören und dreht den Schlüssel um, als die Tür zur Nachbarwohnung aufgeht.

»Ja hallo, guten Abend! Sie müssen der Kommissar aus Wien sein«, begrüßt ihn die Frau, die herauskommt.

»Kommissar gibt's keinen«, kontert Martin.

»Ah, ein Kottan-Fan mit Humor! Gefällt mir. Willkommen in der Kasperlburg! Übrigens, ich bin Gigi Altenbacher.«

»Kasperlburg?«

»Die Grazer nennen dieses Haus die Kasperlburg, weil hier lauter Schauspieler, also Kasperln, wohnen. Na ja, und jetzt auch ein echter Kommissar. Oh, Pardon, wie heißt das im richtigen Leben?«

»Ach, ich bin einfach der Martin, Martin Glück.«

Gigi Altenbacher lächelt ihr Gegenüber entwaffnend an, dann nimmt sie ihn an der Hand, was ihn schon erstaunt. Schauspielerin halt, er schätzt sie auf irgendwas zwischen dreißig und vierzig. Sie ist nicht unattraktiv, nur ziemlich klein und durchtrainiert.

»Kommen Sie doch rein, dann lernen Sie gleich Ihre neuen Nachbarinnen kennen.« Gerade als Martin, der Lily anrufen wollte und von Frauenproblemen nichts wissen will, zögernd den ersten Schritt in Richtung Nachbarwohnung tut, schallt es dort heraus: »Scheißmänner!!« Er weicht erschrocken zurück.

»Keine Angst, wir haben noch keinen gefressen. Wir sind bloß einer Kollegin bei ihrem Liebeskummer beigestanden. Wieder einmal!«, seufzt Gigi Altenbacher. »Aber wenn Sie dabei sind, können wir wenigstens über was anderes reden. Tun Sie uns doch den Gefallen!«

Tatsächlich wechseln die Frauen das Thema, als Martin kommt. Statt über Beziehungskrisen und böse Männer reden sie jetzt über die neuesten Kulturevents in Graz und über die bevorstehende Nestroy-Premiere am Schauspielhaus. Dazu gibt es Weißwein und belegte Brote von *Frankowitsch*, den kennt Martin noch von früher.

»Kennen Sie den *Lumpazivagabundus*?«

»Natürlich!«, sagt Martin, obwohl er sich an die Schullesung mit verteilten Rollen nur noch sehr vage erinnern kann.

»Was halten Sie davon, wenn Leim in der Burka auftritt, Zwirn eine revolutionäre Frau ist, die Leim die Burka vom Leib reißt, und Knieriem ein It-Girl, das erschossen wird?«

Martin ist mit dieser Frage eindeutig überfordert. Waren das nicht männliche Handwerker in dem Stück? Und warum die Burka? Zeitgeist? Protest? Provokation? Na, auf jeden Fall beschließt er, dieser Inszenierung fernzubleiben. »Kann ich mir nicht so richtig vorstellen«, erscheint ihm eine diplomatische Antwort. Die ohnehin untergeht in den sehr konträren Meinungen der Frauenrunde.

»Er ist verrückt, verrückt, verrückt!«

»Das gibt einen Skandal!«

»Sei doch nicht so bieder! Der Prader ist echt cool, wie er den guten alten Nestroy aufmischt.«

»Ein Spinner ist er!«

»Wir sprechen von Emanuel Prader, dem Regisseur, der den *Lumpazivagabundus* in Graz inszeniert.« Gigi Altenbacher lächelt Martin entschuldigend an. »Natürlich will er einen Skandal. Deshalb macht er's ja. Wie der Claus Peymann. Wenn die Leut' sich im Steirischen Herbst nicht über was aufregen, haben die Organisatoren was falsch gemacht.«

»Also, das mit der Burka finde ich zu arg«, unterbricht eine Blondine. »Da steigen vielleicht noch die Muslime auf die Barrikaden. Noch dazu, wenn die Burka-Trägerin nachher nackert ist.«

»Dafür wird der Prader noch erschossen, das sag ich euch.«

»Blödsinn. So arg ist das gar nicht. Wenn der erschossen wird, dann von seiner Ehefrau.«

»Oder von seiner Geliebten, der Mara«, mischt sich nun die Liebeskranke ein. »Man sollte überhaupt alle untreuen Männer erschießen.«

»Da hätten Sie dann viel Arbeit, Martin.« Gigi lacht. Martin findet, dass sie ein nettes Lachen hat.

»Na, bitte nicht! Gut, dass ich geschieden bin.« Gigi wirft ihm einen Blick zu, der eine Sekunde zu lang dauert und ihn kurz irritiert.

Dann ist er wieder ganz Kriminalist. Was, wenn diese Provokation mit der Burka wirklich ins Auge geht? Sie sollten bei der Premiere jedenfalls ein Auge auf das Theater haben. Er wird mit Oberst Lammer darüber reden. Also, wenn ich die Mara wäre, hätte ich den Prader längst umgebracht. Der ist mindestens dreißig Jahr älter, verheiratet und behandelt sie wie einen Schuhfetzen.«

»G'schieht ihr recht. Sie will sich eh nur ihrem großen Durchbruch entgegenvögeln, unsere Mitzi Bohnstingl aus Birkfeld. In der Hoffnung, dass doch einmal eine große Rolle für sie abfällt.«

»Mitzi Bohnstingl? Echt, so heißt Mara Sibelius im wahren Leben?«

»Ich schwör's. Hab ihren Pass gesehen.«

Das Lachen von Maras Kolleginnen und ein langer Blick von Gigi begleiten Martin, als er die Damenrunde verlässt und in seine Wohnung geht. Es ist kurz vor Mitternacht und viel zu spät, um Lily anzurufen. Morgen ist auch noch ein Tag.

***

Schriftsteller, Journalisten, Künstler, alles, was in Graz Rang und Namen hat, trifft sich im *Santa Clara,* hat Robert ihm am Telefon erzählt. Da Martin sich weder von Schickimickis noch von kulinarischen Inszenierungen beeindrucken lässt, hält sich seine Ehrfurcht in Grenzen. Wahrscheinlich ein modernes, ungemütliches Restaurant mit undefinierbaren Batzerln auf dem Teller, die man mit der Lupe suchen muss! Etwas ganz nach dem Geschmack seiner Ex Larissa. Trotzdem ist er jetzt auf dem Weg in das Edelgasthaus, um sich dort mit dem Jugendfreund zu treffen. Es liegt in der Nähe vom ehemaligen *Winterbierhaus* in der Bürgergasse. Also quasi um die Ecke von Martins Wohnung.

Beinahe übersieht er den Eingang zum Restaurant, der versteckt in der ehemaligen Hofeinfahrt eines Palais aus dem siebzehnten Jahrhundert liegt. Martin mag alte Häuser und deren Geschichte und Geschichten, somit bröckelt sein Widerstand gegen das Lokal, das er nicht kennt, schon ein bisserl. Richtig beeindruckt ist er vom *Santa Clara,* als er es betritt. Bistrotische und Thonetsessel, ein großer alter Holzofen, eine Vitrine mit vielen mediterranen Vorspeisen und ein Bierbrunnen in einem Felsen. Das alles unter einem herrlichen Kreuzgewölbe.

Robert winkt ihm von einem Ecktisch im hinteren Teil des Restaurants. Der Jugendfreund hat sich kaum verändert, ein paar graue Strähnen im blonden Haar lassen ihn höchstens etwas soignierter wirken und eher wie das aussehen, was er heute ist: Univ.-Prof. Dr. Robert Hebenstreit, angesagter Internist und Rheumatologe.

»Martin! So weit ist Wien von Graz entfernt, dass du fünfundzwanzig Jahre brauchst, um herzukommen? Na ja, wenn du mit deinem alten Käfer gefahren bist, kann ich's verstehen, dass es länger dauert.« Ein Vorwurf mit Augenzwinkern, gefolgt von einer herzlichen Umarmung.

Nachdem sie einander versichert haben, dass sie kaum gealtert sind, empfiehlt Robert französischen Rotwein, von dem man hier ganz besonders erlesene Flaschen habe. Martin entscheidet sich aber erst einmal für Bier, er ist durstig.

Eine Stunde später sitzen die Freunde vor leer gegessenen Tellern und einer Flasche Cocalières 2012 und lassen die Vergangenheit auferstehen. Hin und wieder unterbrochen durch Bärbel Schwender, Chefin des *Santa Clara*, die mit immerwährendem, mildem Lächeln nachschenkt. »Ich hab die Bärbel noch nie nicht lächeln sehen, und ich komm schon viele Jahre her. Ist sozusagen mein zweites Wohnzimmer«, erzählt Robert.

»Da du so ein bekannter Arzt bist in Graz, triffst du hier sicher jede Menge deiner Schickimicki-Patienten«, sagt Martin halbernst. So ganz frei von Neid ist er nämlich nicht, der Chefinspektor. Immerhin hat der Freund im Gegensatz zu ihm sein Studium beendet, eine steile Karriere hingelegt und Frau, Kinder, Hund und vermutlich ein schönes Haus vorzuweisen. Von alldem hat er nix. Andererseits liebt Martin seinen Beruf, und das mit den Frauen klappt bei ihm halt nicht so. Entweder liebt er sie, mag sie aber nicht – wie Larissa. Oder er mag sie, liebt sie aber nicht – wie Lily.

»Ach, weißt du, Rheuma ist nicht unbedingt ein schickes Fach«, unterbricht Robert Martins frauenphilosophische Gedanken. »Da hätt ich Schönheitschirurg werden müssen. Außerdem essen und trinken hier nicht die Seitenblicke-Promis, davon gibt es in Graz gar nicht so viele, sondern richtige Künstler. Der Handke war schon hier, der Wolf Biermann und auch der Peter Turrini. Da drüben sitzt übrigens der Emanuel Prader mit seiner Frau, ein berühmter deutscher Filmregisseur, der in Graz zum ersten Mal inszeniert. Den *Lumpazivagabundus*.«

Martin dreht sich diskret um und begutachtet den in der Kasperlburg viel diskutierten Prader. Nicht unbedingt ein Geschenk Gottes an die Frauen. Prader ist nicht mehr der Jüngste und trägt Bauch. Das mindestens einen Knopf zu weit geöffnete Hemd gibt den Blick auf weiße Brusthaare frei, und seine langen grauen Haare trägt er zu einem Zopf gebunden. Er hat ihn sich irgendwie attraktiver vorgestellt. Aber Macht und Einfluss scheinen auch sexy zu machen.

Plötzlich erhebt sich die Frau an Praders Seite, schreitet durch das Lokal, greift sich von der Theke eine Flasche Olivenöl und steuert auf Martins und Roberts Nebentisch zu, wo zwei junge Frauen sitzen.

Mit den Worten »Dafür, dass du meinen Mann vögelst« gießt sie einer der beiden Frauen den Inhalt der Flasche über den Kopf. Die Olivenölgetränkte braucht ein paar Sekunden, dann stürzt sie sich auf die Täterin, fasst sie an den üppigen Locken und zerrt daran. Die Angreiferin rächt sich mit einer Ohrfeige und will ihrerseits Haare ausreißen, rutscht jedoch an geölten Strähnen ab. Ein paar Gäste sind geschockt, andere lachen, zwei zücken ihr Handy und filmen; Bärbel Schwender hält sich erschrocken die Hand vor den Mund. Jetzt geht es Schlag auf Schlag: eine weitere Ohrfeige für die Jüngere, begleitet wird der Kampf der Furien von Kraftausdrücken wie »alte Hex«, »Fotze«, »blede Dudl«, »Schastackn«, »Pissnelke«, »Regiematratze«.

Prader scheint die Szene eher zu amüsieren, er greift nicht ein, sondern beobachtet sie mit zynischem Grinsen. Robert sieht seinen Freund fragend an. Martin reicht es jetzt, er geht dazwischen. Trennt die Frauen und bekommt Olivenöl ab, und das auf sein teuerstes Sakko! »Schluss jetzt, sonst muss ich die Polizei rufen. Obwohl, genau genommen ist die ja schon da. In meiner Person. Will jemand Anzeige erstatten?«

Die Frauen sehen einander hasserfüllt an, schütteln aber beide den Kopf. Emanuel Prader legt drei Hunderterscheine auf den Tisch. Zur Wirtin: »Das müsste reichen – für die Zeche und das Olivenöl.« Zu den Frauen: »Ihr hättet euch wenigstens die Kleider vom Leib reißen können, dann wäre es lustiger gewesen. Und schade um das gute Öl ist es auch!«

Steht auf, packt seine Frau unsanft am Arm und zieht sie nach draußen. Zurück bleibt die geölte Frau, die das Handtuch der Wirtin dankbar entgegennimmt. Sie drapiert es um ihre Haare, zahlt und verlässt mit ihrer Begleiterin das Lokal. Erst ist es ganz still im Gewölberaum, dann kommt Gelächter auf, einige kommentieren die eben gesehene Aufführung.

Robert bestellt noch zwei Gläser Rotwein. »Na, das nenn ich Entertainment. Das Ölopfer war übrigens Mara Sibelius, Schauspielerin und angeblich die Geliebte des Starregisseurs. Und die Frau mit der Flasche war die eifersüchtige Gattin. Der Klatsch besagt, dass sie ihrem untreuen Mann schon ein paarmal gedroht hat, seine Weiber umzubringen.«

»Aber bitte nicht, während ich in Graz bin.« Martin prostet seinem Freund zu. »Ich hab lieber komplizierte Fälle.«

Robert lacht. »Der Meisterdetektiv in der Provinz. Na wart's einmal ab. Wie du siehst, haben wir hier einiges zu bieten.«

Kapitel 2

Sie sieht aus wie ein Boxer nach einem brutalen Kampf. Hämatome um Augen und Wangen, Schwellungen rund um die Nase, die dick verklebt ist. Aus dem Tropf neben ihrem Bett sickert im Zeitlupentempo Flüssigkeit in ihre Vene. Die Infusion gegen etwas auszutauschen, das garantiert tötet, dieser Gedanke ist mir natürlich gekommen. Aber sie liegt ohnehin schon da wie auf dem Silbertablett. Wehrlos.

Sie schläft mit offenem Mund, dem leichte Schnarchgeräusche entweichen. So friedlich sieht sie aus mit ihrer neuen Nase, Modell »griechisch«. Na ja, eine Schönheit war sie ja wohl nie. Eher der intellektuelle Typ. Eine Schmeißfliege war sie, eine, die sich im Dreck der anderen suhlte. Vergangenheitsform. Ja, diese grammatikalische Nuance ist durchaus angebracht. Denn Steffi Hütter wird diese Nacht nicht überleben. Weil sie bestraft werden muss. Es ist alles ihre Schuld. Nicht meine. Ich setze mich nur zur Wehr, das ist mein gutes Recht. Ich tue es ja nicht gern. Es ist nicht so, dass ich Spaß am Töten hätte, oh nein. Es ist eine Notwendigkeit, das Gebot der Stunde. Du hast immer die Wahl, hat ein Therapeut zu mir gesagt, du musst dich nur für das Richtige entscheiden. Yes, Sir, genau so. Das Richtige ist, Steffi Hütter zu töten.

Zweiter Gedanke: Luft spritzen, aber im Halbdunkel des Zimmers scheint mir diese Version zu riskant. Und nun, vor ihrem Bett, entscheide ich mich für das Einfache. Die Erfahrung hat mich gelehrt, dass es immer die beste Wahl ist. Mit einem Griff ziehe ich ihr den Polster unter dem Kopf weg. Sie stöhnt ein bisschen, aber nicht laut und nicht lang, denn jetzt drücke ich ihr den Polster aufs Gesicht, schnell, schwer und kompromisslos. Von Schmerz – und Schlafmittel betäubt, bleibt ihr nur ein gedämpftes Stöhnen, das niemand außer mir hören kann. Ihre Beine zucken, aber auch nur kurz, und sie hat keine Kraft, sich mit den Armen gegen diesen Angriff zu wehren. Ihr geht die Luft aus. Ich zähle leise bis dreißig und halte den Druck noch aufrecht, als sie schon hinüber sein muss. Den Blick habe ich immer auf die Tür gerichtet, sollte die Krankenschwester auf die Idee kommen, nach der Patientin zu schauen, würde ich das Kissen ganz schnell wieder unter Steffis Kopf schieben. Aber die Schwester sitzt im Bereitschaftszimmer und schaut sich auf ihrem iPad eine Netflix-Staffel an. Mit Kopfhörern. Und ihre Runde dreht sie erst, wenn die Folge zu Ende ist. »Safe«, eine englische Thriller-Serie. Wenn das nicht irgendwie ironisch ist ...

Ich nehme den Polster von ihrem Gesicht und lege ihn wieder unter Steffis Kopf. So friedlich liegt sie da. Und so tot. »Gute Reise«, flüstere ich ihr ins Ohr, bevor ich mit leisen Schritten zur Tür gehe, sie vorsichtig öffne und dann hinaushusche in den Flur, der um vier Uhr morgens so still ist wie ein Friedhof.

***

Mara steht auf der Terrasse und raucht. Sie ist nervös, und sie hat Angst, obwohl der Professor sie mit vielen Worten, von denen sie nur die Hälfte verstand, beruhigt hat. Die Vaginalstraffung per Laser sei ein harmloser medizinischer Eingriff, schonend, beinahe schmerzfrei. Ein Routineeingriff, und auf ihren ausdrücklichen Wunsch wird sie während der Behandlung sogar in einen kurzen Dämmerschlaf versetzt. Davon erwacht, könne sie ohne Weiteres nach Hause fahren. Mit dem Taxi. Nur fünf Tage müsse sie auf Geschlechtsverkehr verzichten, sagte der Professor mit einem Augenzwinkern. Er ist wirklich sehr nett, denkt Mara, und er hat ihr auch erlaubt, einen Abend vorher in der Klinik einzuchecken. Gegen einen Aufpreis von dreihundert Euro. Den wahren Grund, warum sie nicht in ihrer Wohnung übernachten wollte, hat sie ihm natürlich nicht verraten: die eifersüchtige Ehefrau, diese alte Furie, die sie im *Santa Clara* tätlich angegriffen hat. So was von peinlich, die Olivenöl-Attacke, und dass sie sich dann noch geohrfeigt haben, war auch nicht gerade oscarreif.

Am Ende blieb ihr nur der Rückzug mit öligen Haaren und roter Wange, und sie hat genau gesehen, dass die Wirtin und die anderen Gäst' das Ganze zu allem Überfluss noch witzig fanden. Irgendwer hat mit dem Handy gefilmt, und irgendwer wird es der Zeitung stecken, Skandal, Skandal, was aber eigentlich, denkt Mara, für ihre Schauspielkarriere gar nicht so schlecht wär. Hauptsache, man kommt ins Gespräch. Nur hat sie jetzt ein bisserl Angst vor der Gisela Prader. Die weiß, wo die Geliebte ihres Mannes wohnt. Weshalb Mara es vorzog, einen Tag früher in die Hilmteichklinik zu fahren. Zufällig war grad ein Zimmer frei, obwohl sie nur zehn Betten haben. Ist halt ein kleines, feines Haus. Und der Professor gehört zu den Besten in Österreich, weshalb so viele Promis zu ihm pilgern.

In diesem Moment wünscht sich Mara allerdings, sie wär in ein Hotel gegangen. Dann könnte sie jetzt ein Flascherl Sekt aus der Minibar öffnen. Alles wegen der Nerven, sie ist halt hypersensibel. Aber um die Zeit noch eine Schlaftablette einzuwerfen, wenn ihr OP-Termin um acht Uhr morgens ist, wär auch ein Blödsinn. Apropos Blödsinn: Die

Vaginalstraffung macht sie nur Emanuel zuliebe. Weil der sich beschwerte, sie habe eine Vagina wie ein Güterbahnhof. Nicht sehr charmant, der Herr, und sie musste sich schwer zusammenreißen, um ihm nicht entgegenzuschleudern, dass seine »Lok« einfach zu winzig sei. Nein, das hat sie ihm nicht gesagt, denn er ist der große Regisseur aus Deutschland, und sie die kleine Schauspielerin aus Graz. Na ja, aus Birkfeld eigentlich, aber das macht sich nicht so gut in der Vita. In Birkfeld war es, dass sie mit siebzehn geschwängert wurde und ihre katholische Mutter sie zwang, das Kind auszutragen. Sie haben es dann zur Adoption freigegeben, Mara machte die Matura nach und schrieb sich in die Schauspielschule ein.

Kinderkriegen ist nicht gut für die Vagina. Daher wird jetzt der Güterbahnhof verkleinert. Drei Sitzungen à fünfhundert Euro, dann kann sie vielleicht auch bei mickrigen Lokomotiven was fühlen. Irgendwas. Statt immer nur bühnenreif zu stöhnen. Emanuel ist tatsächlich der erste Mann, der sich darüber beschwerte. Er sagt immer, was er denkt. Weshalb ihn alle hassen, außer seiner eifersüchtigen Ehefrau und Mara Sibelius, Schauspielerin mit einem Ehrgeiz, der über die Grazer Bühne weit hinausgeht.

Emanuel hat ihr eine Rolle in seinem Stück versprochen – und was hat sie bekommen? *Einen* Satz auf der Bühne, beinah eine Statistenrolle. »Schau Schatzerl, es waren schon alle Rollen besetzt, als du, als wir ...« Als ob er nicht der Herrgott wär als Starregisseur. Und wie er immer versucht, den Slang zu imitieren, Edelsteirisch, und rauskommt so ein g'schissenes Münchnerisch mit Wiener Einschuss.

Mara zündet sich aus Wut noch eine Zigarette an und fährt zusammen, als sie Schritte hört. Die Furie, die sie sogar hier aufgespürt hat? Aber so früh am Morgen?

Zum Glück ist es nur Alma irgendwas, den Nachnamen hat sie vergessen. Die hat es offenbar schon hinter sich, denn ihre Kinnpartie ist gerötet und geschwollen. Alma trägt zwei Kaffeebecher in der Hand. »Ich hab Sie hier stehen sehen, Sie können wohl auch nicht schlafen. Wollen S' vielleicht auch einen Kaffee? Schwarz ohne Zucker.«

Mara nimmt den Becher dankend an und schlürft den heißen Kaffee in kleinen Schlucken. Alma trinkt mit Strohhalm. »Fadenlifting mit einer kleinen Fettabsaugung am Kinn«, erklärt sie. »Winziger Eingriff, morgen früh werd ich entlassen. Und Sie? Weshalb sind Sie hier? Wir sind ja gewissermaßen Kolleginnen, hab ich gehört. Ich bin auch Schauspielerin.«

Aber nicht an der Grazer Bühne, denkt Mara. Sie lächelt und murmelt etwas von einer Modellierung des Venushügels, das klingt nicht so peinlich.

»Wie reizend«, sagt Alma, »haben Sie denn vor, in einem Porno mitzuspielen?«

Uui, das war böse. Mara ahnt nicht, dass ihr Gegenüber genau dies schon einmal getan hat, allerdings vor einer Ewigkeit. »Gewiss nicht! Ich bin an der Grazer Bühne, und ich spiele in dem neuen Stück von Emanuel Prader. Und Sie?«

Alma lächelt ein wenig schmerzverzerrt. »Ach, mit Bühnenpräsenz kann ich zurzeit nicht aufwarten. Ich hab in ein paar Filmen mitgespielt, übrigens auch in einem, in dem Emanuel Regie führte. Damals war er noch nicht so ein ... Starregisseur.«

Muss Jahrzehnte her sein, denkt Mara. Sie schätzt ihr Gegenüber auf vierzig bis fünfzig, selbst wenn man die Schönheits-OPs berücksichtigt. Man muss den Frauen auf den Hals schauen – oder auf die Hände. »Emanuel ist ja so waaaahnsinnig begabt. Aber natürlich menschlich schwierig wie so viele Genies.«

»Hat er immer noch den Hang zu sehr jungen Schauspielerinnen?«

War das eine Fangfrage? Mara stellt ihre Kaffeetasse auf die Brüstung. »Ich weiß nicht«, sagt sie vorsichtig. »Im Übrigen ist seine Frau vor ein paar Tagen nach Graz gekommen.«

»Ha, so was hat ihn ja noch nie aufgehalten.« Alma geht einen Schritt auf Mara zu und sagt leise: »Nehmen Sie sich vor der Furie in Acht. Die ist schon mal mit einem Messer auf eine Konkurrentin losgegangen.«

Mara lacht und – sie weiß nicht, warum? – erzählt die Szene aus dem *Santa Clara*. In Vergangenheitsform und mit einem Schuss Selbstironie klingt sie sogar witzig. Alma versucht ein Lachen, aber das tut weh. »Männer«, sagt sie, »sind es nicht wert, dass wir uns ihretwegen unters Messer legen. Ich habe meinen vor Kurzem verlassen. Und dabei dachte ich, dass er der Richtige ist. Gut aussehend, beste Manieren, ein Mann von Welt. Und was macht er? Verjubelt seine Erbschaft in Spielcasinos. Und betrügt mich mit einer alten Frau, nur weil die Blunzn noch mehr Geld hat als ich.«

»Pfui Teufel.« Mara ist bereit, Alma den Satz mit den Pornos zu verzeihen. Und sie sagt ihr die Wahrheit, so von Schauspielerin zu Schauspielerin: »Ich geh mit jedem mit, der mich in meiner Karriere weiterbringt.«

Alma scheint zu verstehen, zumindest sieht sie nicht schockiert aus. »Tja, es war immer schon ein hartes Geschäft. Und es wird nicht leichter, wenn man sich den Vierzigern nähert.« Sie greift sich vorsichtig ans Kinn: »Deshalb die kleinen Korrekturen. Sie sind sehr diskret hier, und Professor Leitner ist eine Koryphäe auf seinem Gebiet. Und so ein nobler Mensch.«

»Der wär doch was für Sie!« Für mich wär er zu alt, denkt Mara und ignoriert die Tatsache, dass ihr Regisseur auch nicht jünger ist. Männer, die ihre Karriere nicht fördern, fallen aus ihrem Beuteschema. Mit Anatol Hofer gibt sie sich nur ab, weil der als Theaterkritiker was zu sagen hat. So ein langweiliger Mensch, und dass er wahnsinnig in sie verliebt ist, macht ihn auch nicht interessanter. Man muss ihn sich nur warmhalten irgendwie. Sie schaut auf die Uhr: »War nett, mit Ihnen zu plaudern, Alma, und danke für den Kaffee. Ich sollt' jetzt aber wirklich auf mein Zimmer. Mich seelisch auf den Eingriff vorbereiten. Ich hab ein bisserl Angst, wissen Sie.«

»Ist angenehmer als beim Zahnarzt.« Alma lächelt die jüngere Ausgabe ihrer selbst mit aller Freundlichkeit an, derer sie fähig ist. So ein berechnendes kleines Luder, denkt sie, und dass es nicht angenehm ist, in diese Art Spiegel zu sehen. Sie winkt Mara zu, die die Tür zur Terrasse schließt. Alma bleibt noch draußen und schaut in den Himmel, der sich auf die Morgendämmerung vorbereitet. Ihr Kinn schmerzt von dem Lächeln, das sie Mara geschenkt hat. Als Nächstes, denkt Alma, sind ihre Oberarme dran, sie hat mit dem Professor schon darüber gesprochen. Gegen das wabbelnde Truthahnfett hilft nur die Liposuktion. Örtliche Betäubung, dann werden ganz feine Kanülen eingesetzt, um die Fettzellen zu lösen und dauerhaft abzusaugen. Anschließend wird die überschüssige Haut entfernt, sodass ein paar feine Narben an den Unterarmen bleiben. Plus Schwellungen und Hämatomen in den ersten Wochen. Dafür kann sie danach wieder ärmelfreie Kleider tragen, das ist es doch wert, oder?

Almas Kaffee ist kalt. Sie schüttet den Rest über die Brüstung und geht zurück in ihr Zimmer. Sie wird ein Schmerzmittel nehmen und sich wieder ins Bett legen. Nachdenken über das Leben im Allgemeinen und im Besonderen. Dazu gehört, dass sie endlich den Mann fürs Leben finden will. Edgar war es ganz offensichtlich nicht. Gute Manieren und schlechte Angewohnheiten. Ein Spieler, der die Roulettekugel jeder Frau vorgezogen hat. Sie hat eine Weile gebraucht, um zu begreifen, dass die Spielerei kein Spaß war, sondern bitterer Ernst. In den paar Monaten, in denen sie zusammen waren, hat Edgar fast seine gesamte Erbschaft verzockt, und danach wäre Almas Geld dran gewesen. Nein, da hat sie doch lieber die Notbremse gezogen. Und er hat es ihr leicht gemacht, der gute Edgar Siebers von Adelmauseder. Hat in Baden-Baden mit einer Bankierswitwe angebändelt, deren Geschmeide blendete. Wenn sie mal ehrlich ist: Da war kaum Schmerz, nur ein Hauch von gekränkter Eitelkeit. Alma legte ihm eine Abschiedsszene hin, die filmreif war. Warf ihm dann noch seinen Verlobungsring vor die Füße. Das fiel ihr leicht, weil er sowieso eine Fälschung war. Kein Zweikaräter, sondern Bergkristall, sie hat den Ring vorsichtshalber prüfen lassen. Typisch Edgar, nein, es ist wirklich nicht schade um ihn. Aber sie trägt ihm auch nix nach. War halt ein charmanter Gauner, und er schickt ihr immer noch Botschaften, in denen er seine Liebe beteuert. Zu Almas Geburtstag kamen vierzig rote Rosen. Stil hat er schon, nur leider keinen Charakter.

Die Schmerztablette beginnt zu wirken, sie macht auch schläfrig. Alma liegt im Trainingsanzug auf ihrem Bett und starrt an die Decke. Alles wird gut, denkt sie, und dass sie auch noch den Mann finden wird, der in jeder Hinsicht perfekt zu ihr passt. Schließlich ist sie noch nicht alt, mit achtundvierzig gerade in der Blüte des Lebens. Und dank Sissys Erbe hat sie genug Geld, um alle Verfallserscheinungen zu eliminieren. Der gute Professor, vielleicht hat Mara recht, der wär doch was für sie. Schön ist er nicht, aber was ein Mann nicht schöner ist als ein Aff, das kann er durch andere Vorzüge ausgleichen. Geld zum Beispiel. Und was für ein Geld sie sparen könnt, wenn er sie immer umsonst behandeln würde …

Am Kaffeeautomaten im Flur trifft Mara Schwester Inge, die ihr von dieser »wahnsinnig geilen Krimiserie« erzählt. Netflix sei Dank, dass sie die anstrengenden Nachtschichten überlebt, doch die sind halt besser bezahlt als der Tagesdienst. Die Schwester ist jung und sehr hübsch und passt insofern in eine Schönheitsklinik, weil die Schiachen ja keine gute Reklame wären. Mara schätzt, dass sie etwa im gleichen Alter sind, und sie haben sich von Anfang an gut verstanden, weil Schwester Inge Mara von ihrer bisher einzigen Fernsehrolle in einer Rosamunde-Pilcher-Verfilmung erkannt hat. Ein Fan! Mara träumt von der Zeit, in der sie in Graz oder Wien nicht mehr auf die Straße kann, ohne von Fans verfolgt zu werden.

Sie erzählt Inge von ihrer Angst vor dem Eingriff und dass sie gar nicht richtig zugehört habe, als der Professor ihr das Prozedere erklärte.

Inge beruhigt sie: »Es tut nicht weh. Sie führt ein Gerät in die Scheide ein, das Wärme abgibt und mikroskopisch kleine Löcher in die Haut schießt. Dadurch aktiviert sich die Kollagenneubildung des Gewebes, und das Scheidenepithel wird erneuert. Das Scheidengewebe zieht sich zusammen und wird straffer. Wenn sie dich in den Dämmerschlaf versetzt, wachst du hinterher auf und spürst höchstens ein leichtes Ziehen.«

Mara kann mit den Informationen wenig anfangen. »Wieso *sie*? Ich dachte, das macht der Professor?«

Inge geht ins Schwesternzimmer und schaut auf den OP-Plan. »Nein, das macht Dr. Markovic, sie hat da große Erfahrung. Deutschland, England, Saudi-Arabien – die Frauen kommen von überallher. Wenn die Vaginalstraffung nicht ausreicht, rät sie zur operativen Verengung des Vaginaleingangs. Da bist du dann aber für acht Wochen außer Gefecht, und es kostet eine Kleinigkeit.«

Auch das hat ihr der Professor erzählt, denkt Mara, nur nicht, dass Dr. Markovic sie behandeln würde. Die Russin mit der Leidensmiene, sie hat sie im Vorübergehen gesehen und Schwester Inge gefragt, die gerade zum Dienst kam. Der Gedanke, dass die Russin zwischen ihren Beinen rummacht, ist ihr irgendwie unangenehm. »Acht Wochen kein Sex! Das ist schon der Hammer. Das macht ja kein Mann mit!«

Meiner schon, denkt Inge. Seit sie Nachtschichten schiebt, ist das eheliche Liebesleben eingeschlafen. Peter arbeitet in der Finanzlandesdirektion, und wenn sie nach Hause kommt, macht er sich auf den Weg in die Arbeit. Gerade noch Zeit für einen Kaffee und ein Busserl. Für einen kurzen Augenblick beneidet sie die Schauspielerin für deren exotisches, erotisches Leben. Wenn genug Geld für eine Eigentumswohnung zusammen ist, wird sie die Nachtschichten aufgeben. Weniger Geld, dafür mehr Sex.

Mara entscheidet sich, nun endgültig in ihr Zimmer zu gehen. Kein Kaffee mehr und keine Schwester Inge, die gerne tratscht. Das geht ihr irgendwann auf die Nerven, weshalb sie sich jetzt verabschiedet und Inge einen schönen

Feierabend wünscht. Was komisch klingt um diese Uhrzeit, denn draußen wird es hell, und die Notlichter im Flur erlöschen.

»Toi, toi, toi.« Die Schwester nickt Mara zu und drückt auf den Espressoknopf. Sie ist todmüde, aber mit Koffein wird sie die letzte Stunde auch noch schaffen. Noch einmal nach den Patientinnen schauen, diskret und ohne sie aufzuwecken. Man ist ja nicht in einem Krankenhaus, sondern in einer exklusiven Schönheitsklinik. Das Gehalt ist besser und die Arbeit leichter. Natürlich sind ein paar von den Frauen anstrengend. Weil die glauben, sie könnten alle Leut mit ihrem Geld zuscheißen. Aber im Großen und Ganzen sind das auch nur notige Hascherln. So eine Angst vorm Altern. Und man merkt es doch: an den Händen, den Knien, dem Geruch ... alte Frauen riechen anders als junge Menschen. Da hilft auch Chanel No. 5 nix.

Nach dem Espresso macht Schwester Inge ihre kleine Runde, Mara sitzt gerade auf dem Klo und ruft heraus, dass alles okay sei. Zimmer zwei steht leer, in Nummer drei schläft der Fernsehmoderator nach der Fettabsaugung. Daneben die Journalistin mit der Nasenkorrektur, auch sie wird nicht geweckt. Alma Zoppot hat sich die Decke über den Kopf gezogen. Die Brustvergrößerung durch Eigenfett im Zimmer daneben schaut in ihren Computer und kaum hoch, als Inge die Tür einen Spaltbreit öffnet. Ob sie einen Jasmintee haben könnte, fragt sie dann doch, und die Schwester verspricht ihr, ihn gleich zu bringen. Manche der Damen lassen beim Verlassen der Klinik Trinkgeld zurück, nur kassiert das meistens die Tagschwester. Darüber hat sich Inge beim Professor schon beschwert, und er hat versprochen, Abhilfe zu schaffen. Nur scheint er das leider wieder vergessen zu haben, denn geschehen ist nichts. Der Professor ist lieb, aber zerstreut. Man muss ihm alles dreimal sagen. Die Olga Markovic dagegen hat ein Elefantengedächtnis. Oberärztin, was aber ein Witz ist, weil in der Klinik nur zwei plastische Chirurgen arbeiten, sie und der Professor. Nebenbei hat sie noch eine Hautarztpraxis, die Dr. Markovic, die kennt nur Arbeit, kein Vergnügen. Ausschauen tät sie gar nicht schlecht, aber es fehlt ihr an – wie nannte es der Professor? – Empathie. Weshalb immer nur er die Erstgespräche mit den Patienten führt. Unsere gute Olga würde alle Patienten vergraulen, sagt er öfter, und sie verzieht keine Miene. Dafür ist sie eine gute Operateurin, spezialisiert auf Fettabsaugung, Brustvergrößerungen und alles, was mit Vagina, Anus und Hoden zu tun hat. Ob die irgendwie pervers ist?

Inge öffnet behutsam die Tür des letzten Zimmers in ihrer Runde: eine prominente deutsche Schauspielerin, großes Facelifting. Ist inkognito angereist mit Hut und Riesensonnenbrille. Inge musste sich schwer zusammenreißen, um der neugierigen Journalistin nichts zu verraten. Wo sie doch so gerne tratscht, und die Journalistin ihr schon beim Einchecken einen Hunderter zugesteckt hat. Das Facelifting liegt auf dem Rücken und schnarcht. Schmerz – und Schlafmittel. Die Schwester checkt den Tropf und trippelt dann leise zur Tür. Schließt sie lautlos, so sind die Türen extra konstruiert, und geht ins Schwesternzimmer. Sie trägt die Ereignisse der Nacht ins Buch ein, während der Jasmintee zieht. Dann legt sie noch ein Gebäck aufs Tablett, die meisten Damen verschmähen alles Süße, weshalb sie es grad aus Bosheit immer macht. Bringt der Brustvergrößerung ihren Tee, wünscht einen guten Morgen und denkt sich »gute Nacht«. Ihre Energie wird grad noch reichen, um nach Hause zu fahren. In die Mietwohnung am Grieskai, die ist nicht schön, aber billig. Wo sie doch auf die Eigentumswohnung in St. Peter sparen. Danach könnte man darüber nachdenken, die Familie um ein Kind zu erweitern. Andererseits wär ein Zweitauto auch nicht schlecht, sie teilen sich den Fiat auf, jede zweite Woche muss Inge mit der Straßenbahn zur Arbeit fahren. Und ein Urlaub auf den Malediven, davon träumt Inge auch, während ihr Mann von einer Ducati schwärmt. Ein Motorrad – wer braucht denn so was?!

Inge zwingt sich zu einem Lächeln, als sie von der Tagschwester abgelöst wird. So eine g'selchte Blonde, kein Gramm Fett am Leib, und am weißen Schwesternkittel ist immer ein Knopf zu viel offen. Die schmeißt sich an die männlichen Patienten ran und behandelt die Frauen eher unterkühlt. Grad noch so freundlich, dass sie damit durchkommt.

»Gab's irgendwas heut Nacht, Schwester Inge?«

»Nix Besonderes. In einer Stund ist die Mara Sibelius bei Dr. Markovic auf dem Stuhl. Und wir erwarten am Vormittag zwei Neuzugänge.«

»Ich weiß, Schwester Inge.«

Du blöde Funzn, denkt Inge, lächelt süß, nimmt ihre Handtasche und geht. Den Schwesternkittel zieht sie auf dem Flur aus und wirft ihn im Vorübergehen in die Wäschekammer. Aus der Küche hört sie Klappern, die Schwesternschülerin bereitet das Frühstück vor. Ein neuer Tag beginnt. Sie sind alle so ähnlich, die Tage, denkt Inge. Wenn die Wochenenden nicht wären und die Träume, sie könnt sich glatt hamdrahn …

Kapitel 3

Prof. Dr. Fridolin Leitner liest selten die Klatschspalten, doch an diesem Nachmittag, zu Kaffee und Cremeschnitte, sieht er sich außerstande, die Fotos von der Olivenölszene im *Santa Clara* mit den hämischen Texten zu ignorieren. Sind doch die beiden Frauen, um die es geht, Patientinnen seiner Klinik. Mara Sibelius, die Vaginalstraffung. Diese sollte eigentlich Olga durchführen, doch seine Oberärztin hatte sich an jenem Morgen krankgemeldet, also musste er selber ran. Ein Mini-Eingriff, vor dem sich die Schauspielerin anstellte, als würde er ihren Uterus entfernen. Bei ihrem Beruf weiß man nie, was echt ist oder gespielt, auf jeden Fall hat er ihr eine Kurznarkose verpasst, damit sie endlich still war und ihn in Ruhe arbeiten ließ.

Vaginalgeschichten sind nicht ganz sein Metier, darauf hat sich Olga spezialisiert, doch er hat es gut hingekriegt, bei jungen Frauen ist noch die Elastizität gegeben, die solche Eingriffe positiv unterstützt. Herausfordernder sind die Älteren, die den Großteil seiner Kundschaft ausmachen. Beruf hin oder her, er kann dem Jugend- und Schönheitswahn wenig abgewinnen. Was er aber gut zu verbergen weiß.

Olga ist eigentlich zuverlässig wie eine Schweizer Präzisionsuhr. Immerhin ist sie nach einem Tag wieder zum Dienst erschienen. Murmelte was von einer bösen Migräne, die sie ans Bett gefesselt habe. Na gut, denkt er, einmal sei ihr verziehen, zumindest ist sie aus dem Alter raus, in dem sie noch schwanger werden könnte. Er braucht Olga, sonst müsste er Patienten zurückweisen, schließlich kann er nicht alle Eingriffe selber machen, er ist ohnehin überlastet. Gut ausgebildete Schönheitschirurgen sind schwer zu finden, noch dazu, wenn sie wie Olga auch eine dermatologische Ausbildung haben. Außerdem verlangen sie astronomische Gehälter. Dr. Olga Markovic hingegen war in dieser Hinsicht sehr bescheiden, als sie sich bei ihm bewarb. Ihr Argument, sie wolle bei einem der Besten lernen, hat ihm natürlich geschmeichelt. Sie ist gut, doch irgendwas an ihr stört ihn. Genetisch bedingte Schwermut? Er kann sich nicht erinnern, dass Olga je gelacht hätte, schon ein flüchtiges Lächeln hat Seltenheitswert.

Fridolin Leitner hat den Gedanken kurzfristig verdrängt, doch jetzt kommt er mit aller Macht wieder: die Journalistin! Steffi Hütter, die von Schwester Monika kurz nach Beginn ihrer Schicht tot vorgefunden wurde. Natürlich hat er sich sofort nach allen Seiten abgesichert, hat Schwester Inge angerufen und in die Klinik bestellt. Sie war nicht erfreut und behauptete, die Patientin habe geschlafen, als sie das letzte Mal – so gegen sechs Uhr morgens – nach ihr gesehen habe. Er hat die beiden Krankenschwestern zu absolutem Stillschweigen verpflichtet und ihnen mit sofortiger Kündigung gedroht, sollten sie darüber zu irgendjemandem tratschen. Natürlich musste er den Leichenbeschauarzt informieren, Gott sei Dank ein alter Unikollege, der keine unnötigen Scherereien machte und sehr diskret vorging.

Die Patienten haben offenbar nichts mitbekommen, das war schon einmal wichtig. Er hat seine OPs um ein paar Stunden verschoben und technische Probleme als Grund angeführt. Wie erwartet war Olga nach einem Tag wieder auf dem Posten. The show must go on. Nur für Steffi Hütter ist der Vorhang gefallen. Mit gerade mal sechzig. Und das Buch konnte sie auch nicht vollenden: Die Memoiren eines Schönheitschirurgen, es war ihre Idee, und er hat eine Weile gezögert, bevor er sein Placet gab. Weil er ja nicht eitel erscheinen möchte, es eigentlich auch nicht ist. Er hat sich für diesen Berufszweig entschieden, weil er Unfall- oder Kriegsopfern mittels plastischer Chirurgie helfen wollte. Was er noch tut, wenn er einmal im Jahr einen Monat lang für Ärzte ohne Grenzen arbeitet. Wo auch immer sie ihn einsetzen – zuletzt an der syrischen Grenze. Diese vier Wochen im Jahr bauen ihn moralisch auf, sie machen ihn zu einem besseren Menschen. Mit dem angenehmen Nebeneffekt, dass er der häuslichen Hölle für diese Zeit entfliehen kann. Der kunstsinnigen Ehefrau, die ihn mit einem ihrer Meinung nach genialen Maler betrügt, den sie in ihrer Galerie ausstellt. Claudia, die sich über sein »goldenes Handwerk« lustig macht und ihn für einen langweiligen Trottel hält. Sein Sohn, der sich Banker nennt und vor allen Dingen Porschefahrer und versnobter Idiot ist. Die Tochter, Yogalehrerin, so achtsam in sich selbst ruhend, dass sie andere Menschen gar nicht zur Kenntnis nimmt. Er sollte die »liebe Familie« verlassen und in ein Zimmer in der Klinik ziehen. Sollte er. Und dann schiebt er die Entscheidung immer wieder raus und freut sich auf seinen freien Monat, den Dezember.

Damit wollte Steffi das Buch beginnen: mit seiner selbstlosen Arbeit an den Brennpunkten der Welt. Aber sie hat ihn auch gelöchert über die gängigen Operationen, und vor allem wollte sie Namen von prominenten Patienten wissen, die er ihr natürlich nicht geben konnte. Diskretion kommt gleich nach Kunstfertigkeit, nicht von ungefähr reisen viele seiner Klienten aus Deutschland, Russland oder der Schweiz an. Graz liegt so schön abseits vom Jetset.

Apropos Jetset: Die zweite Frau auf den Zeitungsfotos ist die Gattin von Emanuel Prader, die beiden Furien halten einander an den Haaren und sehen gar nicht schön aus. Madame Prader war im Frühjahr auch in der Klinik, großes

Facelifting, sie gehört zu den Frauen, die es nicht ertragen können, älter zu werden. Er kann mit all seinen Patienten fühlen, aber warum glauben sie ihm nicht, wenn er ihnen sagt, dass er ihnen die Jugend nicht zurückgeben kann?

Auf einem der Fotos ist Emanuel Prader zu sehen – grinsend. Offenbar fand er die Szene im *Santa Clara* auch noch witzig. Bevor die beiden Damen zu gefährlicheren Waffen griffen, soll ein Gast eingeschritten sein. Von dem gibt's auch ein Bild: Martin Glück, Wiener Chefinspektor. Zum Schluss des Artikels kommt Wirtin Bärbel Schwender zu Wort: Sie habe überwiegend wunderbare Gäste, sagt sie, sonst hätte sie das *Santa Clara* längst für immer zugesperrt.

Gott sei Dank hat sie das nicht, denkt Leitner, der abends manchmal vom Hilmteichviertel in die Stadt spaziert und bei Bärbel einkehrt. Man trifft ja immer jemanden, den man kennt, Graz ist ein ganz wunderbares Großdorf, hier ist er geboren, zur Schule gegangen, hat studiert, erst im Spital gearbeitet, dann eine Praxis eröffnet, und dann vor zehn Jahren die Klinik. Ein wenig unsicher anfangs, ob er gegen die etablierte Schwarzl Klinik im nahen Laßnitzhöhe würde bestehen können. Aber letztlich haben sie beide ihre Klienten und über die steirischen Grenzen hinaus einen guten Ruf.

Leider hat er hier auch geheiratet und zwei Kinder gezeugt. Claudia fand es entsetzlich, dass er seine Klinik nicht in Wien eröffnet hat. Sie wäre so gern nach Wien gezogen. Oder London! Paris! Ein Häuschen an der Côte d'Azur ... nein, in die Südsteiermark will sie nicht an den Wochenenden! Ganz hübsch, aber soooo provinziell. Ach, Claudia, sie war ganz anders, als er sie kennenlernte. Kunststudentin an der Uni. Begeisterte Radlerin. Nichts, verdammt noch mal, altert so schnell wie das Glück.

Olga kommt in sein Büro zur täglichen Lagebesprechung. Hat sie angeklopft? Ja, behauptet sie, und Fridolin Leitner kann nicht ausschließen, dass er es überhört hat. Sein Verhältnis zu Dr. Markovic ist zwiespältig. Einerseits schätzt er sie sehr als Kollegin, andererseits wird er nicht schlau aus ihr. Was macht sie in ihrer Freizeit? Hat sie einen Mann? Sie sieht ja ganz interessant aus mit ihren dunklen Haaren und den slawischen Gesichtszügen. Er wünscht sich jetzt, er könnte sie einmal zum Lachen bringen, allerdings stimmen weder Zeit noch Ort.

Sie setzt sich ihm gegenüber und lehnt sein Angebot von Kaffee und Cremeschnitte ab. Isst sie überhaupt etwas?

»Danke«, sagt Olga, »ich habe gerade Tee getrunken. Die Neuzugänge sind in ihren Zimmern und warten auf Ihren Besuch. Alma Zoppot wird noch einen weiteren Tag bei uns bleiben, sie hat Kreislaufprobleme, sagt sie. Ich hab ihr was gespritzt. Außerdem möchte sie sich mit Ihnen noch einmal über die Fettabsaugung an den Oberarmen unterhalten.«

»Kein Problem, ich schau nachher noch bei ihr rein. Sind die Neuzugänge meine oder Ihre Opfer?«

Olgas Gesicht bleibt unbeweglich. »Die Oberlidstraffung gehört Ihnen, Professor, ich würde dabei gern assistieren. Ich übernehme die Reiterhosen, wenn das recht ist.«

»Aber sicher.« Fridolin Leitner trinkt seinen letzten Schluck Kaffee und verzieht das Gesicht. Er ist kalt und bitter. »Was macht unsere prominente Brustvergrößerung?«

»Alles gut. Sie wird morgen früh von ihrem Manager abgeholt. Vielleicht sollten Sie sich noch einmal bei ihr blicken lassen. Die Fettabsaugung nervt die Krankenschwester mit anzüglichen Sprüchen. Ich hab ihm gesagt, wenn er zu viel redet, gefährdet er seine Wundheilung. Jetzt sagt er gar nichts mehr und starrt nur noch in seinen Laptop.«

»Bravo! Ich wüsste wirklich nicht, was ich ohne Sie tun würde, Dr. Markovic.«

»Jemand anderen einstellen.« Olga schlägt ihre Mappe zu und sieht ihn ernst an. »Ich habe Angela Polz verständigt, die Lektorin von Steffi Hütter. Sie war als Kontaktperson eingetragen, offenbar waren die beiden befreundet. Frau Polz wird sich um die Beerdigung kümmern, also auch um den Leichentransport.«

»Ich werde die Sekretärin anweisen, einen Kranz zu schicken«, sagt Leitner. »Ich ... ein Exitus ist tatsächlich zum ersten Mal passiert, seit ich die Klinik eröffnet habe.« Er hat der Journalistin die Nasen-OP zum reduzierten Preis angeboten, eine Art Gegengeschäft zu den Memoiren. Und wie dankbar sie ihm war! Es war aber auch wirklich eine hässliche Nase, eine Herausforderung für jeden Schönheitschirurgen. Nun ja, jetzt braucht sie die neue auch nicht mehr ...

Olga zeigt die Andeutung eines Lächelns, ihre Mundwinkel ziehen sich kaum wahrnehmbar nach oben. »So etwas kann aber vorkommen, Professor. Die Anästhesistin hat den OP-Verlauf genau protokolliert, es hat keinerlei Anzeichen von Kreislauf- oder Herzproblemen gegeben. Eine mögliche Erklärung wäre, dass Frau Hütter mehr als eine Schlaftablette genommen hat – aus eigenem Bestand vielleicht. Die Medikamentendosierung von unserer Seite war völlig korrekt.«

»Ich weiß, trotzdem ...« Fridolin Leitner überlegt, zu Steffis Begräbnis zu gehen und mit der Lektoren-Freundin zu sprechen. Vielleicht gibt es ja eine Möglichkeit, das Buch doch noch zu veröffentlichen. Sonst wär es verdammt schade um die Zeit, die er investiert hat.

Olga sieht ihn fragend an. »Wenn Sie mich nicht mehr brauchen, Professor, werde ich mich in meine Praxis aufmachen.«

»Sie sind ein Arbeitstier, Dr. Markovic. Haben Sie denn überhaupt kein Privatleben?«

Wenn sie seine Frage impertinent fand, lässt sie es sich nicht anmerken. »Ich lese gerne Fachbücher – und Zeitschriften. Und ich gehe an meinen freien Tagen wandern. Nichts Spektakuläres, Teichalm, Brandluckn ... das sanfte Grün legt sich beruhigend auf meine Seele ... Entschuldigung, das klang ein wenig kitschig ...«

»Nein, überhaupt nicht!« Leitner ist fasziniert von Olgas Offenbarung. »Ich bin früher auch viel gewandert und geradelt und skigefahren. Jetzt spiele ich Golf. Da hat mich meine Frau reingetrieben ... Vielleicht sollten wir mal eine Wandertour machen, so eine Art Betriebsausflug ...?«

Das war zu viel des Guten, er merkt es an Olgas Reaktion. Sie steht abrupt auf, murmelt ein kaum hörbares »Vielleicht«, eilt aus seinem Büro und ist verschwunden.

Er seufzt und fragt sich, welcher Teufel ihn geritten hat, seine Frau zu erwähnen und auch noch eine gemeinsame Wanderung vorzuschlagen. Er ist eben nicht subtil, genau das wirft ihm Claudia öfter vor. Doch mit Patienten kommt er in der Regel bestens zurecht. Eine gütige Aura, so hat es eine Managerin aus Frankfurt genannt. In jedem Fall ist er keiner dieser Halbgötter in Weiß, die von oben herab wirken und ihre Patienten behandeln wie Fließbandobjekte. Mitgefühl, vielleicht ist das eines seiner Erfolgsrezepte, und natürlich auch, dass er ein verdammt guter Chirurg ist. Einmal, ein einziges Mal, hat er gepfuscht, und das war ganz am Anfang seiner Karriere. Ein Fehler, Menschen machen Fehler, und Ärzte auch. Das sagt er sich immer wieder, wenn er daran denken muss. Er hat es niemandem erzählt außer Claudia, und das war sein zweiter Fehler. Weil seine Frau bei jedem Streit darauf herumreitet. Weshalb er es schon fast aufgegeben hat, mit ihr zu streiten. Es hat keinen Sinn, denn sie würde nie zugeben, Unrecht zu haben. Er wünschte manchmal, sie wäre tot! Die Gedanken sind frei. Er ist es leider nicht.

Während der Professor von Tür zu Tür geht und seine gütige Aura auf die Patienten wirken lässt, hat Dr. Markovic die Klinik längst verlassen. Sie ist auf dem Weg in ihre Praxis in der Wiener Straße. Dass sich ihre kleine Wohnung im selben Haus befindet, ist äußerst praktisch. Sie fährt mit der Straßenbahn in die Innenstadt und geht vom Lendplatz aus zu Fuß. Nur im Winter und bei miesem Wetter nutzt sie das Auto, das meistens in der Tiefgarage steht.

Das Viertel um den Lendplatz ist inzwischen so hip wie das Bermudadreieck, vorwiegend junge Leute bevölkern die Straßen und Cafés und Wirtschaften. Nur wenn es in Richtung Bahnhof oder Griesplatz geht, sind die Straßen und Häuser noch alt und schäbig, mit hohem Ausländer- und Studentenanteil. Vorne, an der Mur und rings um das Kunsthaus, das aussieht wie eine Mischung aus Unterseeboot und Ufo, sind die Häuser aufgehübscht und die Mieten sehr viel teurer.

Olga ist erst zwei Jahre in Graz, sie war vorher Hautärztin in München und spezialisierte sich dort bereits auf Schönheitsbehandlungen. Nach der Trennung von ihrem Mann bewarb sie sich auf die Stelle in Graz, und es war eine wirklich gute Entscheidung. Sie kann vom Professor lernen und gleichzeitig ihre Praxis um neue Behandlungsmethoden erweitern. Graz ist eine Stadt, die es einem leicht macht, friedlich und unbehelligt zu existieren. Mehr will sie vom Leben vorerst nicht. Immer einen Schritt nach dem anderen tun, vorsichtig und beherrscht. Das hat sie sich vorgenommen!

***

Alma Zoppot verlangt vom Professor, dass er ihr noch vor Weihnachten einen Termin für die Fettabsaugung und Armstraffung gibt. Auch als er ihr erklärt, dass er im Dezember vier Wochen in Afghanistan sei und es im Herbst immer knapp sei mit Terminen, will sie nicht davon abweichen. Er schlägt ihr den Jänner vor – »mit neuen Oberarmen in das neue Jahr, das wär doch was!«

Sie funkelt ihn an: »Und was, wenn Sie in Afghanistan in die Luft fliegen, so was soll ja vorkommen!«

»Das wär dann höhere Gewalt, Gnädigste. Und dann müssten Sie sich halt einen neuen Arzt suchen.«

Aber das will Alma nicht, sie redet so lange auf ihn ein, bis er ihr entnervt verspricht, sie in der zweiten Novemberhälfte irgendwie reinzuschieben. Jetzt kann sie wieder lächeln, soweit das ihr frisch behandeltes Kinn zulässt. Alma greift nach seiner Hand: »Sie sind der Beste, Professor, und ich will nur noch von Ihnen optimiert werden. Ihre Oberärztin soll ja ganz tüchtig sein, aber irgendwie werd ich nicht warm mit ihr. Und das Vertrauen spielt ja doch eine große Rolle ... Was war übrigens gestern früh los? So viel Lärm, und die Schwester erzählte mir, dass ein paar OPs verschoben werden mussten.«

Die Schwestern reden zu viel, denkt Leitner, während er seine Hand vorsichtig wegzieht. »Ach, das waren nur technische Probleme, mittags war alles wieder ganz normal. Ich hoffe, wir haben nicht Ihren Schönheitsschlaf gestört, gnä' Frau.«

Alma lacht kokett, aber das tut weh. »Ach was, ich hab mir am Abend von der Schwester eine Schlaftablette geben lassen. Wenn ich das tue, kann die Welt untergehen, und ich merke nichts. Meine Kreislaufbeschwerden sind auch besser, und ich denke, ich kann morgen wieder nach Hause. Was heißt nach Hause? Ich logiere im *Hotel zum Dom* in der Suite ganz oben, wenn ich in Graz bin. Eine größere Erbschaft, wissen Sie. Und als erfolgreiche Schauspielerin hab ich ja auch gut verdient.«

Muss schon was her sein, denkt Leitner, doch er lässt seinen gütigen Blick weiter wohlwollend auf ihr ruhen. Einige Patientinnen übertreiben es mit der Dankbarkeit, er macht es ja schließlich nicht umsonst, aber er wird nie unhöflich, wenn es um die Abwehr von Avancen geht. »Morgen schau ich noch mal nach Ihnen, und dann können Sie gleich zurück in Ihre schöne Suite. Wenn irgendwelche Probleme auftauchen, sind wir jederzeit für Sie da. Aber das ist unwahrscheinlich, Sie haben eine wunderbare Heilhaut. Nach sechs Tagen kommen Sie nochmals rein, und wir ziehen die Fäden. Und dann kehren Sie in strahlender Schönheit nach Wien zurück.«

Alma seufzt. »Tja, nur wartet da leider niemand auf mich, Professor, seit ich meinen Freund in die Wüste geschickt hab. Meine liebste Freundin ist auch gestorben. Es bleiben einem nur diese oberflächlichen Bekanntschaften, die Schickimicki-Bussi-Figuren ... Sie kennen das ja.«

Kennt er, aber nur durch seine Frau. Fridolin Leitner sieht Alma aufmunternd an. »Jetzt gehn S' aber ... eine attraktive Frau wie Sie wird sicher nicht lang allein sein.«

Er steht von ihrem Bett auf, in dem Alma wie eine lädierte Königin thront. »Jetzt muss ich leider weiter, es warten noch die Neuzugänge. Es war wie immer ein Vergnügen, mit Ihnen zu plaudern!«

Bevor Alma auch nur piep sagen kann, ist er schon aus

dem Zimmer geflüchtet. Guerillataktik im Krieg gegen flirtende Patientinnen. Alma sieht ihm nach mit einer Mischung aus Bedauern und Triumph. Sie hat bekommen, was sie wollte, den Termin im November. Der Mann ist noch ein bisserl reserviert, aber von der Nachtschwester weiß sie, dass Leitner eine ganz unglückliche Ehe führt und sogar manchmal in der Klinik übernachtet. Sie wird sich die Arme machen lassen, und, wenn das Kinn ganz verheilt ist, eine Mesotherapie gegen Lippenfältchen. Danach käme vielleicht ein Medical Needling zur Hautverschönerung infrage. Oder ein Fruchtsäure-Peeling. Ach, es gibt ja so viele Möglichkeiten, den Verfall aufzuhalten. Und jedes Mal wird sie Fridolin Leitner wiedersehen! Steter Tropfen höhlt den Stein, so heißt es doch. Gott, wenn sie an die Frauen von früher denkt, die sahen mit vierzig schon aus wie alte Weiber.

Alma langweilt sich mit ihrem guten Buch, das vor allem Besucher beeindrucken soll. Im Fernsehen ist auch nichts, also beschließt sie, die Terrasse aufzusuchen. Irgendeinen Raucher trifft man dort immer, und wenn es nur jemand vom Personal ist. Angeblich soll ein bekannter TV-Moderator unter den Gästen sein. Fettabsaugung: Alma tippt auf den Bauch, die Achillesferse erfolgreicher Männer. Die letzte Gelegenheit, den Mann zu treffen. Also zieht sie die Lippen nach, checkt die Frisur und zieht ihren sündteuren Hausanzug an. Im Flur begegnet ihr Schwester Inge, die aussieht, als habe sie seit Tagen nicht mehr geschlafen. »Ist alles in Ordnung, Schwester?«

Die schüttelt nur den Kopf und hastet weiter. Alma sieht ihr hinterher. Das Personal lässt nach. Zeit, in ihre Hotelsuite zu wechseln. Und sie hat so einen Gusto auf ein Glas Schampus. Oder zwei.

Kapitel 4

»Wehleidige Zezn« haben sie sie genannt in ihrem Heimatkaff. Nur weil sie sensibler war als die anderen. Aber dass Menschen wie sie auf alles empfindlicher reagieren als grobschlächtige Holzköpfe, das hat man erst in Graz am Theater respektiert. Dort ist sie halt unter ihresgleichen.

Auch der Professor Leitner, der sie letztlich ja doch selbst behandelt hat – immerhin ist sie Schauspielerin –, zeigte Verständnis für ihre übersensible Künstlerseele. »Jeder empfindet Schmerz anders, Frau Sibelius. Sie sind eben nicht so robust, sondern haben eine besonders niedrige Schmerzschwelle«, hat er ihr freundlich erklärt, als sie nach der Vaginalstraffung über unerträgliche Qualen geklagt hat. Und hat ihr Schmerzstiller und Schlaftabletten mitgegeben. »Falls es ganz arg wird.«

Ganz arg, das ist jetzt. Bei jedem Schritt könnte sie schreien. Sie schafft es kaum vom Schlafzimmer in die Küche und dann ins Bad. Und erst am Klo! Na, danke. Am besten so gut wie nix trinken, hat sie sich für die nächsten Tage vorgenommen. Sie kann es nicht fassen, dass sie sich das für Emanuel angetan hat! Aber die Reue kommt wie immer zu spät. Das weiß sie, seit sie siebzehn war.

Sie hat keine Ahnung, wie sie in dieser Verfassung die Probe überstehen soll. Zwar sagt sie nur einen Satz, muss aber während der ganzen Szene auf der Bühne sein, bis sie am Schluss mit einem Fahrrad von der Bühne abfährt. Oh, holy shit, ein Fahrradsattel!! Daran hat sie vorher gar nicht gedacht. Sie hätte sich doch besser krankmelden sollen. Aber andererseits: Wer nicht präsent ist in diesem Beruf, den frisst die Bedeutungslosigkeit. Und das kann sie sich nicht leisten. Ganz im Gegenteil. Besser eine kleine Rolle in einer Prader-Inszenierung als eine große unter einem Mister Nobody. Außerdem ist sie überzeugt, dass Emanuel sie weiter fördern wird, vielleicht ist sogar eine Rolle in einem seiner Filme drin ... Wozu lässt sie schließlich seinen schwabbeligen alten Körper an ihren fast makellosen jungen?

Bei der Besetzung hat er wahrscheinlich auf die alte Hexe, seine »Gattin« – Gott, wie Mara dieses Wort hasst – Rücksicht genommen. Angeblich schießt die immer quer, wenn er eine hübsche Junge besetzen will. Die tut sich halt schwer damit, alt zu werden und für Emanuel sexuell uninteressant. Wozu treibt die sich überhaupt ständig in Graz herum? Soll doch in München bleiben und ihrer Schneiderinnenarbeit nachgehen. Angeblich ist sie dort an einem Theater Kostümbildnerin. Auch schon was! Was findet Emanuel nur an dieser mittelmäßigen, hysterischen Alten?

Mara sucht in ihrer Handtasche die Schmerztabletten aus der Klinik, drückt zwei aus dem Blister und spült sie mit einem Glas Frühstücksprosecco hinunter. Bis sie im Theater ist, müssten die wirken.

Von der Plüddemanngasse, wo Mara Sibelius wohnt, bis zum Schauspielhaus ist es ganz schön weit. Der Taxifahrer freut sich über die Fuhr, Mara denkt sorgenvoll an ihr überzogenes Konto. Aber selber fahren, mit Gas, Bremse, Kupplung treten – lieber nicht. Außerdem hat sie für ihren alten Mini einen so schönen Parkplatz gefunden! Am besten wär es, sie würde ihn von dort überhaupt nicht mehr fortbewegen.

Eine halbe Stunde ist es her, seit Mara die Tabletten geschluckt hat, und nichts hat sich geändert. Na ja, genau genommen doch. Die Schmerzen sind zwar nach wie vor da, aber irgendwie fühlt sie sich komisch. Müde vor allem, wie auf Wolken. Könnte auf der Stelle einschlafen. Vielleicht hätte sie sich vorher die Nebenwirkungen durchlesen sollen. Nun, hier im Taxi hat sie ja genügend Zeit. Sie kramt in der Handtasche, die eigentlich ein Riesenshopper ist, findet lange Vermisstes – und schließlich auch die Schachtel mit den Schmerzstillern. Als sie den endlos langen Beipackzettel zutage fördert, fällt der Tablettenblister heraus. Na so was! Da fehlt ja keine einzige Tablette! In Mara steigt ein schrecklicher Verdacht auf. Der bestätigt sich durch den Gegencheck mit der anderen Tablettenpackung umgehend. Sie hat statt der Schmerzmittel zwei Schlaftabletten genommen. Kein Wunder, dass sie so müde ist!

Blöder geht's ja wohl nicht mehr! Wie soll sie da die Probe durchhalten, ohne umzufallen? Und bei der Arbeit kennt Emanuel kein Pardon, da muss jeder voll da sein – oder er ist weg. Sie wird sich sofort in der Kantine einen doppelten Espresso und zwei Red Bull zu Gemüte führen, und irgendwas Süßes. Abgesehen davon, dass sie für Süßigkeiten sterben könnte, hat sie auch die Erfahrung gemacht, dass diese sie wachhalten, wenn sie Rollen lernt. Zucker geht direttissima ins Hirn.

Sie weist den Taxler an, in den Hof bis vor den Bühneneingang des Theaters zu fahren. So wenig wie möglich bewegen! Nachdem sie schweren Herzens zwanzig Euro bezahlt hat, steigt sie umständlich aus und steuert auf den Eingang zu, aus dem ihr Sascha Prinz entgegenkommt.

»Hallo, Mara, Liebes! Probe bei Emanuel dem Schrecklichen?«

»Mhm.« Sie muss dringend in die Kantine!

»Wie schaut es heute Abend aus? Wir haben ja beide keine Vorstellung. Da könnten wir doch ...«

Mara unterdrückt ein Gähnen. »Nein, heute nicht, Sascha. Sorry. Ich fühl mich nicht wohl.«

»Der kleine Prinz könnte dich vielleicht auf Touren bringen ...« Er grinst anzüglich.

Daran mag sie gar nicht denken! Nicht umsonst hat der Professor gesagt, fünf Tage kein Sex. Grundsätzlich ist ihr der große Prinz ja lieber als der Prader. Um einiges jünger, schlank, volles dunkles Haar, sportlicher kantiger Typ, fesch, hat als Star des hiesigen Theaters viel Einfluss in der Dramaturgie und auf die Besetzungen. Aber leider säuft er zu viel. Kann nur mit einem gewissen Alkoholpegel auf die Bühne. Dann ist er aber sensationell! Das Publikum betet ihn an. Zu Recht, wie Mara findet. Weniger sensationell ist in diesem Zustand allerdings sein kleiner Prinz. Sie musste schon ein paarmal erleben, dass der dann Spompanadeln macht, was extrem mühsam ist. Also hat sie zurzeit die Wahl zwischen einem halb impotenten Alkoholiker und einem alten geilen Bock mit Ehering. Das ist so traurig! Den Glauben an den einzig Wahren, den Ritter in strahlender Rüstung, hat Mara immer noch nicht verloren. Doch sie wird älter, und mit jedem Jahr schwindet nicht nur die Frische, sondern auch die Hoffnung.

Als sie in der Kantine hintereinander den Espresso und zwei Red Bull hinunterstürzt, kommt der Portier auf sie zu. »Grad war ich in Ihrer Garderobe, Frau Sibelius. Haben Sie's schon g'sehn?«

Mara schüttelt den Kopf. Dass der sich immer so wichtigmachen muss!

»Da ist nämlich was für Sie abgeben worden. A große Bonbonniere. Hätt am liebsten selber davon 'kost. I bin nämlich auch a Siaßer, so wie Sie.« Er lacht. »Na na, ka Sorg, ich hab sie eh in Ihre Garderobe g'stellt.«

»Ihre« Garderobe – alter Schmeichler. Zu einer eigenen Garderobe hat sie es nämlich noch nicht gebracht, sondern muss die große, allgemeine mit anderen unbedeutenden Kolleginnen und manchmal sogar mit Statistinnen teilen. Im Moment ist sie aber Gott sei Dank allein. Sie wäre zu müde für Small Talk und Theatertratsch. Ein Glück auch, dass die heutige Probe noch ohne Kostüm und Maske stattfindet. Erst morgen die erste Hauptprobe – mit der ganzen Prozedur: ausziehen, anziehen, Maske, Perücke ... Sie wird gleich noch müder, wenn sie daran denkt. Aber morgen wird sie sich schon besser fühlen. Hoffentlich.

Mara isst eigentlich nie was. Aber Süßem kann sie einfach nicht widerstehen. Und die Pralinen sind tatsächlich ein Gedicht. Vor allem: exakt zum richtigen Zeitpunkt gekommen! Genau das, was sie jetzt braucht. Ob die von Emanuel sind – quasi als Wiedergutmachung für die Olivenölattacke seiner Alten? Eher nicht, so feinfühlig ist der nicht. Schon eher von Anatol Hofer. Kulturkritiker und ebenso unerschütterlicher wie lästiger Mara-Verehrer. Sie muss den Portier danach fragen. Eh egal, jedenfalls schmecken sie göttlich und machen hoffentlich auch munter.

Kaffee, Red Bull und eine halbe Schachtel Pralinen haben die Müdigkeit tatsächlich vertrieben. Jetzt aber ist das Gegenteil eingetreten. Das mit den Red Bull war vielleicht doch zu viel, denkt Mara. Zu viel Koffein. Eine Freundin hat von so was sogar einmal einen regelrechten Koffeinschock bekommen. Auch ihr Herz rast jetzt wie verrückt, richtig zittrig ist sie. Als stünde ihr ganzer Körper unter Strom. Und dann diese Schweißausbrüche! Ob das in den Wechseljahren auch so ist? Na, sie ist davon ja noch weit entfernt. Im Gegensatz zu Gisela Prader, haha. Allerdings bringt der Gedanke im Moment nur einen schwachen Trost. Unerträglich, wie heiß ihr ist. Sie zieht Bluse und BH aus, weil sie das Gefühl hat, dass die Hitze ihr den Atem nimmt und sie umklammert wie einer dieser schrecklichen Bodyformer. Ihr Mund ist auch so trocken. Von der Hitze? Oder ist das eine Nebenwirkung dieser blöden Schlaftabletten? Oder des Koffeins? Sie braucht dringend ein großes Glas Wasser. Ganz schwindlig ist ihr, als sie aufsteht, um zum Waschbecken zu gehen. Na, ich bin vielleicht beinand für diese Probe, denkt sie, da wird der Emanuel seine Freud mit mir haben …

Der Schrei ist im ganzen Haus zu hören. Doch vom Inspizienten bis zum Portier bleiben alle gelassen. Seit Prader hier probt, kommt das ständig vor. Der Mann ist ein totaler Choleriker. Aktueller Anlass: Prader wartet vergeblich, dass sich ein Käfig mit dem bösen Geist Lumpazivagabundus vom Schnürboden herabsenkt. Außerdem sind auf der Bühne die Lichter ausgegangen.

»Techniiik!! Beleuchtung!! Was ist da los?«

Der Einzige, der antwortet, ist der Inspizient: »Die Technik is scho weg, Herr Prader. Laut Gewerkschaft is die Probenzeit überschritten. Ab jetzt müssten Überstunden bezahlt werden.«

Emanuel Prader schäumt. »Typisch Provinz! So was sollte man sich mal beim Film trauen! Also, von mir aus dann eben Überstunden, guter Mann!!«

»Das mit den Überstunden muss der technische Direktor genehmigen, wir dürfen das nicht«, wirft der Inspizient gleichmütig ein. Ähnliche Begehrlichkeiten ist man auch von anderen externen Regisseuren gewöhnt. Das regt niemanden mehr auf. Schon gar nicht das Bühnenpersonal. Gewerkschaft ist Gewerkschaft. Da muss sich auch die Kunst unterordnen. Außerdem haben die Beleuchter und

Bühnentechniker inzwischen das Haus schon verlassen. Und der technische Direktor ist sowieso auf Urlaub. Aber wozu dem irren Deutschen das erklären? Wird schon aufhören zu schreien.

Prader drischt mit der Faust auf das Pult, wo seine Regieunterlagen liegen, bis die in alle Richtungen fliegen. Schweigend hebt der junge Regieassistent sie auf. Die Schauspieler stehen ratlos auf der finsteren Bühne und warten auf eine Entscheidung des Diktators. Denn Theater ist Diktatur, da hat nur einer was zu sagen, der Regisseur.

»Gut, dann proben wir die nächste Szene ohne technische Effekte und nur im Stehen, da kann in der Dunkelheit keiner stolpern. Rufen Sie schon einmal Mara Sibelius aus«, befiehlt er dem Inspizienten.

Dessen Stimme ertönt überall im Theater: »Frau Sibelius, auf die Bühne, bitte! Frau Sibelius!«

***

Das Büro, das man Martin vorübergehend zugeteilt hat, ist nicht groß, aber hell mit einem schönen Blick auf den Stadtpark. Was für ein Glück, dass noch nicht die gesamte Abteilung Leib und Leben in die Straßganger Straße übersiedelt ist, sondern er noch hier »residieren« darf. Mitten in der Stadt und trotzdem rundum grün. Der Chefinspektor ist zufrieden mit seinem Zimmer. Vor allem, wenn er es mit seinem Kellerkammerl in Wien vergleicht. Ein Grund mehr, sich voller Begeisterung in die Arbeit zu stürzen. Da kein aktueller Fall anliegt, hat er sich sofort engagiert über die Akte eines seit zwei Jahren ungelösten Mordfalls hergemacht. Das Opfer war ein junger Tschetschene. Die Kollegen vermuten Blutrache, sind in ihren Ermittlungen aber keinen Schritt weitergekommen. Familie und Freunde bilden eine Mauer des Schweigens. Man hat den Fall zwar offiziell noch nicht ganz aufgegeben, aber große Hoffnung auf Aufklärung hegt man nicht mehr. Jeder hatte die Akte schon in Händen, und nun eben der Glück aus Wien. Martin beschließt, nach der Mittagspause den Fall mit Felix Wagner noch einmal gründlich durchzugehen.

Doch erst wird er eine Runde joggen. Die steirische Kost schmeckt ihm zu gut, da muss er heute Mittag einmal die Kalorienaufnahme durch Kalorienverbrauch kompensieren. Er zieht sich schnell um und läuft los: durch den Stadtpark, die Elisabethstraße hinauf, am Landeskrankenhaus vorbei zum Hilmteich und wieder retour.

Als er auf dem Rückweg durch das Burgtor kommt, stutzt er. Vor dem Schauspielhaus stehen Polizeiautos und Gaffer. *Um Gottes willen, der Nestroy!,* erinnert er sich plötzlich an die wilden Prophezeiungen seiner Nachbarinnen. Ein Anschlag auf Emanuel Prader ...?

Verschwitzt bahnt er sich den Weg zum Bühneneingang. Was nicht ganz leicht ist, hat er doch seinen Dienstausweis nicht dabei, und keiner der Uniformierten kennt den Neuen aus Wien. Da erscheint kurz Felix Wagner im Eingang. Was macht der hier ohne ihn? »Hey, Wagner! Was ist los?«, ruft Martin dem Kollegen über die neugierigen Köpfe hinweg zu und fuchtelt wild mit den Armen, um auf sich aufmerksam zu machen. Doch Wagner bemerkt ihn nicht und verschwindet wieder im Haus. Martin checkt schnell auf dem Handy, ob Wagner versucht hat, ihn zu erreichen, aber unter »unbeantwortete Anrufe« findet er nur Lily. Natürlich, bei der Lily hätte er sich schon längst melden sollen. Aber jetzt ist auch nicht der richtige Augenblick.

Erst ein Anruf auf dem Mobiltelefon des neuen Partners verschafft Martin Glück Zugang zum Theater. Auf seine Frage, was los sei, antwortet der Leutnant: »Man hat eine Schauspielerin tot in der Garderobe aufgefunden. Sie waren gerade Joggen, als der Notruf eingegangen ist. Aber keine Sorge, ich hab alles im Griff. Ich bin hier im Theater quasi zu Hause. Gell, Franz«, wendet er sich vertraulich an den Portier.

»Warum haben Sie mich nicht verständigt?«

»Wollt Sie nicht stören.« Wagner dreht sich von Martin weg und gibt Anweisung, alle im Theater Anwesenden in der Kantine zu versammeln.

»Wo ist die Tote?«, unterbricht der Chefinspektor seinen Leutnant. Er könnte ihn umbringen. Als Wagner antwortet, lässt er ihn einfach stehen. Ungern kehrt er den Vorgesetzten raus, aber in diesem Fall wird ihm wohl nichts anderes übrig bleiben.

Beim Betreten der Garderobe schreckt Martin kurz zurück. Auf dem Fußboden liegt mit nacktem Oberkörper die junge Frau, die im *Santa Clara* von Emanuel Praders Gattin mit Olivenöl übergossen wurde. Mara Sibelius. Neben ihr die Scherben eines zerbrochenen Wasserglases. Über sie gebeugt der Pathologe, zwei Beamte sichern Spuren. »Können Sie schon was sagen, Doktor?«

Der hebt nur kurz den Kopf. Sein Gesichtsausdruck sagt »Schleich di, Weaner«, sein Mund formuliert ein knappes Statement: »Auf jeden Fall hat sie eine Kopfverletzung, wie man sieht. Ob das die Todesursache war, kann ich noch nicht sagen. Und jetzt lassen S' mich weiterarbeiten.«

Martin tritt einen Schritt zurück. Da bemerkt er erst die große Wunde am Hinterkopf der Toten. Er registriert auch den Büstenhalter und das Top neben Mara Sibelius. Warum hat sie beides ausgezogen? Das Wasserglas. Hat sie es umgeworfen, als sie zusammenbrach? Ist sie mit dem Kopf aufgeschlagen, oder hat ihr jemand eins übergezogen? Die Pralinen auf dem Garderobentisch, die Hälfte fehlt. An den Fingern der Toten Schokoladenspuren. Es sieht so aus, als seien die Pralinen das Letzte gewesen, was Mara Sibelius gegessen hat. Gift? »Ich nehme an, dass auch das Wasserglas und die Pralinen untersucht werden«, sagt er zum Pathologen. Der dreht sich nicht mehr um: »Na eh, mir san in der Steiermark a net auf der Brennsuppn daherg'schwommen.«

»Weiß schon«, sagt Martin demütig und geht nach oben in die Kantine, wo Felix Wagner mit den Befragungen begonnen hat. Wagner flüstert dem Portier zu: »Ist noch jemand auf der Bühne?«

Der flüstert zurück: »Der Prader und ein paar aus dem Nestroy, die proben immer no. Im Finstern. Die Technik is ja scho weg. Die Gewerkschaft, waßt eh, Felix.«

»Jaja, die leidige Gewerkschaft.« Wagner prahlt mit Insiderwissen. »Und der Inspizient?«

»Eh a no drin.«

»Weiß Herr Prader denn nicht, was passiert ist?«, mischt Martin sich nun ein.

»Jaja, scho. Er hat si ja so aufg'regt, dass die Frau Sibelius a nach drei Durchrufen net kumman is. Sie wär ja dran g'wesen in der nächsten Szene. So hama sie überhaupt g'funden.«

Martin ignoriert den bösen Blick seines Leutnants. »Na, dann werden wir die wichtige Probe wohl unterbrechen müssen. Wer hat Frau Sibelius denn gefunden?«

»Der Walter Hofbauer, der Inspizient. Weil er sie suchen hat müassen, als sie net auftaucht is.«

Martin lässt sich den Weg auf die Bühne zeigen und überlässt Felix Wagner die Befragung der in der Kantine Versammelten.

»Wo hält sich Ihre Frau aktuell auf?«, ist Martins erste Frage an Emanuel Prader.

Der erkennt den Mann, der die raufenden Frauen im *Santa Clara* getrennt hat, was eigentliche schade war, denn er fand die Szene lustig. »In München. Oder vielleicht ist sie auch noch in Graz, was weiß ich. Ich hab andere Sorgen, Mann. Was kümmert es die Polizei, wo meine Frau ist? Wenn Sie sonst noch eine Frage haben, dann bitte schnell. Wir müssen weiterproben. Die Premiere steht vor der Tür, und jetzt muss ich auf die Schnelle auch noch die Sibelius umbesetzen.« Er scheint völlig ungerührt vom Tod seiner Geliebten. Prader mustert den verschwitzten Chefinspektor von oben herab.

Martin ist nicht so leicht einzuschüchtern. »Sie hatten ein Verhältnis mit Mara Sibelius, und Ihre Frau war extrem eifersüchtig. Was kommt da raus, wenn man eins und eins zusammenzählt?«

»Ach, du meine Güte! Sie verdächtigen meine Frau, am Tod der Kleinen schuld zu sein. Unsinn, da hat sicher keiner nachgeholfen, wenn Sie meine Meinung hören wollen. Die Mara hat halt wieder einmal zu viel von allem eingeworfen, und diesmal ist es schiefgegangen. Außerdem ist meine Frau überhaupt nicht eifersüchtig, sie toleriert, dass sich hin und wieder Nachwuchs auf meine Besetzungscouch drängt. Manchmal stoße ich die jungen Damen dann eben nicht von der Bettkante.«

»Ein wenig eifersüchtig dürfte Ihre Frau schon sein, wenn Sie meine Meinung hören wollen. Oder war das Olivenöl im *Santa Clara* nur ein Scherz?«

Emanuel Prader gibt sich gelangweilt. »Ach ja, der Friedensapostel. Hätte Sie kaum erkannt in diesem Aufzug. Sind Sie gerade einem Verbrecher hinterhergehetzt? Nein, aber Spaß beiseite, Herr Kommissar ...«

»Chefinspektor«, korrigiert Martin. »In Österreich gibt es keinen Kommissar.«

»Bei uns in Deutschland schon. Also, Herr Kommissar, ich sag Ihnen was: Es ist ein Riesenunterschied zwischen einer sogenannten Attacke mit Olivenöl und einem Mord. Das müssen Sie wohl einsehen.«

Gar nichts tut er. »Und welchen Grund könnten Sie selbst gehabt haben, Ihre Geliebte loszuwerden?«

Prader streckt die Beine von sich und lehnt sich lässig in seinem Sessel zurück, während er Martin amüsiert mustert. »Gar keinen, schon gar nicht durch Mord. Dazu war die Kleine zu unbedeutend. Wenn *ich* morde, dann muss es sich schon auszahlen.«

***

»Ein Herzerl, der Mann«, empört sich Lily, als Martin ihr am Telefon von Emanuel Prader erzählt. »Wisst ihr schon, ob es tatsächlich Mord war, oder ist sie einfach blöd gefallen?«

Nein, sie wissen es noch nicht. Martin wartet ungeduldig auf das Ergebnis der Obduktion und hatte endlich Zeit, Lily anzurufen.

»Wird gerade alles untersucht. Tatwaffe haben wir jedenfalls in der Garderobe keine gefunden, die Kollegen prüfen im Moment, ob es am Garderobentisch Blutspuren gibt. Wir können auch nicht genau sagen, wo sie gefallen ist, weil der depperte Inspizient sie bewegt hat. Offenbar schauen die beim Theater zu wenig Krimis, um zu wissen, dass man an einem vermutlichen Tatort nix verändern darf. In ihrer Handtasche habe ich nur Schmerztabletten und ein Schlafmittel gefunden. Vielleicht hat sie Tabletten genommen und war davon dasig und stürzte unglücklich ...«

»Oder Drogen.«

»Gefunden haben wir in der Richtung keine Hinweise. In der Garderobe lag aber auch eine angebrochene Schachtel Pralinen. Vielleicht waren die nicht koscher?«

Lily tippt trotzdem auf Drogen. Sie hatte in Klagenfurt gerade zwei Fälle mit Überdosis und lebt in ständiger Unsicherheit, ob nicht auch Sophie, ihre Tochter ...?

»Wie geht's Sophie?«, fragt Martin, als könnte er Gedanken lesen. Gut, gut murmelt sie, erzählt schnell ein lustiges Erlebnis mit Dackel Blau und schimpft über ihren neuen Chef.

»Wär schön, wenn du am Wochenende kommen könntest«, kann er gerade noch sagen, bevor Felix Wagner in der Tür steht. »Ich glaub, jetzt kommen Neuigkeiten von der Patho. Ciao, Lily.« Hat er das jetzt wirklich gesagt: Ciao? Das, was ihn an Larissa immer so genervt hat? Er sieht den Leutnant erwartungsvoll an, doch der schüttelt den Kopf.

»Nein, noch nix Neues von der Patho. Geht das in Wien womöglich schneller?« Wagner schaut an Martin vorbei in Richtung Stadtpark, er hat offenbar Schwierigkeiten damit, ihn direkt anzusehen. Dann erzählt er von seinen Ermittlungserfolgen. Erstens: Die Bonbonniere wurde mit einem Taxi vom Hauptbahnhof ins Theater geliefert. Auftraggeber war eine Person in Burka. Der Taxifahrer kann sich nur noch an eine Gestalt in Schwarz erinnern, er geht davon aus, dass es eine Ausländerin war. Mittelgroß. Zweitens: Mara Sibelius hatte ein Verhältnis mit Regisseur Prader.

»Zweitens weiß ich«, sagt Martin.

»Dann ist es ja gut.« Wagner dreht sich auf dem Absatz um und verlässt grußlos Martins Büro.

Martin schaut ihm nach und zuckt zusammen, als die Tür krachend ins Schloss fällt. Einerseits versteht er Männer mit Liebeskummer. Und Felix Wagner hat sich bei den Vernehmungen im Theater zu seiner Überraschung als große Hilfe erwiesen. Er bewegt sich dort wie ein Fisch im Wasser, weil er vor Jahren Bühnenerfahrung als Statist gesammelt hat. Andererseits ist er ...

Wagner kommt zurück, sein Telefon in der Hand: »Der Pathologe hat mich grad angerufen, weil er Ihre Handynummer nicht hat. Nicht, dass Sie glauben, dass er Sie rangmäßig übergehen wollte. Todesursache war die Kopfverletzung. Entweder ein Schlag mit einem kantigen Gegenstand, oder sie ist irgendwo aufgefallen. Am Garderobentisch zum Beispiel. Der wird gerade auf Blutspuren untersucht. Die Tote hatte außerdem eine geringe Menge Schlaftabletten intus, ein Opioid, wie man es gegen Schmerzen verwendet, und eine Substanz, die noch untersucht werden muss. Das kann ein paar Tage dauern. Fest steht auch, dass Mara Sibelius vor Kurzem eine OP hatte, eine ...« – Wagner lacht kurz auf – »Vaginalstraffung. Kein Witz.«

Martin lächelt ungläubig. »Wer macht denn so was?«

»Hab ich ihn auch gefragt. Er meint, Frauen, die Kinder geboren haben und untenrum irgendwie ... so ... ausgeleiert sind.«

»Hatte die Sibelius denn Kinder? Können Sie das checken? Und wie lief die Befragung in der Kantine? Irgendwelche Auffälligkeiten?«

Wagner schüttelt den Kopf. »Bisher nicht. Alle sind wie die drei Affen. Wenn überhaupt, haben sie den Verdacht, dass sie sich wegen Prader umgebracht hat. Dem Piefke trauen sie nämlich alles zu.«

»Piefke und Wiener ...«, murmelt Martin. Doch auf den fragenden Blick seines Kollegen reagiert er nur mit einem ungewissen Lächeln. »Weiß man denn, wo sie dieses Vaginaldingsbums hat machen lassen?«

»Check ich noch, aber ich tippe auf die Hilmteichklinik vom Professor Leitner. Der Pathologe sagt, da gab es unlängst einen postoperativen Todesfall, einer seiner Kollegen hat den untersucht.«

»Päng«, sagt Martin. Er weiß auch nicht so genau, warum.

Kapitel 5

Das Haus in der Herdergasse ist alt, aber perfekt restauriert. Und es gibt Parkplätze vor der Tür, das ist auch in der Hilmteichgegend ein Glücksfall. Martin war noch nie in einer Schönheitsklinik, beim Aussteigen kommt ihm der Gedanke, dass es möglicherweise eine Schnapsidee war, den Tod von Mara Sibelius mit ihrem Aufenthalt in der Klinik in irgendeine Verbindung zu bringen. Sein Kollege, Leutnant Wagner, hält nichts davon, er ist auf Spurensuche im Theater geblieben, in dem Ambiente scheint er sich wohlzufühlen. Ein verhinderter Schauspieler? Na, ihm gegenüber benimmt er sich immer noch wie König Lear. Es ist blöd, dass der einzige Kollege, mit dem er nicht kann, ausgerechnet ihm zugeteilt wurde. Oder ist es so, dass Felix Wagner mit niemandem auskommt und der Wiener einem Härtetest unterzogen wird?

Auf Martins Läuten öffnet sich die Schiebetür aus Glas automatisch, und er tritt ein in den Tempel der Schönheit. Alles ist einschüchternd makellos, selbst die Blumengebinde an der Rezeption. Die Empfangsdame ist es auch, ein goldblonder Engel, und ihr Lächeln ist so zauberhaft, dass er beinahe ins Stottern kommt ...

»Martin Glück, Chefinspektor, also ... ich hatte angerufen. Es geht um Mara Sibelius ... die Schauspielerin. Weil, na ja ...«

Dass Männer in ihrer Gegenwart ins Stottern geraten, scheint sie nicht zu überraschen: »Ist schon klar, Herr Chefinspektor. Der Herr Professor ist noch im OP, wird aber in einer halben Stunde zu Ihrer Verfügung stehen. Dr. Markovic kommt auch gleich ins Haus, falls Sie die noch sprechen wollen. Vielleicht mögen Sie bis dahin einen Ingwersaft trinken. Oder grünen Tee vielleicht?«

»Nein danke«, sagt Martin schnell. »Aber vielleicht könnte mir bis dahin eine der Schwestern Auskunft geben über Frau Sibelius. Kann sein, dass ich auf der völlig falschen Fährte bin ...« Warum sagt er das? Wegen ihres Dauerlächelns und den Grübchen in den Wangen? Martin denkt, dass er viel zu alt ist, um so deppert auf Schönheit zu reagieren. Flirtet sie mit ihm, oder bildet er sich's nur ein?

»Aber ja, das ist sicher möglich. Gehen Sie in den ersten Stock ins Bereitschaftszimmer von Schwester Inge. Ich sage ihr Bescheid. Sie können auch den Lift nehmen ...«

Aber da ist er schon auf dem Weg nach oben, jeweils eine Treppe überspringend. Als ob er ihr zeigen wollte, wie fit er noch ist. Martin muss kurz über sich selber lachen, und als er sich umdreht, ist sie längst am Telefonieren. Erst jetzt kommt ihm der Gedanke, dass sie vielleicht ein Kunstwesen ist: alles falsch, Augen, Nase und Lippen, selbst die Wangengrübchen. Erschaffen von Professor Leitner, der zu den renommiertesten Schönheitschirurgen Österreichs zählt. Sein Ruf eilt ihm voraus, und dass er seine Klinik in Graz eröffnet hat und nicht in Wien, halten viele Promis für einen Segen. Weil es in der Provinz diskreter zugeht. Sagt man. Martin Glück hat von diesen Dingen sehr wenig Ahnung.

Die Krankenschwester heißt Inge, ist Mitte zwanzig und hübsch, nur irgendwie müde, sie hat Ringe um die Augen und erklärt ihm ungefragt, dass ihr der Wechsel von der Nacht- auf die Tagschicht schwerfalle. Die innere Uhr, die könne man nur mit Schlaftabletten überlisten, sagt sie, und Martin nickt verständnisvoll.

Das Zimmer von Mara Sibelius kann sie ihm nicht zeigen, das sei wieder belegt, erklärt sie ihm, doch sie könne sich an die Ärmste genau erinnern. So ein junges, attraktives Mädchen – und so ein grauenhafter Tod! »Sie hatte große Angst vor der OP, dabei war es nur eine Laserbehandlung. Vaginalstraffung.«

»Aha«, sagt Martin, dabei hat er keine Ahnung, was das sein könnte. Na ja so eine ungefähre Vorstellung, und die ist grauslich. Auf was Frauen nur kommen?! »Und wer hat die durchgeführt?«

»Der Herr Professor. Weil Olga – Dr. Markovic – sich an diesem Tag krankgemeldet hat. Sehr ungewöhnlich, ich kann mich nicht erinnern, dass sie mal einen Tag gefehlt hätte. Und ausgerechnet an diesem Morgen wurde die tote Patientin entdeckt. Also musste der Professor seine OPs um vier Stunden nach hinten schieben, damit alles mit der Leiche geklärt werden konnte.«

Die zweite Tote! In Martins Hirn arbeitet es gewaltig. »Wer ist denn gestorben, Schwester Inge?«

Sie tratscht halt gern, wer kann ihr das verbieten: »Stefanie – Steffi – Hütter. Eine Journalistin und Autorin. Nasenkorrektur. Die Operation verlief bestens, es gab überhaupt keine Probleme. Aber da fragen Sie am besten den Herrn Professor selber.«

»Und wieso ist sie dann gestorben?«

Sie wiederholt den Satz mit dem Professor. Hat der Chef den Schwestern nicht verboten, über den Todesfall zu sprechen? Andererseits ist damit ja wohl kaum die Polizei gemeint. Noch dazu ein so fescher Kriminaler. »Aber die anderen Patienten haben davon nichts mitgekriegt, auch nicht Mara Sibelius. Die ist mittags behandelt worden, und drei Stunden später hat sie ihre Entlassungspapiere unterschrieben. Sie war so happy, dass sie es hinter sich gebracht hatte. Und jetzt das!«

»Sehr traurig«, sagt Martin, und sieht jetzt ein bisserl verstört aus. Er fragt Schwester Inge, wer in jener Nacht noch in der Klinik gewesen sei, und nach kurzem Zögern gibt sie ihm die Belegungsliste mit den Zu- und Abgängen.

Martin pfeift leise, als er den Namen der deutschen Schauspielerin und des österreichischen Moderators liest – und den von Alma Zoppot. So ein Zufall, denkt er, Alma nach dem Wiener Erbschaftsfall wieder zu treffen. Ob sie immer noch mit der Adelmaus liiert ist?

Als er von der Liste aufsieht, steht sie vor ihm. Trotz des Verbands am Kinn und leichten Schwellungen und Rötungen unverkennbar Alma Zoppot mit der obligatorischen Riesensonnenbrille.

Almas Lächeln fällt immer noch ein wenig schmerzverzerrt aus. »Der Herr Chefinspektor, gibt's denn so einen Zufall? Hat man Sie nach Graz strafversetzt? Und was führt Sie hierher? – Kleines Augenlidlifting vielleicht?«

Martin lacht, und die Schwester sagt: »Der Herr Chefinspektor recherchiert wegen der Mara Sibelius, dieser Schauspielerin, die gestorben ist.«

Alma Zoppot sieht Martin fragend an: »Aber doch nicht hier?«

»Stimmt, aber kurz vorher war sie noch in der Klinik. Reine Routinebefragung. Haben Sie sie zufällig getroffen?«

Sie denkt nach und unterstreicht das durch eine leichte Senkung des Kopfes. »So eine fesche Blonde? Na ja, in dem Alter ist das kein Kunststück. Aber ja, ich habe tatsächlich kurz mit ihr gesprochen, auf der Terrasse draußen. Ganz früh am Morgen war das, ich konnt nicht schlafen wegen der Schmerzen, und sie hatte Angst vor dem Eingriff am nächsten Morgen. Es war nur ein kurzes Gespräch über Schönheit und Schauspielerei, sehr oberflächlich alles. Wir sind dann beide auf unsere Zimmer. Mehr kann ich zur Aufklärung leider nicht beitragen.«

Hört er Spott aus ihrer Stimme? Doch Alma Zoppot wendet sich jetzt an die Schwester. »Ich hab immer noch so leicht ziehende Schmerzen, deshalb bin ich außerplanmäßig hergekommen. Ich nehme an, der Professor hat wie immer keine Zeit, aber ich würde doch lieber ihn konsultieren als die Russin. Wie heißt sie noch mal?«

»Dr. Olga Markovic«, sagt Schwester Inge. Sie sieht auf ihre Uhr: »Sie müsste in ein paar Minuten hier sein.« Zu Martin: »Sie können schon ins Zimmer von Professor Leitner gehen, dritte Tür rechts, es steht dran. Möchten Sie einen Tee? Oder Ingwersaft?«

Martin verneint, doch Alma möchte Saft und einen Strohhalm dazu. Sie erklärt sich bereit, auf den Professor zu warten. Als Martin sich zum Gehen wendet, ruft sie ihm nach, dass sie im *Hotel zum Dom* wohne. Suite dreiundzwanzig. Er könne sie dort jederzeit erreichen.

Martin bleibt stehen und dreht sich um. »Ist Ihr adeliger Begleiter nicht hier?«

»Nein, diesen Hochstapler hab ich in die Wüste geschickt. War eine vorübergehende Geschmacksverirrung.«

Er murmelt, dass ihm das aber leidtue, geht weiter und denkt, dass er Alma Zoppot gewiss nicht kontaktieren wird. Sie hat so was an sich, das er an Frauen nicht mag. Großes Ego, gewaltige Gier, als wollte sie alles um sich herum verschlingen. Vielleicht tut er ihr aber auch Unrecht, und sie ist nur einsam und auf der verzweifelten Suche nach Liebe. Ein Frauenversteher war er ja noch nie. Haben die Frauen jedenfalls immer behauptet, allen voran seine Ex, die jetzt mit einem Banker verbandelt ist, der ganz großartig zu ihr passt.

Martin klopft an die Bürotür und öffnet sie, als er ein »Hereinspaziert« hört. Professor Leitner steht auf und kommt um den Schreibtisch herum auf Martin zu, um ihm die Hand zu schütteln. »Chefinspektor Glück! Kommen Sie, ich habe exakt eine Viertelstunde Zeit für Sie, dann muss ich wieder in den OP. Sie kommen wegen Mara Sibelius? So ein Unglück – sie war noch so jung!«

»Möglicherweise hat jemand nachgeholfen«, sagt Martin, nachdem er sich auf dem Besucherstuhl niedergelassen hat. Sehr stylisch, dafür unbequem.

Wenn der Professor über Martins Vermutung erstaunt ist, lässt er es sich nicht anmerken. Er bietet ihm Espresso an und macht sich an der Maschine zu schaffen. »Frau Sibelius hatte eine Heidenangst vor dem Eingriff, der wirklich ganz harmlos ist. Verlief, wie erwartet, ohne Komplikationen, und sie ist noch am selben Tag nach Hause gefahren.«

Leitner fragt ihn nach der Todesursache, doch Martin übergeht das mit einer Gegenfrage: »Ich habe gehört, dass Sie OPs verschieben mussten, weil es einen Todesfall in der Klinik gab.«

Auf Leitners freundliches, rundes Gesicht fällt ein Schatten. »Ach ja, die Steffi Hütter – ich nehme an, Schwester Inge hat getratscht. Ich muss Sie bitten, das diskret zu behandeln, es ist ja nicht gerade eine Werbung für meine Klinik. Und dieser Tod war zwar überraschend, hatte aber eine natürliche Ursache. Herzversagen, wie der Pathologe bestätigt hat. Frau Hütter hatte eine leichte Insuffizienz, es hätte jederzeit und überall passieren können.«

Der Tod ist bös, aber sicher, denkt Martin. »Wer hat sie gefunden?«

»Schwester Monika. Sie wollte sie wecken ... und hat mich dann informiert. Ich bin sofort hergekommen. Der erste

Todesfall seit der Klinikeröffnung. Man muss ja geradezu dankbar sein, dass Frau Sibelius im Theater gestorben ist.« Er horcht seinem Satz nach und findet auch, dass er frivol klingt. »Na ja, Frau Hütter und ich hatten obendrein ein gemeinsames Projekt: Sie wollte meine Memoiren schreiben, tatsächlich war sie fast schon am Ende angelangt. Ich werde beim Begräbnis mit ihrer Lektorin sprechen, wie wir hier weiter verfahren sollen.«

Martin trinkt den letzten Schluck seines Espressos. »Haben sich Frau Hütter und Frau Sibelius hier kennengelernt, wissen Sie das?

Der Professor schüttelt den Kopf. »Ich glaube nicht. Frau Sibelius hat einen Tag vor dem Eingriff eingecheckt, was völlig überflüssig war, aber der Frauen Wille ist ihr Himmelreich. Und Steffi Hütter war schon auf dem OP-Tisch, bevor Frau Sibelius hier eintraf, also gab es da kaum eine Möglichkeit.«

»Die Patienten treffen sich zum Rauchen auf der Terrasse.«

Der Professor nickt. »Ja, und Rauchen macht nicht schöner, das kann man unseren Schönheitssuchenden nicht oft genug sagen. Steffi Hütter hat übrigens nicht geraucht, und sie war nach der dreistündigen OP auch nicht in der Lage, die Terrasse aufzusuchen.« Er sieht Martin verwundert an: »Warum wollen Sie unbedingt einen Zusammenhang zwischen den beiden Todesfällen herstellen?«

Martin sucht ein paar Sekunden nach der richtigen Antwort: »Ich weiß es nicht. Es ist mehr so ein Gefühl. Könnte ich wohl den Obduktionsbericht einsehen?«

Leitners Lächeln ist nicht mehr so unbeschwert wie am Anfang des Gesprächs. Er sucht auf dem Schreibtisch nach einer Mappe und reicht sie Martin. »Bitte schön, sagen Sie

Schwester Inge, sie soll Ihnen eine Kopie machen. Wir haben hier nichts zu verbergen – außer der Identität unserer prominenten Patienten.«

***

»Darüber hat er mit dieser Journalistin gestritten, man konnte es bis auf den Flur hören.« Dr. Olga Markovic hat Martin einen Stuhl in ihrem Büro angeboten, auch Tee oder Saft, Martin nimmt nur den Stuhl. Jetzt sieht sie ihn an, und die Intensität ihres Blicks ist ihm unangenehm. So ernst und durchdringend. Dunkle Augen und Haare, slawische Wangenknochen, große, fast zu große Lippen. Er schätzt sie auf knapp vierzig. Sie ist zu dünn für seinen Geschmack, aber schon attraktiv, wenn man diesen Typ mag. Sie mustert ihn auch, unergründlich, was sie von ihm hält.

Er hakt nach: »War der Streit vor oder nach der Operation?«

»Es war ungefähr eine Woche, bevor Frau Hütter wegen der Nasen-OP in die Klinik kam. Sie waren in seinem Büro, und es ging um das Buch. Sie war halt eine Journalistin, sie schnüffelte überall herum und wollte von ihm Promi-Namen. Die er ihr natürlich nicht gegeben hat. Also, wenn wir damit anfangen, können wir den Laden gleich schließen.«

Martin macht sich eine Gedankennotiz, die Lektorin von Steffi Hütter aufzusuchen. Und stellt eine Frage, die sie aus dem Gleichgewicht bringen sollte: »Ist es nicht sehr ungewöhnlich, wenn eine Sechzigjährige nach einer Nasen-OP stirbt?«

Dr. Markovic sieht ihn spöttisch an. »Denken Sie, dass wir sie umgebracht haben? Und Mara Sibelius hat den Mord beobachtet, deshalb musste sie auch sterben? Zwei fast perfekte Morde, oder nicht? Ich bitte Sie, Herr Chefinspektor …«

Martin, unbeeindruckt: »Meinen Sie mit *wir* den Professor und Sie? Na ja, warum nicht? Vielleicht hat diese Steffi Hütter etwas über ihn ausgegraben, das er um jeden Preis verbergen wollte. Ja, jetzt lachen Sie … aber in meinem Job muss man alle Möglichkeiten durchspielen. Auf jeden Fall war es kein schöner Tod.«

»Gibt es den überhaupt?« Olga Markovic greift nach einer Zigarette, hält ihm die Schachtel hin. Martin lehnt ab, obwohl er eigentlich gerne rauchen würde. Sie geht mit der brennenden Zigarette zum Fenster und öffnet es. »Eigentlich ist Rauchen hier streng verboten, auf der Terrasse steht allerdings ein Aschenbecher für die unheilbar Süchtigen. Nikotin kann die Wundheilung verzögern, aber sagen Sie das mal den Rauchern.«

Martin spricht in ihren Rücken: »Sie waren an dem Tag nicht da, als Steffi Hütter starb.«

»Stimmt, ich hatte eine wirklich üble Migräne-Attacke. Also habe ich ganz früh in der Klinik angerufen und mich für den Tag entschuldigt. Und den Professor habe ich privat erreicht und ihn gebeten, Mara Sibelius für mich zu übernehmen. Sie war an dem Tag meine einzige Patientin. Wahrscheinlich war sie froh, dass der Meister persönlich Hand anlegte. Viele Klienten kommen nur seinetwegen, aber er behandelt diese Unterleibssachen nicht so gern, weshalb ich mich darauf spezialisiert habe.«

Martin fragt sie nach der Vaginalstraffung, und sie gibt bereitwillig Auskunft. »Wir bieten auch Beschneidungen, Hodenstraffung, Verlängerung, Verdickung, die Begradigung von Verkrümmungen an. Wussten Sie, dass jeder zwanzigste Mann unter einem verkrümmten Penis leidet?«

Wusste er nicht, und er gehört zu den neunzehn. »Erstaunlich, was es alles so gibt.«

Sie hat ihre Zigarette ausgedrückt, das Fenster geschlossen und sich ihm wieder zugewendet. Mit verschränkten Armen steht sie am Fenster, und ihm fällt jetzt erst auf, dass sie sehr groß ist, sie überragt ihn beinahe. »Leben Sie allein?«

Sie scheint irritiert. »Gehört das zum Verhör? Aber ja, wenn Sie es wissen müssen, ich lebe alleine. Bin geschieden, das war auch ein Grund, warum ich von München nach Graz ging: ein Neuanfang. Und ich lerne außerordentlich viel bei Professor Leitner. Er ist übrigens ein sehr netter, trotz seines Rufs sehr bescheidener Mann. Alle hier mögen ihn, und die Patienten ohnehin. Er hat was von einem Weihnachtsmann, finden Sie nicht?«

Das ist ihm jetzt nicht aufgefallen, doch Martin fand den Professor tatsächlich auf Anhieb sympathisch. Aber was heißt das schon? Weihnachtsmänner können auch morden. Und Frauen sowieso. Zum Beispiel die Furie von Ehefrau, die Mara mit Olivenöl begossen hat. Oder es war Prader, der eine lästige Geliebte loswerden wollte. Martin weiß noch zu wenig über die Tote, um sich in irgendeiner Richtung festlegen zu können. Er wird den jungen Kollegen zum Abendessen einladen, um mit ihm über den Fall zu reden. Vielleicht kommt man sich ja auch persönlich näher. Oder auch nicht. Mit den Aggressionen anderer kann er ganz gut leben, nur mit der eigenen nicht, weshalb er ja auch diese Therapie machte. Über sich selbst oder absurde Situationen zu lachen, das ist ein guter Ratschlag, und er versucht, ihn zu beherzigen. Aber was starrt ihn die Ärztin so an?

Dr. Markovic kommt näher: »Haben Sie das schon lange, Herr Glück?«

»Was denn?«

»Na, diesen Fleck auf der Nase.«

Martin greift sich unwillkürlich an seinen Gesichtsvorsprung. »Ich weiß es nicht. Ist mir noch nie aufgefallen.«

Sie steht jetzt vor ihm, beugt sich vor und starrt intensiv darauf. »Groß ist der Fleck nicht, aber er erscheint mir doch verdächtig. Kommen Sie morgen Nachmittag in meine Praxis. Ich ordiniere von vierzehn bis neunzehn Uhr. Hier ist meine Karte.«

Martin nimmt sie automatisch und sieht dann zu ihr hoch. Irgendwie haben sich die Machtverhältnisse verschoben. Er ist jetzt auf der falschen Seite der Spritze. »Morgen? Warum denn?«

»Nun ja«, sagt Olga Markovic ohne erkennbare Regung: »Ich würde mir da nicht zu viel Zeit lassen. Es könnte Hautkrebs sein.«

Kapitel 6

Noch nie hat sich Martin Glück so intensiv mit seiner Nase beschäftigt – und mit seiner Sterblichkeit. In der Toilette des Landeskriminalamts steht er vor dem Spiegel und starrt auf den kleinen Fleck. Er ist braun, auch im grellen Neonlicht sieht er unverdächtig aus. Rund, ein bisserl ausgefranst, und ob die Farbe gleichmäßig ist, kann er nicht sagen, sie erscheint ihm eher scheckig. Auf jeden Fall ist das Mal größer als fünf Millimeter. Das ist ein schlechtes Zeichen, wenn man dem Netzdoktor glauben darf. Weil Martin den Hautkrebstest im Internet gemacht hat, den ABCDE-Test: Asymmetrie, Begrenzung, Colour, Durchmesser, Erhabenheit. Mindestens die Hälfte seiner Antworten deuten auf den schwarzen Hautkrebs hin, Gevatter Tod.

Er drückt mit dem Finger drauf und spürt nichts, keinen Schmerz. Das heißt aber nix, er ist inzwischen so was wie ein Internet-Haut-Experte, und wenn er daran denkt, wie die Metastasen vielleicht schon in seinem Kopf wuchern, wird ihm schlecht. Das Mal auf der Nase ist schon lange da, Monate bestimmt, vielleicht auch Jahre. Weil er ja nie darauf geachtet hat. Martin hat auch Male auf dem Rücken, eins am Knie, an der Schulter und an der rechten Hand. Womöglich alles krebsverseucht, wie dieses kleine Monster auf seiner Nase. Martin fotografiert es mit seiner Handykamera.

»Was machst denn da? Selfie mit Kumpf?«

Er hat sich so leise angeschlichen, dass Martin ihn erst im letzten Moment wahrnimmt: Felix Wagner. Passt irgendwie zu ihm, denkt er und starrt im Spiegel zurück. »Ich brauch ein Porträt für meine Bewerbung als Fernsehkommissar. Was dagegen?«

Der Leutnant erblasst, dann deutet er Martins Grinsen richtig. »Haha, sehr witzig«, murmelt er, bevor er in der Toilette verschwindet. Martin verlässt den Waschraum, damit Wagner sich in Ruhe seiner Verstopfung widmen kann. Darüber machen sie Witze in der Polizeidirektion, natürlich hinter Wagners Rücken. Der Typ ist schwierig, bestimmt auch hinterfotzig, und so sehr Martin sich auch bemüht, ihr Verhältnis wird nicht besser. Wie gut, denkt er, dass ich meine Wut inzwischen im Griff habe. Einigermaßen. Weil der Leutnant ihn schon reizen könnte mit seinen Sticheleien. So versucht er, ihn mit Humor zu nehmen. Gelingt überwiegend, macht aber auch nicht glücklich.

Als ob das jetzt noch eine Rolle spielt, denkt Martin auf dem Weg zu seinem Schreibtisch. Dort, in der untersten Schublade, liegt eine Packung Zigaretten. Die Notration – und die Not ist groß, sodass er nach draußen gehen muss, um eine zu rauchen. Und sich damit zu beschäftigen, diese schöne Welt früher als geplant zu verlassen ...

Das Wetter hat sich seiner Stimmung angepasst – kühl und grau mit Nieselregen. Im Stadtpark spazieren Menschen mit Hunden und Schirmen, es ist einer dieser Tage, an denen sich viele wünschen, sie wären im Bett geblieben. Martin auch, andererseits sollte er besser jeden Tag und jedes Wetter genießen, so wie die Dinge liegen. Er zündet sich eine Zigarette an und fängt sich den strafenden Blick eines Nichtrauchers ein, der an ihm vorbeigeht. Martin würde ihm gerne nachrufen, dass es ja wohl wurscht ist, an welchem Krebs man stirbt.

Stattdessen wählt er Lilys Nummer in Kärnten, doch es meldet sich nur ihr Anrufbeantworter. Typisch, denkt Martin, sie ist fast nie zu erreichen, weil sie entweder ihr Handy zu Hause vergessen hat oder der Akku leer ist, oder sie findet es einfach nicht in den Tiefen ihrer Handtasche. Nicht einmal, wenn es um Leben und Tod geht, geht sie an ihr verdammtes Telefon! Er bespricht ihren Anrufbeantworter mit dem Satz: *Ruf vielleicht mal zurück*. Ob sie an seiner Stimme hört, wie schlecht es ihm geht?

Robert, mit dem er gern gesprochen hätte, ist auf einer Tagung in Frankfurt und kommt erst in einem Tag zurück nach Graz. Sein ältester, vielleicht bester Freund. Martin war nie der Typ für Männerrunden und bierselige Kumpaneien. Kein Einzelgänger, aber halt nicht der Mensch, der sich in ausschließlich männlicher Gesellschaft besonders wohlfühlt. Lily hat sich oft über die Macho-Sprüche ihrer Kollegen aufgeregt, und das kann er verstehen. Müssen Polizisten den harten Kerl markieren, nur weil sie Waffen tragen? Martin hält seine Dienstwaffe meistens im Schreibtisch versperrt. Er kann sich kaum vorstellen, dass er sie in Graz benutzen wird. Die Stadt ist überschaubar kleinkriminell, Dealer im Stadtpark und am Jakominiplatz, eine Reihe von Einbrüchen und ab und an eine Wirtshausschlägerei. Dass Ausländer mit von der Partie sind, verleitet ein paar Kollegen zu drastischen Aussagen. Martin schweigt dazu, wenn er drüber reden wollte, wär er in die Politik gegangen. Oder Journalist geworden ...

Zu spät für alles, jetzt schleicht ihn das Selbstmitleid an. Er ist doch grad in den besten Jahren, frisch geschieden und auf dem Weg, sich zu rehabilitieren, nachdem er seinem Chef einen Hieb auf die Nase verpasst hat. Nasen sind mein Schicksal, denkt Martin. So vieles könnte noch vor ihm liegen: eine neue Liebe, die große Reise, der Berufswechsel vom Chefinspektor zum Gärtner. Das kann er wirklich gut, er hat es vom Großvater gelernt, dem er im Garten helfen musste. Martins Vater war Beamter und in seiner Freizeit Maler, für ihn war die Natur nur ein Kunstobjekt. Die Mutter arrangierte gerne Blumen und ist jetzt ein Spähippie in Wien.

Seine Mutter! Martin wählt ihre Nummer, und tatsächlich geht Lotte ans Telefon, was schon ein kleines Wunder ist. Als er »Martin« sagt, antwortet sie sofort: »Was ist los mit dir? Deine Stimme klingt komisch.«

»Nichts Besonderes. Ich hab Hautkrebs!«

Stille am anderen Ende der Leitung. Dann ihre Stimme, die belegt klingt: »Was für einen? Einen gutartigen oder bösartigen? Kann man operieren?«

Martin seufzt: »Ich weiß es noch nicht, Mama. Ich muss morgen zur Hautärztin, dann wird sie von dem Mal an der Nase eine Probe nehmen und einschicken und ...«

»Mein Gott. Dann kann das ja alles Mögliche sein.«

Ihre Stimme ist wieder so munter wie am Anfang des Gesprächs. Das verletzt ihn. »Aber eben auch ein malignes Melanom. Mit Metastasen.«

»Red nicht so g'schwollen daher, Martin. Und einen Schrecken hast mir eingejagt. Aber ich glaub nicht an das Schlimmste. Sechster Muttersinn: Du wirst auf keinen Fall vor mir sterben!« Kein Zweifel liegt in ihrer Stimme.

»Kannst mir das versprechen?«

»Na eh, aber du sagst mir Bescheid, wenn du was Genaues weißt. Sofort!«

»Ja, Mama«, erwidert Martin gehorsam. Jetzt, nach ihrem Versprechen, fühlt er sich tatsächlich ein bisserl besser. Sie hat ja recht, man muss nicht gleich das Schlimmste befürchten.

»Und hör endlich auf zu rauchen, Kind!« Mit diesen Worten legt sie auf, und Martin muss lächeln. Lotte ist militante Nichtraucherin, was sie nicht daran hindert, in ihrer sehr entspannten Wohngemeinschaft schon mal zu kiffen. Sie begründet es damit, dass Marihuana Alzheimer vorbeuge.

Martin tritt seine Kippe aus und hebt sie brav auf. Er grüßt seinen Vorgesetzten, der in Feierabendlaune ist. Oberst Lammer, auf dem Weg zu einer Jazz-Session in der Bürgergasse, bleibt kurz stehen und bietet Martin an, später im *Royal Garden Club* vorbeizuschauen. »New Orleans Jazz, ich weiß nicht, ob dir das liegt.«

»Schon«, sagt Martin, »aber leider kann ich heute Abend nicht. Ich hab meiner Wohnungsnachbarin versprochen, sie zu einer Premiere zu begleiten.«

Hannes Lammer klopft Martin auf die Schulter: »Do schau her, grad angekommen, und schon auf der Pirsch. Respekt, Herr Chefinspektor. Aber um die Premiere beneid ich dich nicht. Dieser Piefke Prader verhunzt unseren Nestroy, der sich nicht mehr wehren kann. Soll irgendwas mit Burkas und viel Sex zu tun haben. Ich hab zwei Wagen vorm Schauspielhaus postieren lassen für alle Fälle. Eine islamistische Gruppe hat eine Protestaktion angemeldet. Und angeblich hat Prader Morddrohungen erhalten. Diese Deutschen können ganz schön lästig werden. Jedenfalls, halt Augen und Ohren offen, Kollege, und erzähl mir morgen, was der Depp meinem armen Johann angetan hat.«

Ohne Martins Antwort abzuwarten, setzt Lammer seinen Weg fort. Pfeifend. Martin erkennt noch den *Memphis Blues*, dann steht er wieder allein vor der Tür und erinnert sich an seine Nase. Und an die verflixte Ärztin, die ihn so in Panik versetzt hat! Obwohl er ihr andererseits dankbar sein müsste, dass sie das Mal entdeckt hat. Vielleicht ist es noch nicht zu spät. Er wird nicht sterben! Lotte hat es ihm versprochen.

***

Sie stehen in der drangvollen Enge der *Schreiner-Bar* im Schauspielhaus, haben sich immerhin in die erste Reihe vorgedrängt, und Gigi bestellt einen Hofspritzer, Martin ein Gösser-Bier und eine Käsekrainer, die deutlich teurer ist als jene, die er sonst am Standl in Wien isst. Aber er hat Hunger und muss noch eine Premiere überstehen, bevor er mit Gigi ins *Santa Clara* geht, wo sie einen Tisch reserviert haben.

Der böse Geist Lumpazivagabundus, sehr frei nach Johann Nestroy, ist Grazer Tages- und Abendgespräch. Drinnen in der Bar warten alle auf das Erscheinen des Skandalregisseurs, aber der lässt sich noch nicht blicken. Martin sieht Praders Frau in einer Ecke der Bar stehen, umringt von Menschen, die auch prominent sein wollen. Draußen vor der Tür skandiert eine kleine Gruppe Parolen, die gegen Nestroy und Prader und die österreichische Ausländerpolitik gerichtet sind. Den dreißig Demonstranten – eine Schätzung Martins – stehen fast ebenso viele Polizisten gegenüber. Sie hindern die Protestierenden daran, die Premierengäste zu belästigen.

»So ein Bahöl«, sagt Gigi unbeeindruckt und bestellt einen zweiten Hofspritzer, weil das Gedränge durstig macht. Martin zahlt, schließlich hat sie die Theaterkarten besorgt, und sie schaut so herzig aus in ihrem grünen Seidenkleid mit ganz schön Dekolleté. Martin trägt den einzigen Anzug, den er sich aus Wien mitgebracht hat, er ist dunkelblau und passt gut zu Gigis Kleiderfarbe. Er mag ihr strahlendes Lächeln, das in diesem Augenblick erstirbt. Er folgt ihrem Blick und sieht am Ende der Bar einen attraktiven Mann stehen, eine bekannte Schauspielerin und noch ein hübsches junges Mädchen, das den Schönling anzubeten scheint.

»Wer ist das?«, flüstert Martin, und Gigi sagt laut: »Das ist Herr Prinz, der sich für den attraktivsten und besten Schauspieler Österreichs, was sag ich – Europas hält.«

»Wohl eher der begabteste Trinker des Grazer Schauspielhauses.« Neben ihnen ist ein Mann aufgetaucht, der einen Kopf kleiner ist als Martin und so unscheinbar, dass man durch ihn hindurchsehen könnte.

Gigi hat ihr Lächeln wiedergefunden: »Ach Anatol, du bist wirklich ein böser Mensch.«

Dann stellt sie die beiden Männer einander vor. Anatol Hofer ist der bedeutendste Kulturredakteur in Graz (so Gigi, etwas spöttisch im Ton), und den Wiener Chefinspektor präsentiert sie als Undercoverspion, der Prader vor der Rache der Islamisten schützen soll.

Der Kritiker mustert den Chefinspektor und meint dann: »Na, hoffentlich verfehlen Sie Ihr Ziel. Weil etliche Leut doch froh wären, wenn es den Prader endlich erwischte.«

Noch einer, der ihn nicht mag, denkt Martin. Er trinkt sein zweites Gösser, fühlt sich in der wabernden Menge unwohl und wünscht sich weit fort – in einen Garten, auf eine blühende Wiese, an das Ufer eines Bergsees. Doch der Kultur entkommst du nicht, und auch nicht dem Getratsche der Schauspielerin und des Kritikers über die Kollegen, die heute auf der Bühne stehen. An Bosheit stehen die beiden einander in nichts nach, nur klingt es aus Gigis Mund charmanter, und viel hübscher ist sie auch. Genauso klein wie Hofer, nur sieht das bei einer Frau anders aus.

»Langweilen wir dich, Martin?«

»Nein, überhaupt nicht. Außerdem wird's eh gleich losgehen.«

Das Geschrei von draußen ist abgeebbt. Hat die Polizei die Demonstranten verhaftet oder abgedrängt? Die Klingel verkündet, dass das Theater im Theater jetzt beginnt. Der Kritiker ruft »Emanuel« und drängt sich nach vorne zum Star des heutigen Abends. Noch sehr lebendig sieht der aus, ganz in Schwarz, und er trägt eine dunkle Brille, die seine Augen verbirgt.

»Vielleicht hat ihm seine Frau eins verpasst«, sagt Gigi. »Verdenken kann man's ihr nicht. Der vögelt doch alles zwischen fünfzehn und fünfundzwanzig.«

Martin folgt ihr zu den Plätzen in der Seitenloge. Das Gedränge ist groß, ein Summen vieler Stimmen, der Skandal liegt in der Luft, und niemand will ihn versäumen. Aus ihrer Loge sehen sie, wie Prader und seine Frau in der ersten Reihe Platz nehmen, neben ihnen der Intendant und der Grazer Bürgermeister, Gigi kennt sie alle, und ja, sie würde auch gern da unten sitzen und Hof halten, aber das erzählt sie Martin nicht. Er muss sie eh schon für eine böse Tratschn halten, und eigentlich gefällt er ihr ganz gut, der Wiener Chefinspektor. Dunkler Typ, nicht unattraktiv, und er hat noch alle Haare und keine Wampe, was bei Männern seines Alters schon Seltenheitswert hat. Warum er sich dauernd an die Nase fasst, versteht sie zwar nicht, aber jeder Mensch hat seinen Spleen. Gigi trägt ausschließlich Schuhe mit hohen Absätzen, damit sie zehn Zentimeter größer wirkt. Weil sie es hasst, zu anderen aufzuschauen, und weil sie neidisch ist auf die Frauen mit den langen Beinen und den Schwanenhälsen. Die Schuhe des heutigen Abends sind wunderschön, zwölf Zentimeter hoch, aber auch verdammt unbequem. Darin zu gehen ist eine Kunst. Aber die Füße tun ihr weh, weshalb sie die Schuhe jetzt auszieht und mit den Zehen wackelt. Martin sieht es nicht, die Lichter sind erloschen, und alle Scheinwerfer richten sich auf die Bühne.

Der böse Geist Lumpazivagabundus von einem der großen österreichischen Dichter. Ein Zauberspiel, eine Posse, eine Parodie auf die Wiener Volkstheatertradition des Besserungsstücks. Uraufführung 1833 im Theater an der Wien – und Nestroys Durchbruch als Bühnenautor. Das alles steht im Programmheft, das Martin durchgeblättert hat, bevor das Licht ausging. Auch die Vita des Emanuel Prader, der als Filmregisseur begann und sich als skandalträchtiger Theatermann einen Namen machte. Es ist seine erste Inszenierung in Graz, nachdem er in Berlin einen Flop hingelegt hat. Das stand nicht im Heft, das weiß er von Gigi, die ein wandelndes Klatschmagazin ist.

Den *Lumpazi* hat er das letzte Mal in der Schule gelesen, und er kann ihn kaum wiedererkennen. So viel kriegt er mit: Die alten Götter, Amorosa als abgehalfterte Hure, weiters ein Dorftrottel und ein Drogendealer, kämpfen gegen die neuen Götter, Transgender-Wesen, die am Handy hängen oder twittern. Lumpazi ist ein zynischer Politiker und Menschenfänger. Die drei Gesellen werden von Frauen verkörpert, eine in der Burka, die andere als Revolutionärin, die dritte als präpotentes It-Girl. Amorosa verspricht ihnen den besten Sex aller Zeiten, doch am Ende erschießt die Burka-Trägerin das It-Girl und wird ihrerseits von der Revolutionärin ermordet, Fortuna filmt alles mit dem Handy. Dazwischen eine Vergewaltigung, und zu allem die Musik der Doors – *Touch me, Break on through to the other Side* ... Auf einer überdimensionalen Leinwand wird getwittert, was das Zeug hält, und am Ende hackt sich die Revolutionärin in das amerikanische Atomprogramm. Dazu *The End* von den Doors. Vorhang.

Schweigen, geschocktes Schweigen im Publikum. Für Sekunden ist es ganz still im Theater. Martin sieht Gigi an, sie schaut zurück und zuckt mit den Achseln. »I weiß net, entweder genial oder grauslich …«

So oder ähnlich scheint das Grazer Publikum zu denken. Ein Teil applaudiert frenetisch, der andere buht, die Mehrheit macht gar nichts, noch benommen vom Spektakel, unentschlossen im Urteil, vielleicht einfach nur erschöpft von zwei Stunden Nestroy á la Prader. »Ein Skandal«, ruft jemand, als die Schauspieler auf die Bühne kommen, um sich zu verneigen. Was ist so schlimm an einem Skandal? Sie haben ihr Bestes gegeben, und sie verbeugen sich und bekommen mehr Applaus, das Publikum ist gnädig, doch dann, als Emanuel Prader auf die Bühne stürmt, muss er sich gellende Pfiffe anhören, die das Klatschen übertönen. Er trägt immer noch die dunkle Brille, und er lächelt über die Banausen, die seine Kunst nicht verstehen, weil sie halt provinziell sind, spießig, beschränkt in ihrer Vorstellungskraft. Als die Pfiffe nicht aufhören, geht er mit seinen Schauspielern von der Bühne ab. Und dann herrscht wieder kurze Stille, bevor die Zuschauer sich von ihren Sitzen erheben und nach draußen drängen, ins Freie oder an die Bar. Jetzt ist die Zeit gekommen, sich aufzuregen, zu schimpfen und zu urteilen bei einem Glaserl Bier, Wein oder Sekt.

Gigi und Martin haben weder geklatscht noch gepfiffen. Sie sind in stillschweigendem Einverständnis aufgestanden und haben die Loge verlassen. Draußen stehen noch die Mannschaftswagen zwischen Theater und Demonstranten. Offenbar hat man den Protestierenden die Mikrofone weggenommen, denn sie skandieren nur noch mit heiseren Stimmen. Alles scheint friedlich im richtigen Leben vor dem Theater.

Sie gehen die paar Schritte in die Bürgergasse zum *Santa Clara*, Gigi hat sich bei Martin eingehängt, weil sie ihn damit zwingt, ihren trippelnden Zwölfzentimeter-Gang zu berücksichtigen. Martin schaut ihr auf die Füße: »Wie kann man mit so was gehen?«

»Na, gar net, was denkst du denn?«

Nicht zum ersten Mal in seinem Leben denkt Martin, dass er Frauen nie niemals verstehen wird. Und dass er für moderne Kunst vermutlich zu blöd ist. Er fand das Spektakel auf der Bühne teils albern, teils brutal, schrill und furchtbar überzogen. Das Beste war noch die Musik der Doors, diese Zuneigung hat sich über die Jahrzehnte gehalten. Genial? Er sieht Gigi von der Seite an, doch die ist ganz konzentriert darauf, nicht einzuknicken. »Soll ich dich tragen?«

Das strahlende Gigi-Lächeln. »Ach geh, wir sind doch gleich da. Ich wette, der Prader und seine Entourage kommen nachher auch ins *Santa Clara*. Ist doch sein Stammbeisl. Der Anatol wird sich dazudrängen und darauf hoffen, ein Statement zu kriegen. Dabei hasst er den Prader.«

Sie sind angekommen, und er öffnet ihr die schwere Tür. »Warum?«

»Na, weil Anatol seit Jahren in die Mara verliebt war – ganz hoffnungslos. Und dann kommt der Prader nach Graz, und was macht die Schlampe? Wirft sich ihm an den Hals, um eine Rolle zu kriegen. Na ja, man soll über Tote nix Schlechtes sagen. Ist schon heraus, was der Mara passiert ist?«

»Nein«, sagt Martin und grüßt Bärbel Schwender, die ihn willkommen heißt, als wär er ein alter Stammgast. Ihr Mona-Lisa-Lächeln ist legendär.

»Hallo, Gigi. Ihr seid die Ersten aus dem Theater. Na, wie war's?«

»Genial«, sagt Gigi, und Martin gleichzeitig »grauslich«, was dann als »graunial« daherkommt.

»Aha, na, das war ja zu erwarten.« Bärbel führt sie zum Zweiertisch vorne an der Theke, von da können sie jeden sehen, der kommt – und sie werden gesehen, ein sehr beliebter Tisch. Martin bestellt ein Bier und Gigi ein Glas Wein, und Bärbel stellt ihnen zwei Teller vom kalten Buffet zusammen. Gigi stürzt sich darauf, als hätte sie den ganzen Tag noch nichts gegessen.

Frauen, die beim Essen schweigen, sind Martin sehr sympathisch. Und die grauniale Premiere hat immerhin dazu geführt, dass er zwei Stunden lang nicht an seine Nase und an den Termin bei der Hautärztin dachte. Vorher muss er noch in die Pathologie, zur Obduktion von Mara Sibelius. Er wird Felix Wagner mitnehmen, schon aus Boshaftigkeit. Die Kollegen sagen, dass dem Leutnant beim Anblick und vor allem dem Geruch von Leichen regelmäßig schlecht wird. Das ist dann Martins Rache für die spitzen Bemerkungen des Kollegen.

»Kannst du mir was von Mara Sibelius erzählen?«

Gigi kaut und schluckt, bevor sie antwortet. »Sie sollte die Brillantine spielen, ihrer Meinung nach eine viel zu kleine Rolle für ihre großen sexuellen Bemühungen. Die hat Prader kurzfristig mit Lulu Mo besetzt, die im wirklichen Leben Marie-Luise Moskovitch heißt. Lulu ist ganz okay, ich meine, wir sind Schauspielerinnen. Wir töten für eine gute Rolle. Ups, das war jetzt nicht so gemeint. Ehrlich, Martin, red ich jetzt mit dem Mann oder dem Chefinspektor?«

»Lässt sich nicht immer auseinanderhalten, Gigi. So wie du immer und überall Schauspielerin bist.«

Sie überlegt ein paar Sekunden, isst den letzten Bissen, trinkt einen Schluck Wein. »Na, da könntest recht haben.

Ich hab Mara nicht leiden können. Sie war keine besonders gute Schauspielerin, hatte aber das Ego von Jennifer Lawrence. Na gut, sie war sehr hübsch, wenn man den engelsblonden Typ mag. Aber sie hat auch wirklich mit jedem geschlafen, der ihr nur irgendwie nützlich sein konnte. Prader, Prinz, die Stellvertreterin des Intendanten, Männlein oder Weiblein, das war ihr wurscht, so lang ihr die Person nützlich war. Und alle anderen hat sie behandelt wie Dreck. Ich glaub nicht, dass jemand am Theater um sie trauert. Na ja, der Anatol vielleicht. Der hat sie angebetet, aber weil er eh immer gute Kritiken über sie schrieb, hat sie ihn sexuell ausgelassen.«

»Gibt es denn nichts Gutes über sie zu sagen?«

»Doch«, sagt Gigi, »in dem You-Tube-Film mit dem Olivenöl und der Rauferei war sie preisverdächtig.«

Während Martin lacht, kommt Emanuel Prader mit Gefolge durch die Tür. Bärbel führt die Gesellschaft in den separaten Raum ein paar Stufen weiter unten. Gisela Prader ist dabei, Prinz und drei weitere Hauptdarsteller, Anatol Huber und die Feuilletonchefs der Zeitungen. Von Gigi erkannt, die wiederum von allen Ankommenden ignoriert wird, was sie sehr wurmt. Aber sie bemüht sich, es Martin nicht zu zeigen, bestellt noch ein Glas Wein und für ihn Bier, während die anderen Gäste die Prader-Gesellschaft mit den Augen verfolgen und hoffen, dass sich wieder ein Skandal abspielt. Alle reden über die Premiere und darüber, was Kunst soll und darf.

Anatol, der seine Kritik längst geschrieben und sie nach dem Vorhang nur unwesentlich korrigiert hat, freut sich jetzt schon auf Praders Empörung über seinen vernichtenden Artikel. Nun, da Mara tot ist, muss er nicht einmal ihre

Rolle lobend erwähnen. Anatol kanalisiert seine Trauer in Hass auf alle Lebenden. Wie schamlos sie über die Tragödie ihres Todes hinweggehen. Die Brillantine wird neu besetzt, das war's. Prader sucht sich ein neues Opfer, Gisela wird ihn wieder verteidigen und nur gelegentlich ausrasten. Exitus Mara Sibelius. So jung, so schön, so vergänglich. Er hat ihr einen Nachruf geschrieben, der in derselben Ausgabe wie die Premierenkritik erscheint. Überschrift: *Ein Engel verließ das Schauspielhaus.* Ein bisserl kitschig, zugegeben, aber er hat geweint, als er ihn schrieb. Ein paar Krokodilstränen waren dabei, auch ein paar echte. Und jetzt stößt er mit Emanuel Prader auf den Abend an.

Der sei genauso gelaufen, wie er es haben wollte, sagt der Regisseur. »Man muss das fade Publikum aufwecken, die großen Emotionen herauskitzeln. Äußerste Provokation ist das Gebot der Stunde. Das hat Nestroy damals auch so gewollt, nur haben sich die Zeiten geändert. Ich füttere die Hyänen mit dem faulen Fleisch, das sie begehren ...«

Diese Metapher findet Emanuel so gut, dass er sich innerlich applaudiert. Er trinkt einen Schluck Champagner und sieht in die Runde der Speichellecker. Wie er sie alle verachtet, mit Ausnahme von Gisela. Sie hat die Rolle seiner verstorbenen Mutter perfekt übernommen. Gisela wird ihn immer beschützen.

Kapitel 7

Felix Wagner ist ungewöhnlich still, als sie die fensterlosen, kühlen Räume im Souterrain betreten. Umfallen wird er hoffentlich nicht, denkt Martin Glück. Er selbst hat auch seine Zeit gebraucht, sich an die Pathologie zu gewöhnen. Selbst wenn es nach wie vor nicht sein Lieblingsort ist, so kann er inzwischen doch relativ gelassen mit den Leichenaufschneidern und ihren Toten umgehen. Diesmal aber ist alles anders. Zum einen kannte er Mara Sibelius, wenn auch nur flüchtig. Zum anderen sieht er sich plötzlich selbst dort liegen. Es ist zwar unwahrscheinlich, dass an einem Melanom-Toten eine Obduktion vorgenommen wird, doch verkörpert dieser Ort ganz intensiv die eigene Endlichkeit. Die so verflucht nahe gerückt ist. Wenn man dem Internet-Doktor glauben darf ...

»Servas, Felix. Nicht schon wieder umfallen, die Obduktion is eh schon vorbei«, werden sie in der Pathologie der Universitätsklinik von einem untersetzten Mann im OP-Kittel begrüßt. »Der Rudi is krank, Darminfektion. Grassiert in ganz Graz.« Martin und Felix sehen sich an. »Ja, kennen wir.«

Der Pathologe muss zu Felix und Martin aufschauen, weil er ihnen gerade bis zur Nase – schon wieder diese verfluchte Nase – reicht. »Aha, aus Wien«, begrüßt er den Chefinspektor augenzwinkernd, nachdem Felix ihn vorgestellt hat. »Auch a bisserl blass. Also, alle zwei umfallen, das geht nicht. Sonst kommt ihr gleich auf meinen Tisch, hahaha.«

Martin nimmt die Hand von der Nase und reißt sich zusammen. »Nein, nein, keine Angst, ich bin an Leichen gewöhnt. Und an witzige Pathologen.«

Professor Dr. Michael Neumann nimmt es als Kompliment, wird aber nun sachlich: »Also, ihr habt's mit euerm Verdacht recht g'habt, Burschen: Der Tod von der Sibelius, der war nur ein halber Unfall. Sie ist zwar an der Kopfverletzung gestorben, beim Aufprall mit dem Hinterkopf auf einer scharfen Kante – da war Blut am Garderobentisch, und der Fallwinkel würd auch stimmen. Meiner Meinung nach liegt da keine Fremdeinwirkung vor. Fehlen von Druckspuren etc., aber ...«, er legt eine Kunstpause ein und betrachtet seine gewissermaßen gesprächige Leiche liebevoll, »... der Sturz war meiner Ansicht nach die Folge eines Mordversuchs. Die Substanz, die wir sowohl in den Pralinen als auch in ihrem Magen fanden, ist nämlich Atrobelladonna.« Er blickt von Wagner zu Glück. »I bitt euch, Atrobelladonna kennt doch jeder. Daraus wird das extrem giftige Atropin gewonnen.« Der Professor findet, dass sein Publikum nicht richtig mitgeht. »Tollkirsche! Na klingelt's, meine Herren?«

»In den Bonbons waren Tollkirschen? Sozusagen Mon Chéri für den finalen Abschied?«

Über die Scherze anderer, in diesem Fall Wagners, kann der Professor nicht lachen: »Nein, nicht die Kirschen, sondern eine giftige Substanz, die daraus gewonnen wird, die heißt Atropin.« Er deckt seine Leiche zu und geht voraus in sein Büro, wofür ihm der Leutnant unendlich dankbar ist. Unter einem Berg von Unterlagen zieht der Pathologe den Obduktionsbefund von Mara Sibelius heraus. »Die Leiche hatte, wie gesagt, Atropin intus, aber nur, wenn sie alle Pralinen auf einmal gegessen hätt, wäre es eine tödliche Dosis gewesen. Allerdings ist sie von den zehn Stück offenbar so damisch geworden, dass sie nach meinen Erkenntnissen unglücklich stürzte und daran starb.« Er sieht von einem zum anderen: »Einzelheiten finden sich im Obduktionsbericht. Alles klar so weit?«

»Und was macht dieses Atropin genau?«, fragen die beiden fast gleichzeitig.

»Es bremst den Parasympathikus im vegetativen Nervensystem, der ja der beruhigende Gegenspieler des aktiven Sympathikus ist. Normalerweise sind die zwei in einem Gleichgewicht. Wenn da was nicht stimmt, dann kann das Atropin das ausgleichen. Wenn aber der Parasympathikus zu stark gebremst wird, hat nur noch der Sympathikus das Sagen, es kommt zu Erregungszuständen, Herzrasen, Sehstörungen, Halluzinationen, Bewusstseinstrübung und am Ende Atemlähmung. Nicht grad angenehm das Ganze. Ein paar Wahnsinnige nehmen Atropin auch als Rauschmittel. Aber wie bei allen Giften kommt es auf die Dosis an. Apropos Überdosis ...« Neumann steht auf und geht zur Kaffeemaschine. »Heute schon der fünfte. Ohne geht's nicht. So hat halt jeder seine kleinen Süchte. Wollt's auch?« Beide schütteln den Kopf. Dem Leutnant ist zum Speiben, seine übliche Reaktion auf den Geruch von Leichen.

Professor Neumann gibt in aller Ruhe zwei Würfel Zucker in seinen Espresso und rührt ausgiebig um, bevor er in kleinen Schlucken trinkt. Erst dann kehrt er zum Schreibtisch zurück und doziert weiter: »Atropin wird in entsprechend geringer Dosierung in der Medizin verwendet. Für Injektionslösungen zur Einleitung von Narkose, in Tropfen für Augenuntersuchungen, weil das die Pupillen vergrößert, in Tabletten oder Injektionen gegen Bradykardie. Wisst's natürlich wieder nicht, was das is, gell?« Er nimmt einen Schluck vom Kaffee. »Das ist ein verlangsamter Herzschlag. In Maßen ist Atropin also sehr nützlich, sogar als Antidot, als Gegengift gegen andere Gifte. Wenn einer mit Atropin vergiftet wurde, fallen dem Pathologen gleich die weiten Pupillen und Hautblutungen auf, und beim Aufschneiden siehst a Leberverfettung.«

Felix Wagner sieht noch blasser aus, Martin beobachtet, wie er schluckt und sich dann demonstrativ seinem Handy zuwendet. Besser, man lässt ihn jetzt in Ruhe. »Das heißt, derjenige, der sie umbringen wollte, hat sich medizinisch ausgekannt?«

»Irgendwie schon. Andererseits hätt er davon ausgehen müssen, dass sie die ganze Schachtel isst. Bei Erwachsenen ist eine Dosis ab fünfzig Milligramm letal, hängt natürlich auch von Größe und Körpergewicht ab.«

»Aber dieses Atropin muss man erst einmal bekommen. Ich nehm an, das gibt's nicht einfach in der Apotheke zu kaufen«, wendet sich nun Wagner an Neumann. Sein Handy hat er in die Tasche gesteckt, nachdem der Professor ihn mit einem strafenden Blick bedacht hat.

»Grundsätzlich auf Rezept. Auf jeden Fall hat der, der die Sibelius ins Jenseits befördern wollt, Zugang g'habt zu entsprechenden Medikamenten.«

»Vielleicht, weil er oder sie selbst damit behandelt wird. Oder – weil der Mörder in einer Klinik arbeitet, wo Atropin als Narkoseeinleitung verwendet wird. Wie zum Beispiel in der Hilmteichklinik«, Martin wirft seinem Partner einen vielsagenden Blick zu. »In der Klinik, wo auch die Steffi Hütter zu Tode gekommen ist.«

»Ah ja, die ... die hat der Rudi auf'm Tisch g'habt. Nix Auffälliges. Ruht sanft und in Frieden.« Der Pathologe deutet in Richtung Kühlraum.

Noch bevor Martin reagieren kann, wendet sich Felix Wagner an Dr. Neumann: »Was, die is noch bei euch?«

Der Mediziner nickt. »Die wird erst morgen abgeholt.«

»Sag, Michi, wenn die eh noch da is, könntest dir die Hütter vielleicht jetzt gleich noch amal anschaun? Unter der Hand sozusagen? Es kommt uns nämlich ein bisserl komisch vor, dass in so kurzem Abstand gleich zwei Patientinnen vom Leitner ex gehen.«

Der Professor protestiert, auf den Kollegen lässt er nichts kommen, doch dann legt er dem Leutnant die Hand auf die Schulter. »Na schön, aber dafür bist du mir was schuldig, Felix. Wie wär's mit einer Karte für das ausverkaufte Sturm-Graz-Spiel? Aber nicht auf den billigen Plätzen, gell!«

***

Das hat ihm irgendwie gefallen, dass der Wiener in der Patho auch ein bisserl knieweich geworden ist. Fast menschliche Züge. Und dann hat ihn der Glück auch noch in ein Gasthaus zum Essen eingeladen. Dienstbesprechung. Sie sitzen im schattigen Gastgarten und lassen sich Steirisches Wurzelfleisch schmecken. Schatten, weil am frühen Nachmittag die Sonne selbst Ende September zu heiß ist. Der Klimawandel, den keiner mehr leugnen kann. Manche tun es trotzdem. Felix möchte diese Leute am liebsten so lange schütteln, bis sie es begreifen. Aber den meisten ist das offenbar wurscht. Und dass denen das wurscht ist, das wiederum ist ihm net wurscht. Und dann wundern sie sich, dass er so verbissen daherkommt.

»Danke, Felix, dass du bei dem Pathologen deine Beziehungen hast spielen lassen. Ich bin übrigens der Martin, eh klar.« Martin hebt sein Bierglas in Richtung Wagner.

Da schau her, der Wiener lässt sich herab. Aber sicher auch ein Klimawandelleugner mit seinem umweltschädigenden Uralt-Käfer. Zu Glücks Gunsten spricht, dass er das

Auto kaum benutzt und stattdessen mit dem Fahrrad unterwegs ist.

»Wie schon gesagt: Ohne steirische Unterstützung is ein Wiener bei uns aufg'schmissen.« Diesmal meint er es aber nur halb ernst, fast schon lustig. Er weiß allerdings nicht, ob es so rüberkommt. Das Lustige, das liegt ihm halt gar nicht. Doch sein Gegenüber grinst. Vielleicht ist der Glück doch nicht so übel. Man wird sehen. »War gut, dass der Michi ein irrer Fussballfan ist. Und dass er noch einmal über die Steffi Hütter drüberg'schaut und die Petechien entdeckt hat. Der Rudi hat die offenbar übersehen, weil ja kein Anfangsverdacht bestand. Da schau'n die halt nicht so genau nach.«

»Petechien« ist einer der wenigen medizinischen Fachausdrücke, der beiden geläufig ist. Kleinste Blutungen, die auf einen gewaltsamen Erstickungstod hinweisen können. Für den Pathologen ist das noch kein Beweis, weil es für diese Stauungsblutungen auch andere Ursachen geben kann. Aber sicher Grund genug, eine offizielle zweite Obduktion zu beantragen.

Martin hat fertig gegessen, schiebt seinen Teller weg und nimmt zufrieden einen letzten Schluck Gösser. »Also, was haben wir bis jetzt: Die Sibelius stirbt nach einem Mordversuch an den Folgen ihres Sturzes, kurz nachdem sie die Schönheitsklinik verlassen hat. Vorher noch stirbt die Hütter in der Klinik, möglicherweise wurde sie erstickt. Gekannt haben sich die beiden, soweit wir bisher wissen, nicht. Der einzige gemeinsame Nenner ist die Klinik. Gehn wir einmal durch, wer für welchen Tod verdächtig sein könnte.«

Felix Wagner schaut der Kellnerin nach, die die leeren Teller wegträgt. Manche Frauen sehen in Dirndl so fesch aus. Es ist schöner, an die Liebe zu denken als an Leichen. Aber dann reißt er sich zusammen: »Für die Mara Sibelius könnte die Gisela Prader infrage kommen. Motiv: Eifersucht. Oder der Prader selber, weil die Mara vielleicht irgendwas gegen ihn in der Hand hatte. Im Theater geht das Gerücht, dass der Piefke unter dem Motto *jung, jünger, am jüngsten* auch vor Minderjährigen nicht haltmacht. Kantinentratsch. Aber vielleicht hat die Mara mehr gewusst.«

»Aber woher hatte Prader das Atropin?« Jetzt holt der Chefinspektor doch glatt einen Mini-Filofax aus der Innentasche seines Sakkos und macht sich Notizen. Der hat noch einen Filofax? Jessas! Kann der womöglich nicht mit dem Handy umgehen? Felix muss grinsen.

»Was ist jetzt so lustig?«

»Nix, ich denk nur, vielleicht hat der Prader so ein Brady-irgendwas, diese Herzrhythmusstörung, von der der Michi geredet hat, und wird mit Atropin behandelt.«

»Möglich! Aber dann wäre die Klinik als gemeinsamer Nenner ein Zufall. Gibt's in Mordermittlungen wirklich Zufälle? Ich glaub da nicht so recht dran. Jetzt zur Hilmteichklinik. Wer könnte dort was gegen diese Schauspielerin haben?« Martin verlangt von der hübschen Kellnerin, die es dem Kollegen offensichtlich angetan hat, die Rechnung. Er muss langsam los, ins Büro, den Antrag für Steffi Hütters Obduktion unterschreiben, und nachher zu Dr. Markovic in die Ordination. Unwillkürlich greift er sich wieder an die Nase, und sein Gegenüber wundert sich, was der mit seiner Nase hat. Die ist doch ganz normal. Doch dass die Kellnerin den Martin angelächelt hat, wurmt ihn schon wieder.

Felix kann sich für den Mord an Mara erst einmal nur ein Eifersuchtsmotiv vorstellen. Und das muss mit dem Theater zusammenhängen. Schließlich war die Sibelius ja wirklich kein Kind von Traurigkeit. Das wussten alle, und auch, dass Mara so gern Pralinen aß. Frauen und Gift – er könnte wetten, dass eine Frau dahintersteckt. Das sagt er dem Martin auch.

»Geh du diesen ganzen Theatergerüchten nach, Felix.« Martin legt fünfzig Euro auf den Teller mit der Rechnung. »Ich konzentrier mich inzwischen auf die Klinik und die Steffi Hütter. Vielleicht hat Professor Leitner was zu verbergen? Und vielleicht wollte diese Journalistin das in ihrem Buch aufdecken.«

»Theoretisch könnte natürlich auch die Sibelius die Hütter ermordet haben«, denkt Felix laut. »Ersticken einer halb Bewusstlosen nach einer Narkose muss kinderleicht sein. Aber warum? Und wer will dann den Tod der Hütter an der Mara rächen? Oder die Mara hatte was mit Leitner, und dessen Frau hat sowohl Mara als auch Hütter den Garaus gemacht. Andererseits war das erste Opfer um die sechzig ...«

»Also im Alter vom Professor! Würde doch besser passen als so ein junges Ding wie die Mara Sibelius.«

Oh je, der Glück mag es offenbar nicht, wenn man ältere Frauen diskriminiert. Hat eh recht.

»Irgendwie ist der Professor aber nicht der Typ für Affären. Das hab ich im Gefühl.« Bevor Martin sein Gefühl weiter ausführen kann, kommt die Kellnerin und lächelt zuckersüß über das Trinkgeld. Felix ärgert sich schon wieder, dankt aber trotzdem für die Einladung.

Als sie durch das Gasthaus wieder auf die Leonhardstraße kommen, steigen beide auf ihre Fahrräder. Martin: »Ich hab dann noch einen privaten Termin, aber morgen kümmer ich mich um die tote Journalistin. Bin morgen mit ihrer Lektorin verabredet, mal schauen, was Steffi Hütter so alles geschrieben hat.«

Felix grüßt und fährt los in Richtung Theater. Er denkt an die Kellnerin und an sein Liebesleben, das nicht mehr existiert, seit Mona sich mit dem Wiener davongemacht hat. Geschiedener Polizist mit zwei kleinen Kindern, das ist nun nicht grad der Jackpot für Frauen. Seinem Freund, dem Fußballer, laufen sie dafür in Scharen nach. Die Welt ist ungerecht. Und es ist viel zu heiß für September. Er wünscht Trump und seinesgleichen den Tod durch Verdursten in der Wüste. Das wär nämlich gerecht.

***

Der Verkehr durch die Stadt und zur anderen Seite der Mur ist um diese Tageszeit grausam. Aber Martin Glück hat es nicht eilig. Solange das Urteil über seine Nase nicht gesprochen ist, besteht noch Hoffnung. Nachher nicht mehr. Während er mit trüben Gedanken die Kaiserfeldgasse entlangradelt, hört er über die Knöpfe im Ohr Ella Fitzgerald: *It don't mean a thing ... all you got to do is sing*. Er mag Jazz, doch gehört er zur Sorte der Zuhörer. Früher, als Dreizehn-, Vierzehnjähriger, da wollte er unbedingt Saxofon lernen. Aber die Mutter bestand auf Klavier, »aus, basta«, und die Großmutter meinte, sie fände Klavierspieler sexy. Was für ein Ansporn! Der Vater hielt sich wie immer heraus, Musik bedeutete ihm nicht viel, nur seine Malerei. *It makes no difference – If it's sweet or hot – Just give that rhythm – Everything you've got*. Und mit dem Saxofon ist es auch später nie was geworden. Studium, Arbeit, Sport, schwierige Ehe, irgendwie fehlte immer die Zeit – oder der Wille. Vor dem Haus von Olga Markovic in der Wiener Straße bindet er sein Fahrrad an einem Pfosten an. Fahrräder werden in Graz gern gefladert. Der Countdown läuft, er schwitzt, und er geht die paar Stufen hoch zu ihrer Ordination wie ein Verurteilter zum Galgen.

Dr. Markovic empfängt ihn mit ernster Miene. Ob das was zu bedeuten hat? Eigentlich nicht, denn so ist sie wohl immer – herb, bitter, ernst. »So, jetzt schauen wir uns das Ganze noch einmal durch das Auflichtmikroskop an, Chefinspektor.«

Martin fühlt sich wie ein nervöser Schüler, als er fragt: »So ein Melanom, Frau Doktor, ich meine, das muss ja nicht unbedingt …«

»Wieso Melanom? Wo soll da ein Melanom sein?«

»Na ja, der dunkle Fleck auf der Nase, von dem Sie gemeint haben, dass das Hautkrebs sein könnte.«

Olga Markovic lacht auf. Plötzlich wird sie auf ihre herbe Art sogar ein wenig fürsorglich. »Aber ich bitte Sie, Herr Glück. Sie haben doch kein Melanom. Das braune Mal auf Ihrer Nase ist ein ganz normales harmloses Muttermal, ohne jegliche dysplastische Anzeichen. Es geht um den geröteten Fleck daneben. Da tippe ich auf ein Basaliom im Anfangsstadium. Das wäre ein sogenannter weißer Hautkrebs. Obwohl Sie als eher dunkler Typ gar nicht zu den Gefährdeten gehören. Waren Sie in Ihrer Jugend viel in der Sonne – ohne Sonnenschutz?«

»Ja, das mit dem Eincremen kam mir damals irgendwie unmännlich vor.«

Dr. Markovic kennt das Argument von fast allen ihren männlichen Patienten in Martins Alter. Bei den jungen Männern von heute hat sich das gottlob geändert.

Das Wort mit fünf Buchstaben findet er immer noch beunruhigend. »Was ist ein weißer Hautkrebs?«

»Der ist relativ harmlos. Breitet sich lange Zeit nur oberflächlich aus, zerstört mit der Zeit aber Gewebe, wenn man ihn nicht entfernt. Die operative Entfernung ist meist auch gleichzeitig die Heilung. Dieses Basaliom ist glücklicherweise noch sehr klein, daher wird es kaum eine Narbe geben, auch wenn ich mit Sicherheitsabstand schneide. Wichtig ist, dass man im Gesunden schneidet, sonst müssten Sie ein zweites Mal operiert werden.«

»Und die Metastasen?«, will Martin nun absolut sichergehen, dass er überleben wird.

»Basaliome verursachen extrem selten Metastasen, und wenn, dann nur im Spätstadium, wenn sie sich schon sehr weit ausgebreitet und viel Gewebe zerstört haben. Ihres ist aber noch winzig. Sie brauchen sich da absolut keine Sorgen zu machen. Theoretisch könnte man es auch mit einer Salbe behandeln. Aber ich bin immer fürs Schneiden, weil man das Gewebe dann gut untersuchen kann. So, und jetzt fangen wir an.«

Als Martin das Haus in der Wiener Straße verlässt, hat er ein Pflaster auf der Nase und die Operation hinter sich, die er tapfer durchgestanden hat. Die Ärztin wird das Gewebe zur histologischen Untersuchung einschicken. Dauert normalerweise vierzehn Tage, aber sie will schauen, dass es schneller geht. Sie schien ziemlich sicher, dass das Ganze damit erledigt ist und er sich keine weiteren Sorgen mehr machen muss. Er soll in Zukunft halt nicht ungeschützt in die Sonne gehen, hat sie ihm mit auf den Weg gegeben. Er hätte sie küssen können vor Glück! Martin fühlt sich wie neugeboren und möchte am liebsten die ganze Welt umarmen. Das muss er sofort allen seinen Lieben mitteilen. Er stellt sich in ein Haustor und beginnt zu telefonieren.

Zuerst Lotte, seine Mutter. *Dieser Anschluss ist vorübergehend nicht erreichbar. Versuchen Sie es später noch einmal.* Wahrscheinlich meditiert oder trommelt sie oder macht sonst was, das in letzter Zeit zu ihrem leicht verrückten Leben gehört. Soll sie. Man lebt schließlich nur einmal. Dem Tod knapp entronnen, ist Martin auf einmal Güte und Verständnis in Person.

Jetzt Lily. *Hinterlassen Sie eine Nachricht nach dem Pfeifton.* Was soll er draufsprechen? Ich muss doch nicht sterben? Genau genommen weiß er gar nicht mehr, ob er Lily über seine Melanom-Ängste überhaupt informiert hat. Er hat sie nicht gleich erreicht, und später – er weiß es wirklich nicht mehr. Egal. Er hinterlässt die Nachricht, sie soll ihn zurückrufen.

Romana. Seine mütterliche Freundin in der Villa am Wörthersee. *Sie haben den Anschluss von Romana und Alex gewählt. Wir sind derzeit Gassi. Versuchen Sie es später noch einmal oder sprechen Sie nach dem Wau.* Er kann es nicht fassen. Die egozentrische, schrullige, oft kaltschnäuzige, früher auch männermordende Romana ist offensichtlich ihrem Hündchen Alex vollends verfallen. Schon als sie wegen dieses Erbschaftskrimis in Wien war und einen Hund aus dem Tierheim geholt hat, hat Martin sich über ihre ungewöhnliche Zuneigung zu dem Vierbeiner gewundert. Aber diese Telefonansage toppt alles. Als das abschließende *Wau* kommt, kann Martin daher nur lachen. Eine Message, die eh alles sagt.

Nun, kein Problem, ist eben jeder mit seinem eigenen Leben beschäftigt. Er auch. Er wird nämlich leben!!!

Zurück auf der vornehmeren Seite der Mur – die Grazer unterscheiden hier ganz genau – holt er aus seinem Auto in der Tiefgarage am Pfauengarten, wo er einen Dauerparkplatz gemietet hat, seine Sonnenbrille. Dann radelt er bestens gelaunt am Schauspielhaus vorbei in Richtung

Burggasse. Als er einen Blick in den Hof des Theaters wirft, sieht er aus dem Künstlereingang Prader und Alma Zoppot, wie immer mit ihrer Riesensonnenbrille, kommen. Sie scheinen zu streiten. Interessant, dass die beiden einander kennen. Oder ist Alma vielleicht wegen einer Rolle vorstellig geworden? Da sieht Alma ihn und stakst auf Stilettos, so schnell es geht, auf Martin zu. Normalerweise hätte er versucht, die Begegnung zu vermeiden, aber jetzt ist er so was von milde gestimmt, dass er stehen bleibt und auf sie wartet.

»Herr Chefinspektor! Wie schön, Sie zu treffen!«, ruft sie zu laut und wirft ihre Haare mit einer eitlen Bewegung zurück. Martin hat selten an einer Frau so schönes Haar gesehen: schulterlang, gelockt, braunschwarz glänzend, mit einer Spur Kastanie. Was allerdings ihr exaltiertes Benehmen nicht wettmachen kann.

»Ich sag Ihnen, nur keine alten Beziehungen aufwärmen! Der Emanuel war ja seinerzeit so was von verletzt, als ich ihn verlassen habe. Hat dann aus Trotz diese Kostümbildnerin geheiratet. Tja. Aber jetzt, nach so vielen Jahren, kommt er wieder angekrochen. Wann hört das denn endlich auf? Mit achtzig? Als müsste man sich nicht ohnehin schon genug mit lästigen Fans herumschlagen. Sie wissen ja, *Gloria* ...«

Martin weicht unwillkürlich einen Schritt zurück. Die hat sich ja seit Wien kein bisserl verändert. Dort hat sie auch immer mit ihrer Rolle in dem Film *Gloria* geprahlt. Alma Zoppot, vor Jahrzehnten die rasch wieder verglühte Sternschnuppe am Filmhimmel. Martin erinnert sich auch an ihre theatralischen Auftritte bei den Erbschaftsmorden, die er letztlich aufgeklärt hat. Aber interessant, dass sie und Prader einmal ein Paar waren. Vielleicht sollte er sich doch mit ihr auf ein Glas Wein zusammensetzen, um mehr über den Regisseur zu erfahren? Andererseits darf er sich dann vermutlich in ihrem Sinn geschönte Märchen anhören und verdirbt sich seine wunderbare Laune. Man kann die Tatsache ja im Hinterkopf behalten und bei Gelegenheit darauf zurückkommen. Am besten wär dafür Felix geeignet, sozusagen von Schauspieler zu Schauspielerin. Martin entschuldigt sich mit einer dringenden Verabredung, steigt aufs Radel und wird in der Burggasse von einem anderen überholt und geschnitten. Gerade als er losschimpfen will, hört er ein fröhliches Lachen. Seine Nachbarin Gigi Altenbacher auf einem Rennrad. Sie hat angehalten und versperrt ihm den Weg. »Na, hab ich dich erschreckt, Martin?«

»Gigi! Du fährst ein Rennrad?«

»Ja, ich bin enthusiastische Radlerin, und Graz ist dafür die perfekte Stadt. Da hab ich mir heute eins gekauft. Ist das nicht eine Schönheit? Hab's grad aus dem Geschäft abgeholt.«

Martin geniert sich kurz für sein altes Drahtgestell, dann strahlt er: »Darauf müssen wir einen trinken! Ich hab nämlich auch einen Grund zu feiern. Hast du grad Zeit?«

Kapitel 8

»Kannst meinen neuen Turboesel ja einmal ausprobieren«, sagt Gigi, als Martin ihr hilft, das Rennrad die Stiegen hinauf in ihre Wohnung zu tragen. So was lässt man nicht im Hausflur stehen. Im Gegensatz zu seinem alten Rad, das ihm ein Kollege für die Zeit seines Aufenthalts in Graz geliehen hat. Weil Martin keine Lust auf Staus und Parkplatzsuche hat. »Ich zieh mir nur schnell was anderes an, dann können wir los«, verspricht sie.

Auch Martin geht in seine Wohnung. Vielleicht erreicht er jetzt Lotte, um ihr die frohe Nachricht von seinem Nicht-Melanom zu überbringen. In dem Moment, als er zum Handy greift, sieht er »Wagner« auf dem Display. »Hallo, Felix, was gibt's Neues?«

»Also, es dürfte ziemlich sicher sein, dass die Mara auch ein Verhältnis mit Sascha Prinz hatte. Hab ich ja eh stark vermutet. Jetzt ist mir das von mehreren Theaterleuten bestätigt worden. Ist es okay, wenn ich ihn morgen befrage? Er hat um zehn Probe, und ich dachte, nachher wär gut.«

»Ja, sicher. Aber hätte der ein Motiv, sie umzubringen?«, zweifelt Martin.

»Weiß nicht, aber seine Frau schon. Die war wegen der Mara total verzweifelt und ist dann angeblich von Zuhause ausgezogen.«

»Gut, dann befrag ihn in diese Richtung, und danach nimm dir die eifersüchtige Gattin vor – gibt's sonst noch was, Felix? Bei mir ruft nämlich jemand rein.«

»Nein, nein, okay. Bis morgen.«

»Hallo, Lily! Wir sind wie die Königskinder – du weißt schon ...«

Lily lacht. »Na ja weißt eh, was immer so alles los is.« Eigentlich weiß er das nicht. Hat keine Ahnung, der Martin, wie es im Moment in ihrem Leben drunter und drüber geht. Aber das will sie ihm nicht am Telefon erzählen. Wird schon passen, dass sie sich demnächst einmal am Wörthersee oder in der Uhrturmstadt treffen. Ist ja wirklich keine Entfernung zwischen Klagenfurt und Graz.

»Du, ich wollt dir nur eine gute Nachricht mitteilen …« Als er von seinem Fleck auf der Nase anfängt, wird ihm klar, dass er mit Lily überhaupt nicht darüber gesprochen hat. Er setzt sie also ins Bild – vom Verdacht über seine Internetrecherchen bis hin zum relativ harmlosen Endergebnis.

»Oh, das müss ma aber feiern! Kannst nit runterkommen? In Pörtschach gibt's ein neues Restaurant.«

Verfressen wie eh und je. Martin muss lachen. »Ach, Lily! Jetzt hab ich so gut wie zwei Fälle aufzuklären. Das mit der Journalistin in der Schönheitsklinik könnte nämlich auch ein Mord sein. Kannst nicht du kommen? Hier gibt's auch ein super Lokal, gleich um die Ecke von mir.«

Sie kann nicht. Wieder einmal ist es ihre Tochter, die Probleme macht. Martin seufzt. Lily seufzt. Das Schweigen dauert zu lange. Sie werden sehen, wie es sich ausgeht, so verbleiben sie. Martin ist traurig nach dem Telefonat. Und dann schiebt er das Gefühl weg auf seinen privaten Müllhaufen komplizierter Beziehungen.

***

»Hat sich die Empörung über den Nestroy schon gelegt?« Martin sitzt mit Gigi Altenbacher in *Ferl's Weinstube* ganz in der Nähe der Kasperlburg und versucht, seine Geschmacksnerven an Schilcher zu gewöhnen.

Gigi scheint er zu schmecken. »Nein, keine Spur. Und der Prader genießt das regelrecht. Auf Facebook hat es einen Shitstorm gegeben. Einerseits die Bewahrer der Nestroy'schen Tradition, andererseits die muslimische Gemeinschaft in Graz. Und noch ein paar Leute, die Pragers Inszenierung einfach nur Scheiße finden. Ein paar Morddrohungen gab's auch im Internet. Anonym natürlich.«

»Und damit kommt Prader nicht zu uns?«

Gigi war durstig und bestellt sich ein zweites Glas. »Vielleicht ist das ja auch nur Selbstinszenierung. Wer weiß! So ist es halt mit dem Theater am Theater. Show, Show, Show.« Gigi lächelt verwegen. »Weißt, wir sind halt alle Kasperln und wollen oft nicht zwischen Spiel und echtem Leben unterscheiden.«

Klingt ein wenig beunruhigend. »Sag, wie ist das bei den Schauspielerinnen? Geht ihr alle irgendwann unters Messer? So wie in Hollywood?« Noch während er das fragt, geniert er sich. Fühlt sie sich jetzt persönlich angesprochen? Er hat es ja nur so allgemein gemeint und wollte eigentlich auf Mara Sibelius überleiten um mehr über sie zu erfahren. Außerdem sieht seine Nachbarin eh sehr gut aus und ist bestimmt ein paar Jahre jünger als er. Macht man da schon Runderneuerungen? Seine Ex Larissa hat zwar immer wieder davon geredet, war aber dann doch immer zu feig dazu.

»Meinst jetzt mich?«, fragt Gigi gar nicht kasperlhaft.

Martin schüttelt den Kopf. »Du brauchst so was doch nicht.«

Gigi lacht geschmeichelt, obwohl sie weiß, dass Männer so gut lügen können wie Frauen. »Ich bin ja Gott sei Dank am Schauspielhaus in Graz und nicht in Hollywood«, lacht sie. »Also, ich hab noch nix machen lassen. Ich hab aber auch Glück. Ich bin im komischen Fach. Vorerst noch komische Junge, irgendwann dann halt komische Alte. Dafür brauch ich sicher keine Schönheits-OP. Das Komische liegt mir einfach mehr als die schmachtende romantische Liebhaberin. Wenn eine allerdings auf Liebhaberin getrimmt ist und nicht allzu früh ins Fach reife Salondame wechseln will, dann geht's oft nicht ohne. Aber grundsätzlich ist die Bühne ja viel gnädiger als die Filmkamera.«

Martin fängt an, den Schilcher zu mögen, und prostet ihr zu. Sie hat ein spitzbübisches Lächeln, und er kann sich gut vorstellen, dass sie die Leute zum Lachen bringt.

»Was hat eigentlich unser blondes Engelchen Mara Sibelius in der Hilmteichklinik richten lassen?«, wechselt Gigi das Thema. »Jung, schön, faltenfrei, perfekte Figur – da ist doch jeder Schönheitschirurg arbeitslos.«

Hat er da ein wenig Neid herausgehört? Dabei ist die Gigi ja selbst sehr attraktiv. Nicht auf eine belanglose Art hübsch wie Mara Sibelius, sondern auf eine eigene, herzige und herzliche Art schön. Kurz geschnittenes dunkles Haar, das ihr regelmäßiges ovales Gesicht gut zur Geltung bringt, große braune Augen, heller Teint, gute Figur. Ein bisserl klein, was den Vorteil hat, dass er auf sie herabschauen kann, wenn sie nebeneinander hergehen.

»War Mara im Theater wirklich bei niemandem beliebt?«, übergeht er die Frage nach der Art von Maras OP.

Sie rümpft ein wenig die Nase. Was für ihn Antwort genug ist. Mara sei halt sehr karrieregeil gewesen und daher allen, die im Theater was zu sagen haben, allzu willig zugetan. Das sei in dem Beruf nicht unüblich, aber die Mara habe das schon übertrieben. »Offenbar musste sie damit ihr mangelndes Talent ausgleichen – ich mein jetzt das schauspielerische«, fügt sie mit bösem Unterton hinzu. Das Lachen aus ihren Augen verschwindet für einen kurzen Moment.

Ob es da im Theater jemanden gegeben habe, der Mara mörderisch hasste?

Gigi legt ihren Kopf schräg, sie scheint zu überlegen. »Eigentlich hat niemand sie so richtig ernst genommen. Andererseits hat sie sich in die ein oder andere Ehe gedrängt …«

»Gibt es denn außer Gisela Prader noch mehr eifersüchtige Ehefrauen?«, unterbricht Martin.

Gigi schaut durch ihn hindurch auf ein ihm unbekanntes Ziel. »So genau weiß ich das nicht. Außerdem war sie eine neugierige, bösartige Tratschn. Kann also schon sein, dass sie versucht hat, ihr Achtelwissen über andere auszunutzen. Habt ihr schon einen Verdächtigen?«

»Du meinst, sie hat versucht, Leute zu erpressen?« Martin ist alarmiert, passt diese Information doch zu den Gerüchten, sie hätte etwas über Praders pädophile Neigungen gewusst.

»Nicht direkt, aber sie hat es verstanden, Schwachpunkte herauszufinden und dann entsprechende Andeutungen zu machen. Damit hat sie sich schon Feinde geschaffen. Zum Beispiel die Katja Goldstein. Rollenfach: Liebhaberin. Ende zwanzig, sehr talentierte Schauspielerin und außerdem eine gute Erscheinung. Hat nur einen sogenannten Makel: dicke Knie. Die Kostümbildnerinnen haben das aber immer super kaschiert. Als dann der Fred Werner, weißt eh, der Regisseur, der unlängst den Regiepreis bekommen hat …« – weiß Martin natürlich nicht, nickt aber – »also, als der hier inszeniert hat, hat er die Goldstein mit der Hauptrolle besetzt, auf die aber die Mara gehofft hatte. Was macht die Mara? Redet ihm ein, man solle das Stück doch in Miniröcken spielen. Der Werner war gleich Feuer und Flamme. Und dann hat die Mara bei einer Probe der Katja den langen Rock hochgezogen, und die dicken Knie kamen zum Vorschein. Sie hat die Rolle trotzdem exzellent gespielt, und der Mara hat das letzten Endes nichts genutzt.«

»Könnte diese Katja ...?«

»Nein. Die ist seit einem Jahr in Stuttgart engagiert. War nur so ein Beispiel, wie teuflisch das Engerl sein konnte.« Gigi nimmt noch einen Schluck Schilcher und prostet Martin zu. »Auf die Schönheit! Und auf deine Gesundheit, und natürlich auf mein neues Rad! Was sagst du übrigens zum steirischen Schilcher?«

»Ganz interessant«, meint Martin. »Am Anfang ist er ein bisserl gewöhnungsbedürftig, aber von Glas zu Glas schmeckt er mir besser. Grundsätzlich bin ich eher kein Rosétrinker.«

»Der Schilcher ist auch kein Roséwein. Er wird aus der blauen Wildbacher-Rebe hergestellt, die zu den roten Rebsorten gehört«, klärt Gigi ihn auf. »Man muss ihn halt mögen, den *rosaroten Essig*, wie ein Papst im 18. Jahrhundert ihn bezeichnet hat, als man ihm auf seiner Durchreise durch die Steiermark einen Schilcher vorgesetzt hat.«

»Und woher weißt du das alles?«

Gigi lacht. »Ich bin eine Winzerstochter. Meine Eltern haben ein kleines Weingut bei Gamlitz. Warst du schon einmal in der Südsteiermark?«

Er verneint. »Steht aber auf meinem Pflichtprogramm.«

»Würde ich weniger als Pflicht, eher als Kür bezeichnen. Dann musst du dir aber schon mindestens zwei Tage Zeit nehmen. Und einmal musst du in Leutschach zu *Liepert's* essen gehen. Das Essen ist hervorragend, und die Inszenierung der Gerichte auch. Irgendwie total verrückte Ideen, die sie dort haben. Zum Beispiel ein Birkenstamm, der mit Fichtenlimonade gefüllt ist, oben drauf ein Reiscracker mit Pilztatar ...«

Ist nicht so ganz seines. Martin fühlt sich eher zu Buschenschank oder bodenständigem Gasthaus hingezogen. »Sag, warum wohnst du eigentlich in der Kasperlburg? Du bist ja hier in der Steiermark sozusagen verwurzelt und nicht nur als Gast in Graz engagiert, oder?«

Gigi reagiert einsilbig. Sie lebe von ihrem Ehemann vorübergehend getrennt, Betonung auf vorübergehend. Und deshalb sei sie ins Schauspielerdomizil übersiedelt, weil sich eine richtige Wohnung für die kurze Zeit nicht auszahlt. Man habe sich ein paar Monate Ehepause verordnet, um dann wieder neu anfangen zu können.

Martin nickt, obwohl er nicht an Ehepausen glaubt. Meistens sind sie nur die Illusion eines möglichen Neuanfangs, in Wahrheit aber der Anfang vom Ende. So war es bei ihm. Natürlich hofft er für Gigi, dass es gut ausgeht, aber es scheint ihm richtiger, das Thema zu wechseln. Und noch zwei Viertel Wein zu bestellen.

***

Kopfweh und das Gefühl, auf Watte zu gehen – er ist ein bissel angeschlagen vom Schilcher, der Wiener Chefinspektor. Den verträgt eben nicht jeder, und schon gar nicht so viel. Gigi, die er fröhlich vor sich hin summend im Hausflur trifft, scheint nicht unter den Folgen des gestrigen Schilcherabends zu leiden. Mit ihrer Vitalität ist sie heute fast eine Provokation für ihn. Entsprechend mürrisch geht er an ihr vorbei und steigt in ein Taxi zum Gerstmann Verlag. Fahrrad wäre heute nicht das Richtige. Gleichgewicht und so.

»Herr Chefinspektor, ich bin ja so froh, dass Sie der Sache nachgehen. Es lässt mir keine Ruhe, was da mit meiner Freundin passiert ist. Weiß man schon, warum sie gestorben ist?« Angela Polz, Lektorin im Gerstmann Verlag, sieht man die echte Trauer um Steffi Hütter nicht nur an, auch ihre Stimme verrät, wie es um sie steht.

Sie führt ihn in ihr gemütliches, ein wenig altmodisch eingerichtetes Büro, das genauso aussieht wie er sich einen Verlag vorgestellt hat: Berge von Papier auf dem Schreibtisch, auf Regalen, auf diversen Sesseln. Offenbar bearbeitet sie die Texte nicht am Bildschirm, sondern druckt alles aus. Wie er. Das macht sie schon einmal sympathisch. Zweiter Pluspunkt: der Besuchersessel, den sie für ihn freiräumt, ist sehr bequem, und dann bietet sie ihm auch noch einen besonders starken Espresso an.

Während Martin seinen Kaffee schlürft, klärt sie ihn über die Beziehung auf: »Ach, wir sind schon seit Jahrzehnten befreundet. Eine Zeit lang haben wir gemeinsam Germanistik studiert, aber Steffi hat das Studium abgebrochen und ist zur Zeitung gegangen. Als sie dann begonnen hat, Bücher zu schreiben, war es logisch, dass die bei uns veröffentlicht werden. Und das Buch mit dem Professor Leitner liegt unserer Verlegerin sehr am Herzen – warum wohl?« Jetzt lächelt sie beinahe. »Möchten Sie noch einen?«

Martin nimmt gerne an. Und mit dem zweiten Espresso bessern sich langsam auch Kater und Laune. »Ich habe gehört, dass es mit dem Professor Streit gab, weil Frau Hütter irgendwelche prominenten Patientinnen im Buch drin haben wollte.«

Angela Polz seufzt. »Ja, das stimmt. Uns als Verlag wäre es natürlich recht gewesen, weil sich dann so ein Buch ja besser verkauft. Aber Leitner war strikt dagegen. Sonst kann er zusperren, hat er gemeint. Seh ich ja auch ein. Also hat sie ein paar Promis halt nur auf ihrem Blog benannt – und in aller Vorsicht.«

»Woher hatte sie die Namen?«

»Vermutlich hat sie in der Hilmteichklinik ein bisserl herumgeschnüffelt. Sie ist wegen der Interviews mit dem Professor dort ja ein und aus gegangen. Ihr Blog war letztlich der Anlass für den wirklich großen Streit zwischen den beiden.«

»Und wird das Manuskript jetzt ad acta gelegt?«

»Nein, wie gesagt, unsere Verlegerin ist daran interessiert. Daher soll ich es fertig schreiben. Als ob ich sonst nichts zu tun hätte! Ich muss das in meiner Freizeit machen, das tu ich nur für die Steffi. In memoriam.«

Martin erkundigt sich, welche Bücher die Journalistin sonst noch bei Gerstmann veröffentlicht hat. Bevor die Lektorin antworten kann, läutet sein Handy.

Es ist Felix Wagner. »Du, Martin, ich hab jetzt mit dem Sascha Prinz gesprochen. Der sagt, seine Frau habe sich über die Sache mit der Sibelius so aufgeregt, dass sie gedroht hatte, ihn und auch die Sibelius umzubringen. Die wohnt jetzt übrigens in deinem Haus, vielleicht hast sie schon getroffen. Sie heißt Gigi Altenbacher. Soll ich sie befragen, oder willst du das machen – als Nachbar sozusagen?«

»Ja«, sagt Martin leise und weiß selbst nicht, was er damit meint. Dann beendet er das Gespräch und versucht, sich wieder auf Angela Polz zu konzentrieren, die ihm gerade erklärt, Steffi Hütter habe einmal ein Buch über Graz geschrieben und außer der Leitner-Biografie auch noch das Exposé für einen Dokuroman über einen tragischen Kindstod, also eigentlich einen Kindsmord, abgeliefert. »Aber das liegt so lang zurück, daran waren wir dann nicht interessiert.«

Ist Martin auch nicht. Stattdessen fragt er, wo sich der Laptop der Journalistin befinde. Vielleicht gebe es dort irgendwelche Hinweise – falls es überhaupt ein unnatürlicher Tod war.

Ihre Stimme klingt jetzt hysterisch: »Ein Mord? Wer sollte Steffi so was antun! Sie war ein guter Mensch, sie hatte keine Feinde!«

Beruhigende Stimme: »Wir wissen doch noch gar nichts Genaues, Frau Polz. Wir gehen nur allen Spuren nach. Eine davon ist Steffis Laptop.«

Angela Polz kehrt zum normalen Tonfall zurück: »Also bei ihren Sachen im Spital war er nicht. Die hat man alle mir übergeben, weil sie mich als nächste Angehörige genannt hat. Wahrscheinlich in ihrer Wohnung. Obwohl, Steffi hat sich sonst nie von ihrem Laptop getrennt ...«

Sie verabreden, am Nachmittag gemeinsam in Steffi Hütters Wohnung zu gehen, Angela hat einen Schlüssel. »Die Steffi war kerngesund, wie kann die plötzlich an Herzversagen sterben?«

Martin hebt seine Schultern in Unwissenheit und dankt für den Kaffee. Mehr als Steffi Hütter beschäftigt ihn, was Felix ihm am Telefon gesagt hat. Gigi Altenbacher, die fröhliche Nachbarin, der er nicht einmal zutraut, eine Fliege zu töten. Warum hat sie ihm an ihrem Schilcherabend nicht erzählt, dass Sascha Prinz ihr Mann ist? Und dass sie sehr wohl Grund hatte, Mara aus ganz persönlichen Gründen zu hassen?

Kapitel 9

Vor dem Gespräch mit Gigi hat er sich beinah gefürchtet. Weil er sie mag, und das Private jetzt auf einmal dienstlich wird. Also klopft er ganz zart an ihre Tür – und sie macht auf. In Turnkleidung.

»Stör ich dich?«, fragt Martin, doch sie schüttelt den Kopf und macht eine einladende Handbewegung. Mitten im Wohnzimmer liegt eine Yogamatte.

»Du störst nie. Ich war gerade bei der *einbeinigen Königstaube*. Willst mitmachen?«

Yoga? »Nein«, sagt er schneller, als die Polizei erlaubt.

»Tee? Kaffee? Schilcher?«

»Haha.« Er lässt sich auf eins der Sitzkissen fallen. »Leitungswasser bitte. Der Schilcher hat ganz schön reing'haut.«

»Ja, der hat's in sich.« Gigi bringt zwei Gläser mit Wasser und setzt sich ihm gegenüber im Schneidersitz. »Du schaust so ernst. Gestern warst lustiger.«

Martin trinkt einen Schluck und stellt das Glas vorsichtig auf den Beistelltisch. »Gestern wusste ich auch noch nicht, dass Sascha Prinz dein Ehemann ist.«

Er sagt es sanft, nicht vorwurfsvoll, obwohl er eine kleine Wut auf sie hat. Ihm das zu verschweigen war blöd von ihr, bei all dem Theatertratsch musste er es eher früher als später erfahren.

Sie holt tief Luft. »Ach ja. Du, es ist kein Geheimnis. Jeder am Theater weiß es. Ich hab dich nicht angelogen. Ich hatte bloß keine Lust, über Sascha zu sprechen, das ist alles.«

»Na ja«, sagt Martin eine Spur härter. »Aber damit gehörst du zu den Verdächtigen im Fall Sibelius, das weißt schon?«

Gigi lacht, aber es klingt nicht fröhlich. »Oh Gott, wenn ich alle umbringen würde, mit denen Sascha schon geschlafen hat, wäre ich eine Massenmörderin, Martin. Ja, ich hänge irgendwie immer noch an dem Schwein, und ja, ich konnte Mara nicht ausstehen. Sie war eine intrigante Schlampe. Aber ich hab sie nicht umgebracht. Du kannst mich meinetwegen an einen Lügendetektor anhängen. Ich sag die Wahrheit!«

Martin hat keine Ahnung, ob es in Graz so was überhaupt gibt. Aber er möchte ihr gern glauben. Sich Gigi als heimtückische Giftmischerin vorzustellen, übersteigt seine Fantasie. Andererseits ist sie Schauspielerin. Komisches Fach, sie hat ihn schon oft zum Lachen gebracht.

Gigi schaut ihm in die Augen. »Sag was.«

Martin hält ihrem Blick stand: »Was hast du gemacht an dem Tag, an dem Mara starb?«

»Ist das jetzt ein Verhör?« Gigi versucht ein Lächeln, doch es bleibt irgendwo in der Luft hängen. »Lass mich nachdenken ... Ich war erst zu Hause und bin dann so gegen Mittag zum Fahrradgeschäft gelaufen. ›Bikedream‹ heißt es, Nähe Griesplatz, die können das sicher bestätigen. Weil ich da bestimmt zwei Stunden war, auf der Suche nach dem perfekten Rennrad. Der Besitzer hat mich beraten, Hans irgendwas, ein netter Typ. Aber an dem Tag konnte ich mich nicht so recht entscheiden, deshalb bin ich wieder raus und spazieren gegangen, die Mur entlang. Hab ein Achtel Wein im *Museumscafé* getrunken. Von dort meine Mutter angerufen. Daheim haben sie mir dann das von der Mara erzählt ... Woran ist sie denn jetzt wirklich gestorben?«

Eine geschickte Frage, denkt Martin. »Wir wissen es noch nicht so genau.«

»Ich dachte, sie ist in der Garderobe unglücklich gefallen.«

Gigis ernstes Gesicht steht ihr nicht, und Martin kann verstehen, warum sie die ›komische Junge‹ bevorzugt. »Sie könnte auch gestoßen worden sein. Hast du eine Ahnung, von wem die Pralinenschachtel in ihrer Garderobe stammte? Aß Mara denn überhaupt Süßes?«

Sie kriegt es einfach nicht hin, Anteilnahme in ihr Gesicht zu zaubern. »Sie hat öffentlich nie was gegessen außer Süßigkeiten. Dafür hat sie sich ständig Vitamine und Mineralien reingeschmissen. Das wusste jeder am Theater. Die hatte echt eine Essstörung – neben ein paar anderen Defekten.«

»Sie ist tot«, erinnert Martin sanft.

»Ja, sorry, aber ich muss ja wohl keine Trauer heucheln. Und glaub mir, selbst wenn sie alle beim Begräbnis die große Show abziehen werden – niemand am Theater hat sie gemocht.«

Die harte Polizistenstimme: »Außer Prader. Und Anatol Hofer. Und dein Mann. Wie lange ging diese Geschichte zwischen den beiden eigentlich schon, weißt du das?«

Gigi hat ihren Schneidersitz aufgegeben und umschlingt ihre Beine. Sie sieht ihn nicht an, als sie antwortet. Kreuzunglücklich sieht sie aus. »Bestimmt schon ein Jahr, vielleicht länger. Es war eine ausgewachsene Affäre, deshalb hab ich Sascha verlassen, das hab ich nicht länger ausgehalten. Der Idiot ist auch noch bei ihr geblieben, als sie parallel mit dem Prader was anfing.«

Sie schaut ihn an, als wär eine kleine Erleuchtung über sie gekommen: »Wenn ich so darüber nachdenke, will ich ihn jetzt nicht mehr zurückhaben. Er ist ein Säufer und ein Hurenbock, und ich bin einfach immer wieder auf seinen Charme und sein Talent und sein hübsches Gesicht reingefallen. Aber jetzt hat es sich ausgelitten! Ich glaub, ich werd mir eine g'scheite Wohnung suchen. Und mich scheiden lassen. Und vielleicht wechsle ich ins Charakterfach. Als Nächstes steht eine Brecht-Inszenierung an, und als Gastregisseur ist Brendel im Gespräch. Den kenn ich, und er schätzt mich. Also wird er mir eine größere Rolle geben und ...«

»Stopp«, sagt Martin, »bleiben wir beim Thema. »War dein Mann eifersüchtig auf Prader?«

»Na sicher war er das.« Gigi hat ihm diese Eifersucht von Herzen gegönnt.

»Kannst du dir vorstellen, dass der sie vergiftet hat – aus rasender Eifersucht?«

Gigi zögert, bevor sie antwortet. »Ich weiß nicht. Sascha war sicher schwer verliebt in sie, aber in erster Linie vergöttert er sich selbst. Ein Narzisst vor dem Herrn. So einer mordet nicht wegen einer Liebelei. Höchstens, wenn Anatol schreiben würde, er sei ein grauslicher Schauspieler.«

»Hofer hat kein gutes Haar an der Inszenierung gelassen, ein Totalverriss war das.« Ausnahmsweise hat Martin auch das Feuilleton gelesen. Während die anderen zum *Lumpazi* vorsichtig zwischen Genie und Wahnsinn lavierten, schrieb Anatol Hofer die Premiere in Grund und Boden.

»Ich weiß. Prader hat so laut gebrüllt, dass man es draußen vor dem Theater hören konnte. Er will den Anatol verklagen wegen ... Beleidigung glaub ich.«

Gigi ist wie immer, oder nicht? Martin beobachtet sie aufmerksamer als bisher und kann keinen Hauch von Schuldbewusstsein erkennen. Sie ist wieder völlig entspannt, was aber auch an der einbeinigen Königstaube liegen könnte. Seine Therapeutin hat ihm zu Yoga geraten, aber ...

... jetzt muss er sich beeilen, um die Lektorin in Steffi Hütters Wohnung zu treffen. Er springt auf. »Tut mir leid, ich hab noch einen Termin. Vorerst, ja, vorerst ist gar nix, so weit wär ja alles geklärt.«

»Also glaubst du nicht, dass ich sie geschubst hab?«

Martin steht an der Wohnungstür und sieht zu ihr hinunter. Sie nach oben, die junge Komische mit dem ansteckenden Lächeln. »Nona«, sagt Martin, was ja gar nichts heißt, doch sie drückt ihm schnell einen Kuss auf die Wange, bevor er sich abwendet. Martin geht, nein, sprintet zu seinem Radl, mit dem er die Bürgergasse hinuntersaust, rechts in die Herrengasse, zum Jakominiplatz und dann links in die Klosterwiesgasse 46. Er sichert sein Rad nicht einmal, wer würde so einen alten Scherbn fladern?

Angela Polz öffnet ihm die Wohnungstür, ein vorwurfsvoller Blick, er ist eine Viertelstunde zu spät. Er entschuldigt sich und folgt ihr in die Wohnung. Klassischer Altbau mit Ölofenheizung, dafür Stuck an der Decke. Die Miete war sicher nicht teuer, denkt Martin, noch dazu im vierten Stock ohne Lift. Aber die Wohnung ist gemütlich eingerichtet in einer Mischung aus Alt und Neu und mit ein paar exotischen Stücken wie Masken und Trommeln, Wandteppichen und Skulpturen. Das Mobiliar lässt ahnen, dass Steffi Hütter viel in der Welt unterwegs war und von überallher etwas mitbrachte. Eine Sammlerin. Doch sie sammelte auch Informationen; ob ihr das vielleicht zum Verhängnis wurde?

Die Freundin bewegt sich in der Wohnung, als wäre sie hier zu Hause. Martin sieht auf ihren Ringfinger: Angela Polz scheint nicht verheiratet zu sein. Ob die beiden ...?

Als könnte sie seine Gedanken lesen, sagt sie: »Wir waren eng befreundet, aber kein Paar, falls Sie das denken. Steffi war eine Weile mit einem Diplomaten verheiratet und ging mit ihm nach Afrika. Nach sieben Jahren kam sie zurück nach Graz, ihr Mann war gestorben. Da haben wir unsere alte Freundschaft erneuert. Ich hab nämlich nie geheiratet.« Sie lässt offen, warum, und wechselt das Thema: »Während ich auf Sie gewartet habe, hab ich mich schon mal umgesehen – von dem Laptop keine Spur. Steffis Handy können Sie aber haben, das war bei ihren Sachen in der Klinik, die man mir gegeben hat.«

»Kein Laptop dabei?«

Sie schüttelt den Kopf und gibt ihm das Telefon. Martin steckt es in die Tasche seiner Lederjacke, während er beginnt, im Wohnzimmer Schubladen zu öffnen: »Wie war sie so, Ihre Freundin? Hat sie Verwandte?«

»Nein, sie ist bei ihrer Großmutter aufgewachsen, nachdem die Eltern bei einem Unfall umkamen. Keine Geschwister, keine Kinder. Zur Familie ihres Mannes hatte sie keinen Draht, das hat sie mir jedenfalls erzählt. Der Notar schreibt, dass Steffi mir alles vermacht hat, das dauert jetzt natürlich noch ewig.«

Ach ja? Martin denkt an seinen letzten Fall, die mörderischen Erben.

Schon wieder scheint sie zu ahnen, was er denkt. »Aber nicht, dass Sie glauben, dass ich jetzt reich werde. Die Wohnungseinrichtung, ein altes Auto und achttausend Euro auf dem Konto, das ist alles. Das Geld reicht gerade für die Begräbniskosten. Als Journalistin und Bloggerin hat sie nicht viel verdient – und vor allem von der Witwenpension gelebt. Sie war keine Sparsame, die Steffi. Hat viel für Reisen ausgegeben, für Kleidung, Essen und Trinken. Sie hat gut gelebt. Und recht hatte sie, nicht wahr!« Angela Polz streichelt ein buntes Seidenkissen: »Dieses Jahr wollten wir zusammen nach Indien für drei Wochen. Darauf spare ich schon seit Monaten. Aber allein ...?«

Und jetzt weint sie, und Martin kann doch Frauen nicht weinen sehen. Er gibt ihr sein Taschentuch, und weil er Glück hat, wischt sie sich nur die Tränen von den Wangen. Dann steht sie abrupt auf. »Ich hol mir ein Glas Wasser. Suchen Sie ruhig weiter.«

Das tut er, doch in den Schubladen findet er nur Prospekte von Hotels, Restaurantrechnungen, eine auch von *Liepert's Restaurant*, von dem Gigi ihm erzählt hat. Weiters herausgerissene Artikel aus Zeitschriften und Zeitungen. Quittungen aller Art. Streichholzschachteln, Fotos aus aller Herren Länder, es würde Tage brauchen, sich jedes Teil einzeln anzusehen. In ihrer Bücherwand findet er wenig Belletristik, vielmehr Reise- und Sachbücher, historische Romane, Biografien. »War sie ein glücklicher Mensch?«, fragt er Angela Polz, die ihm ebenfalls ein Glas Wasser mitgebracht hat.

Wenn sie die Frage sonderbar findet, lässt sie es sich nicht anmerken. »Na ja, so halb. Steffi war nicht unglücklich. Als sie aus Afrika zurückkam, war sie ziemlich fertig. Ihr Mann wurde bei einem Überfall in Pretoria erschossen. Auf der Straße, am helllichten Tag. Er war unterwegs zu einem Mittagessen. Eine tragische G'schicht. Aber die Zeit heilt Wunden, wie es so schön heißt. Sie hat wieder angefangen zu arbeiten, als Freie, und es gab verschiedene Buchprojekte. Viele Reisen ...«

Ein grässlicher Schrei, der beide zusammenzucken lässt. Er kommt aus der Wohnung. Martin will nach seiner Dienstwaffe greifen, aber die ruht in seiner Schreibtischschublade. Seine Hand zuckt zurück, und er schaut sich nach einer geeigneten Waffe um, findet nur den Brieföffner ...

Die Katze, die ihn frontal anspringt, kommt von oben, von dem chinesischen Schrank. Er weicht aus, und sie landet auf dem Sofa zwischen ihm und der Frau. Ein Riesentier. Wollte es ihm wirklich ins Gesicht springen?

»Das ist nur Kolumbus«, sagt Angela Polz und streichelt das dichte Fell. »Ein Maine-Coon-Kater, ich komme jeden Tag nach der Arbeit her und füttere ihn, wenn er sein Versteckspiel aufgibt. Aber ich weiß ehrlich gesagt nicht, was ich mit ihm anfangen soll. Ich hab einen Hund zu Hause, einen Chihuahua, und Kolumbus würde ihn zu Tode erschrecken.«

So wie mich, denkt Martin. Das hätte sie ihm aber auch vorher sagen können, dass eine Katze in der Wohnung ist. Zumal er allergisch auf Katzen reagiert. »Der Schrei war entrisch«, sagt Martin und steht auf, um Distanz zu schaffen. Sucht noch oberflächlich im Schlafzimmer und in der Küche. Kein Laptop in der Wohnung, und in der Klinik ist er auch nicht, da hat er nachgefragt. Was nur zwei Schlüsse zulässt: Entweder hat Angela Polz ihn verschwinden lassen – aus welchen Gründen auch immer –, oder der Mörder hat ihn noch in der Klinik an sich genommen.

Zum Abschied verspricht ihm Angela Polz, Steffis Manuskript per E-Mail zu schicken. Und sagt zum Schluss, als er schon aus der Tür ist, etwas Seltsames: »Ich glaube, meine Freundin hat sich in den Professor verliebt. Nicht, dass sie das direkt gesagt hätte. Aber so, wie sie über ihn redete und zum Teil auch schrieb, könnte man das schon glauben. Ihr Idol in Weiß. Sonst hätte er sie nie überreden können, sich die Nase korrigieren zu lassen. Ich meine, so lang hat sie mit der Nase gelebt, warum mit sechzig noch daran herumdoktern?«

»Aber die beiden haben sich doch gestritten?«

»Ja, wegen dieser Promi-G'schicht. Aber das war nichts Ernstes. Steffi war klar, dass er nicht über seine Patienten reden wollte, konnte ... sie nutzte halt jede Gelegenheit, mit ihm zusammen zu sein, selbst wenn sie sich gefetzt haben ... Glauben Sie, dass er Steffi ermordet hat?«

»Ich weiß nicht«, antwortet Martin wahrheitsgemäß. »Warum hätte er das tun sollen?«

***

Freund Robert ist von seinem Kongress zurück und sitzt, glücklich wieder in Graz zu sein, vor seinem Viertel Grauburgunder im *Café Stockwerk*. Als Martin zum Tisch kommt, deutet Robert auf das Nasenpflaster. »Bist gestürzt?«

Martin verneint, setzt sich hin und erzählt Robert die Geschichte mit der Nase, und der lacht auch noch und sagt: »Ich wusste gar nicht, dass du ein Hypochonder bist.«

Martin lacht mit, weil er es in der Rückschau auch komisch findet, und bestellt ein kleines Gösser und dazu Frankfurter Würstel, weil er hungrig ist. Der Raum mit den blanken Holztischen ist halb voll, vorwiegend junge Leute, die Raucher sitzen draußen in der Laube, obwohl die lauen Sommernächte längst perdu sind.

Kein Konzert heute, die gibt es nur einmal pro Woche außer in den Sommerferien.

»Du musst unbedingt kommen, als Nächstes spielt das Céline Bonacina Trio – echter Hardcorejazz.« Robert ist sich sicher, dass dies auch Martins Stammbeisl wird, schließlich ist sein Freund ein Fan mit Tendenz zu allem, was der jazzige Blues hergibt.

Sanfter Cool Jazz aus den Lautsprechern, und an den Wänden Porträts berühmter Musiker. Das *Stockwerk* gehöre zu den hundert wichtigsten Jazzlokalen der Welt, erklärt Robert, und viele berühmte Musiker hätten in den letzten vierundzwanzig Jahren hier gespielt. Und fast immer sei er dabei gewesen.

Martin ist längst nicht so bewandert wie Robert, er hört gern Jazz, spielt aber nicht selbst und war in Wien nur bei ein paar Konzerten, das letzte mit Al Jarreau. Auch schon tot.

»Als wären sie grad um die Wette gestorben«, sagt Otmar Klammer, die Seele des *Stockwerk*, der seinen Stammgast Robert begrüßt: »Jarreau, Ekkehard Jost, Arthur Blythe, Larry Coryell, Binder, Benz, Bailey, Mouzon, Hutcheson ... Mensch, ich krieg sie gar nicht alle zusammen, so viele waren es.«

Jazzmusiker sind Überlebende, kurzfristig – diesen Satz hat Martin irgendwo gelesen. Fast alle der Großen starben zu früh – an Drogen, Alkohol, Gewalt, dem verrückten Lebenswandel. Jazz lässt vieles zu, aber kein Mittelmaß. Am Anfang war der Blues. Daraus ist alles erwachsen. Martin hört dem Gespräch der beiden zu und denkt daran, dass er sich etwas vorgenommen hat für den Fall des Überlebens. Genau: Er wird Saxofon spielen lernen. Ein Instrument kaufen, sich einen Lehrer suchen. Wie lange er in Graz bleiben wird, weiß er nicht, die in Wien schieben ihn immer noch hin und her wie den Läufer auf dem Schachbrett. Aber er könnte ja schon mal anfangen.

»Kann man Jazz spielen ohne Alkohol?«, fragt Robert jetzt, und Otmar antwortet, dass Alkohol nur das Harte weicher spült, manche könnten den Schmerz aushalten, bräuchten ihn sogar. Dann geht Otmar zur Bar und bestellt sich aufg'spritzten Saft.

»Der könnte ohne Jazz nicht überleben«, sagt Robert ihm leise hinterher.

Dann erzählt ihm Martin von seinem Entschluss, Saxofon zu lernen. »Brauchst mir nicht zu sagen, dass es ein schwieriges Instrument ist. Ich weiß das. Aber ich brauche irgendwas Neues in meinem Leben. Wenn's schon nix wird mit einer Familie. Nur Verbrecher jagen und Sport treiben ist zu wenig.«

»Ja, es ist schon ein G'frett mit den Weibern«, sagt Robert, der glücklich verheiratet ist und seine zwei Kinder anbetet. Er meint es tröstend, und Martin lauscht dem Sax von Ben Webster und lächelt seinen Freund an. »Ich bin froh, dass wir unsere Freundschaft aufgefrischt haben. Ich möcht schon sein wie du, aber vielleicht bin ich zu verwurschtelt für die Frauen. Die nehmen mich nicht ernst.«

»Verwurschtelt?«

»Na ja, ich enttäusch sie immer. Bin nicht gut genug. Verwurschtelt halt.«

»A geh, du musst halt nur die Richtige treffen.«

»Und wie erkenn ich sie – die Richtige?«

Robert spricht mit vollster Überzeugung: »Das weißt du dann schon. Ich hab es bei Silvia gleich gespürt – und sie auch.«

»Und siehe da, sie lebten glücklich bis ans Lebensende.« In Martins Stimme liegt eine Mischung aus Spott und Neid. Ben Webster entlockt seinem Sax so zärtliche Töne, dass sie ihn zum Weinen bringen könnten. Was er bekämpft, natürlich. Bestellt sich lieber noch ein Gösser und für Robert den Grauburgunder. Websters *Solitude* und ein Gespräch über die Liebe sind einfach zu viel, deshalb Themawechsel: »Sag, du kennst doch sicher den Professor Leitner, Fridolin Leitner, Hilmteichklinik.«

Robert nippt bedächtig an seinem Wein. Er hat schon bessere getrunken. »Na eh, in Graz kennt man sich halt. Hat er was ausg'fressen?«

»Nein, nein, nur ist in der Klinik jemand gestorben unter – sagen wir – verdächtigen Umständen. Und kurz darauf wurde eine junge Schauspielerin vergiftet, die zur selben Zeit in der Klinik war wie die Tote.«

Robert ist ganz Ohr. »Und du verdächtigst den Fridolin?«

»Nein – oder vielleicht. Wir stehen noch ganz am Anfang. Die erste Leiche wird morgen noch einmal obduziert. Die ursprüngliche Diagnose war Herzversagen.«

»Daran sterben wir alle irgendwie«, sagt Robert, »und manche schon, bevor sie tot sind ... Nur Fridolin Leitner gehört nicht dazu. Ich glaub nämlich, er ist ein Guter. Auf seinem Gebiet ist er eine Koryphäe. Leider hat er eine schreckliche Frau, und seine Nachkommen kannst du auch vergessen.«

»Niemand ist nur gut«, sagt Martin.

»Nein, vielleicht hat er ein paar geheime Laster. Kokst oder hält sich eine devote Geliebte oder weiß der Teufel. So genau kenn ich ihn wieder auch nicht.«

Martin beugt sich vor und fragt leise: »Keine Leichen im Keller?«

Sein Freund denkt nach, während *Stardust* aus den Lautsprechern strömt wie flüssiges Gold. Ben Webster wurde für einen Jazzmusiker mit Alkoholproblem erstaunlich alt – vierundsechzig.

»Da war eine Sache, aber das war ganz am Anfang seiner Karriere. Da hat Leitner eine Wiener Schauspielerin operiert – und es ist was schiefgegangen.«

»Was?«

Robert tratscht nicht gern über Kunstfehler von Kollegen, das empfindet er als Nestbeschmutzung. Andererseits will er seinem Freund behilflich sein. »Na ja, damals waren große Brüste modern, sie wollte jedenfalls eine Brustvergrößerung auf Körbchengröße D. Und aus irgendeinem Grund wurde daraus eine G-Größe, Riesendinger. Die Schauspielerin wollte Leitner deshalb verklagen, aber man hat sich dann mit einem höheren Schmerzensgeld außergerichtlich geeinigt. Sie hat sich hinterher in Amerika die Brüste verkleinern lassen – auf D. Ende gut, alles gut. Und das ist wirklich die einzige Leiche in Leitners Keller ...«

»... von der du weißt. Danke, dass du es mir erzählt hast.«

Sie stoßen an und sind eine Weile still, lauschen der Musik. *In a Sentimental Mood*, und hinter den sanftesten Tönen des Saxofons ist das Grollen hörbar, die dunkle Seite des Mondes.

Kapitel 10

Für Felix Wagner hat der Tag damit begonnen, dass er sich über seine Mutter ärgerte, die seine Vorträge über Mülltrennung souverän ignoriert. Ihr Standardargument: *Des hob i immer scho so g'mocht.* Und dann schmiert sie den Kindern zum Frühstück trotz seiner Proteste dick Butter und Marmelade aufs Brot. *Damit s' wos auf die Rippn kriagn, de oamen Hascherln.*

Jeden Morgen der gleiche Streit. Und die Kinder schlagen sich auf die Seite der Oma, weil Marmeladenbrote eh besser schmecken als Müsli. Er kämpft also auf verlorenem Posten, und trotzdem kann er den Mund nicht halten. Als Dreißigjähriger noch mit der Mutter zusammenzuleben, so hat er sich das nicht vorgestellt. Andererseits kann er sich keine Kinderfrau leisten von dem Leutnantsgehalt. Aber jeden Morgen, wenn er ins Büro fährt, denkt er, dass er was ändern müsste an der Scheißsituation. Sonst wird es eines Tages so weit kommen ...

Nein, so was darf er nicht einmal denken! Stattdessen holt er sich einen Verlängerten aus der Kantine und liest die *Krone* und die *Kleine Zeitung*. In beiden ist der Aufmacher der Tod von Mara Sibelius. *Grazer Bühnenstar unglücklich gestürzt?* Dazu ein Foto in verführerischer Pose; es heißt, dass Mara an einer Kopfverletzung gestorben sei. Über Tote nur das Beste: Sie schreiben über die *erfolgreiche Mimin, die in Stücken wie »Bernada Albas Haus« oder »Hiob« brillierte. Ihre aktuelle Rolle in dem Skandalstück »Lumpazi vagabundus« wurde mit Lulu Mo neu besetzt. Starregisseur Emanuel Prader nennt Mara Sibelius' Tod eine ›grauenvolle Tragödie‹, die Kollegen im Schauspielhaus haben Blumengebinde in jener Garderobe niedergelegt, in der Mara Sibelius verunglückte. Die Grazer Kulturwelt trauert um eine große Künstlerin.*

Die grauenvolle Tragödie ist ja wohl eher Praders Inszenierung, denkt Felix. In der steirischen Presse, zum Teil auch überregional, tobt der Kampf der Kulturen. Ein paar wenige finden die Prader'sche Interpretation genial, von den meisten wird er verrissen. Die Islamistischen Verbände fordern ein Verbot der Aufführung, die Kulturfuzzerln heulen von der Freiheit der Kunst, die Politiker waschen ihre Hände in demokratischer Unschuld. Kein Wort von den vergifteten Pralinen und dem großen Unbekannten in der Burka.

Natürlich wurde der Taxler ausführlich verhört, und klar wusste der von nichts. A schwoaz Verhüllte bis auf di Augn, darunter a Frau. Oder doch a Mann? An die Hände kann er sich nicht mehr erinnern. Behaart waren die nicht. Oder doch? Auf jeden Fall händigten diese Hände einen Fuffzger aus, was ein Wahnsinnstrinkgeld inkludierte. Und dann ist der Taxler ins Theater gefahren, der Portier hat ihm gesagt, er würd die Pralinen in die Garderobe bringen, des woas. Er kann eh nix dafür. Hat sich noch a Burenwurst am Hauptplatz gegönnt, eh vom Standl fünf, des is sei Favorit.

Auch die Taxikollegen am Bahnhof nahmen nur die Burka wahr. *Samma eh schon g'wohnt in der Stodt, regn ma si nimma auf.* Felix ging von einem Taxi zum nächsten und hörte dies und Ähnliches. Jeder, denkt er, kann sich so was kaufen und darunter verschwinden. Er checkte auch gleich noch, welches Geschäft in Graz Burkas verkauft, und fand eins in Bahnhofsnähe. Die Besitzerin, eine Türkin, sprach Steirisch mit türkischem Akzent und gab an, in den letzten Monaten keine Burka verkauft zu haben. Vielmehr die

Glitzerkleider, die sie auch in der Auslage hat. *Ob sich der Herr Inspektor welche anschaun möcht für die gnä' Frau?*

Wie immer, wenn er an seine Ex denkt, überkommt ihn dieser Schmerz, gepaart mit Wut. Dann möchte er die ganze Welt bestrafen. Nur an den Kindern, an denen lässt er es nicht aus, die können ja gar nichts dafür, dass sie ohne Mutter aufwachsen müssen. Und manchmal, aber nur manchmal, ist er seiner Mutter dankbar, dass sie aus ihrem Reihenhäusl in Gleisdorf zu ihm nach Graz gezogen ist. Das Häusl hat sie an eine syrische Familie vermietet, der Mann ist Handwerker und hat versprochen, die Bruchbude zu renovieren, dafür zahlen sie kaum Miete.

Die Spur der Pralinen führte ins Nichts. Die werden in so vielen Geschäften verkauft, dass Felix nur bei einigen in Bahnhofsnähe nachfragte – und in der Lebensmittelabteilung von Kastner & Öhler. Keine Burka-Käuferin, das war ihm eh schon vorher klar. Also haben sie verdammt wenig, auf dem sie aufbauen können – außer dem Theaterklatsch. Potenziell verdächtig sind das Ehepaar Prader und die Frau von Sascha Prinz, eher unwahrscheinlich, dass Anatol Hofer etwas damit zu tun hat, der soll ja hoffnungslos verliebt gewesen sein. Und dass Lulu Mo sie umbrachte, um an die kleine Rolle zu kommen? Seine Vorstellungskraft hat Grenzen.

Maras Vorleben verrät nur ein interessantes Detail. Sie hat als Teenager ein Kind zur Adoption freigegeben. Nachfrage beim Amt: Das Mädchen wurde von einem texanischen Paar adoptiert und lebt in Dallas. Mara machte die Matura und besuchte eine private Schauspielschule in der Schweiz, die von einem reichen Liebhaber finanziert wurde. Die nächste Amour war ein Regisseur, und der brachte sie am Schauspielhaus in Graz unter. So hat sie sich von einem zum anderen die Karriere erschlafen, denkt Felix, und dass er doch lieber eine Frau geworden wär.

Bei diesem Gedanken klopft einer an die Tür und öffnet sie gleich danach. Martin Glück wünscht ein fröhliches »Grüß Gott« und setzt sich unaufgefordert auf den gegenüberliegenden Stuhl. Sie duzen sich jetzt. Sind einander ein Stück nähergekommen, doch es bleibt schwierig. Felix berichtet von seinen Nachforschungen, die zu nix führten. Martin erzählt von der vergeblichen Suche nach dem Laptop, dann legt er Steffi Hütters Handy auf den Schreibtisch. »Fingerabdrücke kannst eh vergessen. Die technische Abteilung soll das auswerten, aber ich hab nichts gefunden, das irgendeinen Hinweis ergibt.«

Felix nimmt es mit spitzen Fingern. Mit leichtem Triumph in der Stimme: »Maras Telefonauswertung war schon interessanter. Besonders ein Anruf von Prader, das war der vorletzte, und er war auf ihrem Anrufbeantworter. Da sagt er, dass er sich von ihr nicht erpressen lässt. Nicht, was seine Frau betrifft, und schon gar nicht durch die böswillige Unterstellung, dass er mit Minderjährigen herumvögelt.«

»Im Wortlaut?«

»Ja, sicher. Nur dass er statt ›vögeln‹ ›ficken‹ gesagt hat.«

»Und was war der letzte Anruf?«

»Der kam von einer Alma Zoppot, dauerte eine Minute dreißig.«

Ach, denkt Martin. Wie kommt die jetzt ins Spiel? »Die kenn ich von meinem letzten Fall. Eine Ex-Schauspielerin, die zurzeit in Graz ist. Hat sich bei dem Leitner was machen lassen. Ich werde sie fragen, weshalb sie telefoniert hat.«

»Gut. Aber wir sollten uns unbedingt den Prader nochmals vornehmen. Und seine Frau. Ich werde die im Internet durchchecken. Vielleicht ist im Polizeiregister was in Sachen Minderjährige.«

»Tu das. Darin bist du mir wirklich haushoch überlegen.«

War das Ironie? Felix forscht in Martins Gesicht, doch das ist blank. Er blinzelt nicht einmal. Trotz des blöden Pflasters auf der Nase schaut er nicht übel aus für sein Alter, der Glück, ein Frauentyp, wenn man das Dunkle mag. Den Dreitagebart. Die Haare könnt er sich auch wieder mal schneiden lassen. »Das liegt an meiner Jugend, Martin. Generation Computer!«

Autsch, das tat weh. An manchen Tagen ist Martin auf sein Alter nicht gut zu sprechen. Zum Beispiel heute, weil er erst um drei ins Bett kam. Nur weil Robert zum Schluss noch Whisky trinken wollte. Und weil die Musik so schön war. Die großen Alten: Monk und Mingus, Pepper und Baker ...

Früher, da konnten sie Nächte durchmachen und waren fit am nächsten Tag. Tempi passati. Martin erwägt ernsthaft, früher ins Bett zu gehen, ein Saxofon zu kaufen und sich für einen Computerkurs anzumelden. Dass er wirklich nur die Grundkenntnisse beherrscht, liegt daran, dass es ihn im Grunde nicht interessiert. Für ihn ist der Computer eine bessere Schreib- und Suchmaschine mit Eilpostanschluss, na ja, so ähnlich. Selbst Lotte hat ihn inzwischen weit abgehängt, aber seine Mutter hat halt viel Zeit.

»Martin ...?«

Er braucht frische Luft. Er steht auf. »Also, dann ist alles klar mit der Aufgabenverteilung. Ich werd die Alma Zoppot aufsuchen und sie nach dem Telefonat fragen. Vielleicht hat die Mara ihr irgendwas erzählt, das uns weiterbringt.« Er registriert Felix' fragenden Blick. »Ich weiß zufällig, wo sie logiert. Im *Hotel zum Dom*.«

Felix schneidet hinter Martins Rücken eine Grimasse. Woher weiß der so was? Wieso kann der ins *Dom-Hotel* spazieren, während er sich seine Augen am Computer ruiniert? Er gibt sich selbst die Antwort: Weil Martin der Chef ist. Eines Tages, denkt Felix, wird er der Chef sein. Aber dann ist er auch schon alt. Wo bleibt da die Gerechtigkeit?

Sie sitzen beim *Frankowitsch* in der Stempfergasse, der die besten belegten Brote in Graz hat. Draußen, obwohl es frisch ist. Alma hat eine Nerzjacke übergeworfen und trägt wie immer ihre Riesensonnenbrille. Immerhin scheint die Sonne. Er hatte Glück, dass sie ans Telefon ging, als er im Hotel anrief und sich durchstellen ließ. Und ja, sie wär durchaus bereit auf einen Kaffee zu gehen, aber bitte beim *Frankowitsch*, da müsst sie nicht weit laufen.

Almas Schuhe haben rote Sohlen und Stöckel von mindestens zehn Zentimeter. So ist sie fast größer als er. Ihr Mund ist blass geschminkt, und die Spuren ihrer Schönheits-OP sind nur noch in Ansätzen zu sehen. Kleine Schwellungen, zwei blaue Flecke, die ins Grünliche gehen. Sie trägt ein Seidentuch um den Hals, farblich passend zum Nerz. Dazu enge Jeans.

»Also, die Wiener Kaffeehäuser fehlen mir schon«, sagt Alma. »Lang werd ich hier nicht mehr bleiben. Sobald der Professor sein Okay gibt, werd ich mich nach Wien aufmachen. Und wie lang bleiben Sie, Martin?«

»Weiß nicht, das hängt von den Chefs ab. Aber ich mag Graz sehr, das Südländische, dieses irgendwie Lässige. Kein Schickimicki-Trara wie in Wien. Doch, hier könnt ich's eine Weile aushalten.«

Nein, denkt Alma, ein Schickimicki-Typ ist er weiß Gott

nicht. Aber gefallen tät er ihr schon. Sie greift mit den perfekt lackierten Fingernägeln vorsichtig an ihr Kinn. Wird noch ein bisserl dauern, bis sie wieder küssen kann. »Das Pflaster an der Nase – war das ein Unfall?«

Martin greift unwillkürlich danach, die Kellnerin enthebt ihn erst einmal der Antwort. Sie bestellen Wasser und Verlängerte und Brote mit Eieraufstrich, Liptauer und mit Geselchtem, von Kren gekrönt. Er hat Hunger, weil er das Frühstück ausgelassen hat.

Alma hat ihre Frage schon wieder vergessen, im Grunde interessieren sie anderer Leute Wehwehtscherln nicht. Stattdessen fragt sie ihn nach Mara Sibelius. »Gibt's was Neues?«

Martin verneint. »Wir sind dran. Und weil wir schon dabei sind: Maras Handy wurde ausgewertet. Und tatsächlich ist es so, dass der letzte Anruf von Ihnen kam, Alma. Und natürlich würd mich interessieren, worüber Sie beide gesprochen haben?!«

Die Kellnerin bringt die Bestellung, und Martin beobachtet Alma. Sie lacht, soweit das geht, und schaut ihn vergnügt an. »Ach *das* ist des Pudels Kern. Ich gehör jetzt zu den Verdächtigen, das find ich ja lustig, Herr Chefinspektor. Glauben Sie echt, dass ich mich ins Theater geschlichen und sie gestoßen hab?«

»Blödsinn«, sagt er, »ich will nur wissen, worum es bei dem Gespräch ging.«

Alma lässt sich Zeit mit ihrer Antwort, nimmt einen Schluck Kaffee, beißt in das Liptauer-Brot und scheint ihren Auftritt zu genießen. »Tja, ich wollte mal was Gutes tun, Martin. Nämlich dieses Schwein Prader an den Pranger stellen. Erst einmal in der Presse. MeToo – davon haben Sie sicher schon gehört! Er hat mich, als ich eine blutjunge

Schauspielerin war, schamlos genötigt, so gut wie vergewaltigt.«

Ach, da hat sie ihm das letzte Mal aber was ganz anderes erzählt.

»›So gut wie‹ heißt was genau?«

Alma spielt mit ihrem Brillanten am rechten Ringfinger. »Na, am Schluss hab ich nachgegeben. Wegen der Rolle. Der hätte mich beruflich vernichtet. Aber das hatte ja bei ihm System, und glauben Sie mir, da gab es viele, die unter ihm zu leiden hatten. Zum Beispiel die Kolleginnen Vera Manns, Susi Lederer ... und Mara Sibelius. Die zwei hab ich schon überredet, dass wir eine Kampagne gegen ihn starten – und ich wollt halt die Mara mit im Boot haben. Sozusagen als sein aktuelles Opfer. Deshalb hab ich sie angerufen. Mein Gott, das letzte Telefonat – wie traurig ist das denn!«

Sie sieht überhaupt nicht traurig aus. »Und was hat sie gesagt?«

»Dass sie gleich zur Probe müsse. Und dass sie drüber nachdenken wird. Und mir Bescheid sagt noch in dieser Woche. Dann hat sie aufgehängt. Ist natürlich blöd, dass wir sie jetzt nicht dabeihaben.«

Martin hätte fast gelacht über den letzten Satz. Alma Zoppots Egotrips fand er schon in Wien eher amüsant. Kein Wunder, dass es mit der Adelmaus nicht funktioniert hat, die beiden waren einander einfach zu ähnlich. »Ja, das ist wirklich schad, wollen Sie die Kampagne trotzdem anschieben?«

»Na, sicher«, sagt Alma. »Wenn wir erst einmal das Feuer legen, werden andere Frauen nachkommen. Das war doch bei dem Weinstein auch nicht anders.«

»Haben Sie mit Prader darüber geredet, als ich Sie beide vor dem Theater sah?«

Alma lächelt unbestimmt und gibt ihm einen koketten Nasenstupser, über den er so erstaunt ist, dass er unwillkürlich zurückweicht. Außerdem hat sie seine Narbe erwischt. »Würden Sie morgen ins LKA kommen und unser Gespräch zu Protokoll geben? Nur für die Akten.«

Er weicht zurück aus Angst vor weiteren Nasenattacken, doch Alma tätschelt jetzt seine Hand. »Selbstverständlich, Herr Chefinspektor. Ich komm morgen früh – so um elf rum. Das Polizeiquartier am Stadtpark, nona? Am Nachmittag hab ich das Gespräch mit der *Krone*. Gerechtigkeit für Frauen – der Prader kann sich warm anziehen.«

»Natürlich«, sagt Martin. Er winkt nach der Rechnung und lädt sie ein.

»Mich würd es gar nicht wundern, wenn der Emanuel die Mara kaltgemacht hat. Oder Gisela. Die hat ja immer alles getan, um ihr geliebtes Genie zu schützen.«

Er denkt, dass Alma recht haben könnte. Aber das sagt er ihr nicht, sondern küsst die Hand, die sie ihm auffordernd hingestreckt hat. Er ist kein Händeküsser, aber er konnte ihre Hand ja nicht einfach in der Luft hängen lassen. Immer noch besser als Wangenbusserln. Er weiß nie, ob eines, zwei oder drei erwartet werden. Außerdem haben gewisse Frauen zu viel Puder auf den Wangen. Der feste Händedruck? Am liebsten wär ihm ein kurzes Nicken – und ein Lächeln. Herzlichkeit mit gleichzeitiger Vermeidung von Körperkontakt.

»Bis morgen dann«, haucht Alma, und als er schon ein paar Schritte weg ist, fällt ihm auf, dass er die Rechnung liegen ließ. Ach was, dann war das halt sein Privatvergnügen. Almas Avancen sind schon ganz schön eindeutig. Das ist einerseits schmeichelhaft und andererseits lästig. Und bei dem Gedanken – er ist in Höhe der Bürgergasse – klingelt sein Handy. Es ist Lily.

Sie fragt, wie's ihm geht, und er sagt: »Gut, und dir?«

»Auch gut, was machen die Mordfälle, oder ist es nur einer?« Martin erzählt ihr ein paar Eckpunkte, merkt aber, dass die Grazer Toten sie gar nicht interessieren. Und ihn langweilen ihre Geschichten über das Pubertier von Tochter. Und dann sagen sie gleichzeitig »Wir müssen uns unbedingt mal sehen«. Martin schlägt ein Wochenende in der Südsteiermark vor, und Lily stimmt zu, vielleicht das kommende? Das vereinbaren sie und wollen Einzelheiten kurz vorher besprechen. Dann sagen sie Adieu und legen auf. Und Martin denkt, dass es eigentlich vorbei ist, aber keiner von beiden es zugeben will. Vielleicht gibt es ja eine Renaissance beim gemeinsamen Wochenende. Oder ein Ende. Aber so kann's im Grunde nicht weitergehen.

***

Ein Abend ohne Alkohol kann auch schön sein! Martin hat sein Appartement geputzt, gespritzten Almdudler getrunken und sich dann vor den Fernseher gesetzt.

Ein Krimi. Die meisten langweilen ihn, und mit den Routineermittlungen haben sie eh wenig zu tun. Aber einige der US-Serien sind schon spannend und wirklich gut gemacht. Diese hier handelt von einem Serienkiller in New York, und kurz vor der Auflösung klingelt es an seiner Wohnungstür.

Verdammt! Er denkt an Gigi und stellt den Ton leiser. Toter Mann spielen. Doch dann klingelt es nochmals, richtig lang und durchdringend, und widerwillig steht er vom Sessel auf und geht zur Tür. Öffnet sie einen Spalt und hat den Satz auf der Zunge »Du, tut mir leid, aber es passt jetzt grad gar nicht«.

Doch es ist nicht Gigi, die draußen steht, sondern – Romana Petuschnigg. Einen Hund im Arm. Ihre Stimme mit Wörthersee-Akzent: »Servus Martin, willst mich nicht reinlassen?!«

Er öffnet die Wohnungstür, was bleibt ihm übrig? Eine Mischung aus Überraschung und Freude und Ärger darüber, dass er nie wissen wird, wer der Massenmörder war. »Ja, Romana ... das ist aber eine Überraschung!«

Sie setzt ihren Hund behutsam am Boden ab, nachdem er die Tür geschlossen hat. Der kleine Mischling, den sie in Elvis' Tierasyl gefunden hat. Alex.

Alex flitzt durchs Zimmer und kläfft. Romana lässt sich auf den Fernsehsessel fallen und befiehlt ihrem Hund zu schweigen. Was er tatsächlich tut. Tapst zu ihr hin und legt sich zu ihren Füßen.

Genau das, was sie braucht, denkt Martin. Ein Wesen, das ihr bedingungslos gehorcht und zu ihren Füßen liegt. Er schaltet den Fernseher aus, schaut auf seine Uhr, es ist halb zehn. »Was machst du in Graz?«

»Einen Liebhaber besuchen.« Romana lacht, als sie Martins verblüfftes Gesicht sieht. »Blödsinn, ich hab morgen einen Arzttermin. Die Hüfte, und der Professor hat mir schon die andere gemacht, also schau ma mal ...«

Er sieht auf ihre Handtasche. »Und du willst hier bei mir übernachten?« In seiner Stimme schwingt Entsetzen mit.

Romana lacht wieder. »In dem Futzerl von Wohnung? Jetzt spinnst aber. Ich wohn im *Dom-Hotel*, bin heut Nachmittag angekommen. War eine Stund im Casino, länger wollt ich Alex nicht allein im Hotel lassen. Ein guter Gedanke, sonst hätt ich womöglich noch mehr verloren.« Romana sieht sich um: »Na ja, für ein vorübergehendes Domizil ist die Möblierung gar nicht so schlecht.«

Das findet er auch. »Zwei Zimmer, Mini-Küche, Mini-Bad.« Martin fragt Romana, ob sie was trinken möchte.

»Ja, ein Wasser für den Hund, und ich hätt gern ein Glas Wein. Du trinkst doch eins mit, oder?«

Schon ist der alkoholfreie Abend gelaufen. Martin geht zum Kühlschrank, öffnet eine Flasche Muskateller von Skoff, bringt dazu zwei Gläser und eine Schale mit Wasser für Alex.

Romana hebt ihr Glas. »Wie geht es dir, Bub?«

In gewisser Weise ist er immer noch der Junge, dessen erste Liebe die »schöne Romana« vom Wörthersee war. Inzwischen ist sie eine ältere Dame, ein Ausdruck, den sie ihm nie verzeihen würde. Immer noch die feuerrot gefärbten Haare und ganz schön schräge Kleidung, die sogenannte Würde des Alters ist bei ihr noch lang nicht angekommen.

»Martin?«

»Ah, entschuldige, es geht mir gut, ich war nur in Gedanken. Und dir?«

»Bestens. Alex und ich haben viel Freude miteinander. Endlich ein Mann, der mich versteht!«

»Ein Hund. Wann ist dein Arzttermin morgen?«

»Um halb neun, so eine unchristliche Zeit. Na ja, ich wollt dich halt fragen, ob du Alex nehmen kannst, während ich beim Professor bin. Ich hab dort angerufen, und stell dir vor, die erlauben keine Hunde in der Praxis!«

Er ist überhaupt nicht begeistert. »Ich bin aber bei der Arbeit morgen, kannst ihn nicht im Hotelzimmer lassen?«

Romana prostet ihm zu: »Auf unsere alte Freundschaft, Martin.« Sie trinken beide, dann setzt sie ihr Glas ab. »Schau, ist doch nur ein kleiner Freundschaftsdienst. Alex mag es gar nicht, länger allein zu sein, dann fängt er nämlich an zu bellen und hört nicht mehr auf. Der kann sich da so richtig reinsteigern. Und ich weiß ja nicht, wie lang das dauert beim Professor. Es soll ja Ärzte geben, die einen stundenlang warten lassen ... na, des traut er sich bei mir nit.«

Verdammt, denkt Martin, da komm ich nicht mehr raus. Mit Hund ins Büro, das passt ihm gar nicht. Vielleicht könnte er morgen Gigi fragen, wenn sie grad nichts zu tun hat. Und wieso starrt Alex ihn so an? Kann der Gedanken lesen?

»Siehst du, er mag dich.« Romana lächelt mit ihren roten Lippen, genau in der Farbe ihrer Haare. »Ich bring ihn dann morgen um acht bei dir vorbei und ruf dich an, wenn ich fertig bin. Dann hol ich meinen Liebling wieder.« Sie streichelt den Hundekopf: »Ich werd dich vermissen, mein Kleiner.« Zu Martin: »Und sonst? Was macht die Liebe?«

»Nicht viel.« Martin schenkt nach. »Die Fernbeziehung mit Lily funktioniert irgendwie nicht. Wir sollten das beenden.«

»Sie war eh nicht die Richtige für dich«, verkündet Romana im Brustton der Überzeugung. »Ich hatte im Sommer eine Aushilfe, so eine Studentin aus Salzburg, die wär was für dich gewesen. Wenn sie im nächsten Juli wiederkommt, musst mich unbedingt besuchen.«

Viel zu jung für mich, denkt Martin, sagt aber nichts. Der Hund starrt ihn immer noch an, will er ihn hypnotisieren? »Und du? Bist du noch mit dem Flock befreundet?«

»Na, sicher, wir sind doch jetzt Nachbarn. Er kommt fast jeden Tag zu mir, auf ein Glas oder eine Zigarre. Aber alt ist er geworden, er vergisst schon so viel. Zum Beispiel, dass er mich mal heiraten wollte.«

Der reichste Mann am Wörthersee, Romanas große Liebe. Wie alt mag er jetzt sein? Fünfundachtzig? »Aber er ist doch noch mit der Krankenschwester verheiratet?«

Romana winkt ab. »Die betrügt ihn nach Strich und Faden, die hat immer nur sein Geld geliebt. Während ich …«

Weil sie jetzt ausschaut, als ob sie gleich weinen würde, legt Martin seine Arme um sie. »Schau, er hat ja noch dich. Genießt einfach die Zeit, die ihr miteinander habt.«

Romana löst sich aus der Umarmung. Dann lacht sie. »Martin Glück, Berater in Liebesdingen – mein Lieber, das hätt ich dir gar nicht zugetraut. Aber hast ja recht. Zum Heiraten ist es jetzt eh zu spät.« Sie zeigt mit dem Finger auf sein Herz: »Für dich aber nicht. Willst dein Leben lang allein herumwursteln?«

»Nein«, sagt Martin. Wahrheit oder Lüge? Wenn er das so genau wüsste. Er schaut auf den Hund, doch der hat auch keine Antworten. Alex schläft.

Kapitel 11

Alma ist längst gegangen, hat das Protokoll über ihr letztes Telefonat mit Mara Sibelius unterschrieben, am Rand der Peinlichkeit mit Martins Kollegen kokettiert und gemeint, nächstes Mal möchte sie sich mit dem Herrn Chefinspektor nicht beim *Frankowitsch* oder gar in seinem Büro, sondern in ihrer Suite treffen. Ein langer Blick über den Rand ihrer Sonnenbrille, und weg war sie. Hüten wird er sich!

Über eines hat Martin sich gewundert: Sie hat mit keinem Wort den neben seinem Schreibtisch sitzenden Alex erwähnt, ja ihn nicht einmal beachtet. Obwohl der ihr mehrmals die Pfote auf den Fuß gelegt und ihr den Hast-du-ein-Leckerli-Blick geschenkt hat. Wenigstens ein »Ihr Hund?« oder noch besser »Ist der herzig« hätte er schon erwartet. Wär doch normal gewesen, oder?

Mit einem dezenten Fiepen gibt Alex zu verstehen, dass seine Besitzerin nun doch schon lang überfällig ist. Was Martin auch findet. Zum fünften Mal kontrolliert er seine Uhr und sein Handy. Aber die Zeit schreitet voran, und es gibt keine Nachricht von Romana. Mittlerweile ist es fast Mittag, und um eins muss er zu den Praders. Wohin dann mit dem Hund? Der scheint seine Gedanken zu lesen und tapst ihn an. »Ich weiß auch nicht, was los ist«, sagt Martin. Kann ein Mensch vier Stunden beim Arzt verbringen? Langsam macht er sich Sorgen. Romana wird doch nicht ernsthaft krank sein?

Um die Zeit zu nutzen, beginnt er seinen Schreibtisch aufzuräumen. Das papierlose Büro, ha!, darüber kann er nur lachen. Abgesehen davon, dass er ein Papiermensch ist, muss man gewisse Sachen ja auf jeden Fall ausdrucken.

Also ist es ihm in der kurzen Zeit in Graz schon gelungen, einen Papierberg anzuhäufen. Ohne Computer hätte man auf dem Tisch mehr Platz für all die Unterlagen. Aber selbst Martin muss zugeben, dass der Blechtrottel vieles erleichtert und aus dem Arbeitsleben nicht mehr wegzudenken ist.

Als Erstes entsorgt er die heutigen Zeitungen, die er schon auf Berichte über Maras Tod durchgeblättert hat – sie alle ähneln einander, was angesichts der gestrigen Pressekonferenz kein Wunder ist. Die kleinen Blätter hat er gar nicht mehr angeschaut. Da der Papierkorb voll ist, landen die Zeitungen vorerst auf dem Fußboden. Alex ist das zwar nicht ganz recht, er gibt jedes Mal Unmutsäußerungen von sich, wenn er durch eine neben ihm abgelegte Zeitung gestört wird. Aber er wird nicht gefragt.

»So sind sie halt, die Frauen«, versucht Martin ihn zu trösten. Alex bellt und geht zur Eingangstür. Muss er oder will er nur weg hier? Gerade, als Martin die Leine zur Hand nehmen will, läutet das Festnetztelefon. Na endlich! »Romana, wo bleibst du denn?«

»Bei mir ist Ihre Romana glücklicherweise noch nicht!« Lachen am anderen Ende der Leitung. Michael Neumann, der lustige Pathologe. »Ich hoffe, das ist eine gute Nachricht, Herr Glück.«

»Sorry, ich hab den Anruf einer Freundin erwartet. Schön, dass sie nicht bei Ihnen ist. Gibt's noch weitere gute Nachrichten?«

»Wie man's nimmt. Auf jeden Fall habt ihr einen Fall.« Der Pathologe liebt Wortspiele. Martin lacht höflich. »Steffi Hütter?«

»Ja, genau die. Gut, dass wir die zweite Obduktion gemacht haben. Abgesehen von den Petechien haben wir jetzt in den Atemwegen der Toten Baumwollfasern gefunden, die von einem Kopfpolsterbezug stammen könnten. Außerdem war die Lunge gebläht, die rechte Herzkammer ausgeweitet, und unter dem Mikroskop haben wir flüssigkeitsgefüllte Hohlräume im Herzmuskel und in den Leberzellen gefunden. Und die Alveolarsepten sind gerissen.«

»Alveolar was?« Martin hasst es, wenn Gerichtsmediziner wichtige Informationen in Fachchinesisch weitergeben.

»Alveolarsepten, mein lieber Chefinspektor, sind Trennwände zwischen den Lungenbläschen. Beim Ersticken zerreißen diese Wände. Alles in allem also eindeutige Hinweise. Und die Baumwollfasern belegen, dass der Tod gewaltsam von außen herbeigeführt wurde, sprich: Polster aufs Gesicht.«

Alex jault auf. »Nicht jetzt!« Martin sieht ihn strafend an, und tatsächlich hält der die Pappn. »Nein, das war nicht für Sie bestimmt, Professor. Könnten Sie mir den Obduktionsbefund rüberschicken?«

»Na, sicher, ich häng ihn an meine Mail an«, verspricht Neumann. »Und erinnern Sie den Felix an die Fußballkarten«, verabschiedet sich der Pathologe. Für den eingefleischten Sturm-Graz-Fan wär es das Größte, mal einen der Spieler auf dem Tisch zu haben, den Schrammel oder den Piras, dann könnt er ihnen während der Obduktion erzählen, welche taktischen Fehler sie bei welchem Spiel gemacht haben. Pathologenträume!

Martin nimmt die Hundeleine zur Hand. Doch als er sich zu Alex hinunterbeugt, um ihn anzuleinen, hat der schon sein Hinterbein gehoben und erleichtert sich gegen den Schreibtischfuß auf die Zeitungen.

»Alex!!!! Verdammt, das ist ein Büro! Warum hast du nicht ...?« Hat er doch, nur der unbedarfte Hundemensch hat seine Sprache nicht verstanden. Martin kniet sich auf den Boden, um die nassen Zeitungen wegzuräumen und den Boden aufzuwischen. Da fällt ihm die Riesen-Schlagzeile auf: *Mara Sibelius durch Tollkirschen vergiftet? In den Pralinen war Atropin.*

Es steht im *Grazer Boten.* Dabei wurde auf der Pressekonferenz das Atropin gar nicht erwähnt – aus ermittlungstechnischen Gründen. Martin liest den Artikel durch, der ansonsten nichts Neues bietet. Atropin: Wer hat hier getratscht? Wo ist die undichte Stelle?

Als Martin die Byline des Autors liest, glaubt er Bescheid zu wissen. Der Redakteur heißt Werner Wagner. Wagner. Ein Verwandter seines Kollegen? Hat Felix Internes ausgeplaudert? Na, der kann was erleben! Der altbekannte Jähzorn steigt in ihm auf, ohne dass er auch nur versucht, der Sache was Komisches abzugewinnen.

Wütend stürmt er in Wagners Büro und bleibt abrupt stehen. Ein kleines Mädchen, so um die fünf Jahre alt, sitzt auf dem Schreibtisch des Kollegen. Auf dem Fußboden spielt ein vielleicht dreijähriger Bub mit Holzbausteinen. »Der Papa is am Klooo«, sagt die Kleine. »Und wer bist du?«

»Das ist mein Chef, Martin Glück.« Felix Wagner, gerade reingekommen, ist rot angelaufen. »Entschuldige, dass i die Kinder ..., aber die Mama ... na ja, jedenfalls fällt die heut aus, und da hab ich ...«

Martins Zorn verraucht in Nullkommanix. Irgendwie sitzen sie beide wohl im selben Boot. Felix mit den Kindern, er mit dem Hund, na ja, der Vergleich hinkt. Da kommt auch schon Alex schweifwedelnd daher. »Mei, is der siaß! Ist des deiner?«, rufen die Kinder.

»Nein, ich bin nur der Hundesitter.«

Felix beugt sich zu Alex, um ihn zu streicheln. Die Kinder nähern sich ihrem neuen Spielzeug.

»Kann ich mit dir allein sprechen?«, wird Martin ernst.

Sie lassen die drei in Wagners Büro zurück und gehen auf den Gang. »Das mit den Kindern ist okay. Versteh ich ja. Aber kennst du einen Werner Wagner?«

Felix' Gesichtsfarbe wechselt von blass auf rot und wieder retour. Er ahnt, was kommt. Leise: »Das ist mein Bruder.«

»Ja, bist du deppert, Felix? Wie kannst du dem von dem Atropin erzählen, noch dazu, wo der Journalist ist! Das haben wir absichtlich unter Verschluss gehalten.«

»Es is mir rausg'rutscht, und außerdem erscheint der *Bote* eh mehr oder weniger unter Ausschluss der Öffentlichkeit. Die haben doch kaum a Auflag'.«

»Aber die anderen Journalisten sehen es, du Depp. Morgen ist das in allen Zeitungen.«

Felix verschließt sich augenblicklich. »Depp« nennt ihn keiner. Schon gar nicht ein Wiener. Dreht sich um und geht zurück in sein Büro, aus dem Alex freudig herausgelaufen kommt und an Martin hochspringt.

Martin: »Schau gefälligst, dass du rausfindest, wer Zugang zu dem Atropin haben konnte und ob man's in der Apotheke kriegt.«

Felix antwortet nicht, sondern knallt die Tür seines Büros zu.

***

Alex hat sich geweigert, im Fond von Martins Käfer Platz zu nehmen. Sich bei einem Zweitürer durch den schmalen Spalt nach hinten quetschen – no way. Also sitzt der Hund jetzt auf dem Beifahrersitz, während sie nach Mariagrün fahren, wo die Praders während ihres Graz-Aufenthalts logieren. Keine Spur von Romana, ans Telefon geht sie auch nicht. Martin nimmt sich vor, nie wieder auf den Hund zu kommen. Auf der Heinrichstraße staut sich wie immer der Verkehr, die Radler kurven kriminell zwischen den Autos durch. Er flucht. Wenn er radelt, schimpft er auf die Autofahrer.

Mariagrün ist der Stadtteil der Begüterten. Eine grüne Hügellandschaft voller schmaler Straßen und großer Häuser, alt und neu, umgeben von prächtigen Gärten. Die Villa, vor der Martin parkt, stammt wie viele in der Gegend aus den Dreißigerjahren, ist stilvoll renoviert und steht inmitten eines kleinen Parks. Martin lässt Alex bei halb geöffnetem Fenster im Auto zurück. Er wird nachher noch mit ihm im nahen Leechwald spazieren gehen. Um ein weiteres Malheur zu verhindern. Hätte ihm die Romana auch sagen können, wie oft der Hund rausmuss. Außerdem macht er sich langsam wirklich Sorgen. Ein letzter Blick auf sein Handy, dann klingelt er, an der Tür ist kein Namensschild. Gisela Prader öffnet ihm, und ihre Handbewegung deutet an, dass er die heiligen Hallen betreten dürfe. Man setzt sich ins Wohnzimmer, das mit italienischen Designermöbeln eingerichtet ist. Vorher fragt sie ihn, ob er was trinken wolle, Martin stimmt gegen seinen Willen dem Tee zu.

»Das mit dem Olivenöl, das war eine – nun ja – interessante Aktion«, eröffnet Martin Glück das Gespräch. Er ist froh, Gisela Prader erst allein sprechen zu können. Der Starregisseur komme etwas später, er musste kurzfristig zu einer Besprechung wegen einer geplanten Fernsehaufzeichnung des *Lumpazivagabundus*. Daher müssten sie auch noch länger in Graz bleiben, erzählt sie. Nicht nur deshalb, denkt Martin. Die beiden sind schließlich Hauptverdächtige im Mordfall Mara Sibelius.

»Ja, das Olivenöl«, lacht Gisela Prader, und es schwingt

Bitterkeit mit. »Wein ins Gesicht, das kann jeder, hab ich übrigens auch schon gemacht. Aber Olivenöl im Haar, das tut weh. Nicht so weh, wie betrogen zu werden, aber immerhin.«

»Grund genug für einen Mord?« Martin sieht sie verständnisvoll an. Verständnis ist das, wonach sich fast alle Mörder sehnen, und manchmal bringt es sie zum Reden. Die meisten können nicht zwischen bewusst eingesetztem und echtem Verständnis unterscheiden. Aber für die Frau, die mit Spuren von Verzweiflung vor ihm sitzt, hat er tatsächlich ein wenig Empathie. Sie dürfte Mitte bis Ende vierzig sein, die Jugend läuft ihr ebenso davon wie ihr Mann ...

»Eigentlich schon«, Gisela Prader versucht vergeblich, mit nervösen Händen ihren widerspenstigen dunklen Lockenkopf zu ordnen. »Aber dann müsste ich ja die halbe Theater- und Filmwelt ausrotten. Mara Sibelius war beileibe nicht die Einzige. Wo immer wir hinkommen, wo immer mein Mann arbeitet, laufen ihm die kleinen Schauspielerinnen und Statistinnen nach, in der Hoffnung, er verschafft ihnen den großen Durchbruch. Diese Huren ekeln mich an. Und die Sibelius war eine der ärgsten. Vielleicht hätte ich sie sogar umgebracht, wenn mir nicht jemand zuvorgekommen wäre.«

»Ist Ihr Mann Ihnen denn zuvorgekommen?« Na ja, das war ein bisserl zu direkt.

Gisela Prader schüttelt andeutungsweise den Kopf und nimmt einen Schluck vom grünen Tee, den sie für sich und den Chefinspektor zubereitet hat. »Warum sollte er? Diese Person war ihm doch nicht wichtig genug!«

Was jetzt kommt, überrascht ihn. »Sie müssen wissen: Emanuel ist ein Genie. Er muss das Leben in allen seinen Facetten intensivst spüren, dazu gehören auch sexuelle Erlebnisse. Das braucht er für seine Kreativität. Mit dem Verstand weiß ich das ja alles, aber gefühlsmäßig kann ich eben nur schwer damit umgehen.«

Also, so eine absurde Begründung fürs Fremdgehen hat er noch nie gehört. »Haben Sie nie an Trennung gedacht?«

Gisela Prader schaut ihn verständnislos an. »Er braucht mich doch.«

***

Das Genie ist ein Arschloch, denkt Martin Glück, als er eine Stunde später mit Alex durch den nahe gelegenen Leechwald spaziert. Grußlos war Prader ins Wohnzimmer gepoltert und hielt danach ungefragt einen Monolog über die großartige Nestroy-Inszenierung und die Aussicht auf eine Fernsehaufzeichnung. Dass man zwei besonders delikate Szenen herausschneiden wolle, habe er sich natürlich strikt verbeten. Kunst braucht Freiheit! Und er, Prader, lasse sich von den prüden Fernsehfuzzis nicht zensieren!

Er war nur einmal ganz kurz still, als Martin ihn mit seiner Nachricht auf Maras Mailbox konfrontierte. Natürlich sei er wütend gewesen, weil Mara ihn mit lächerlichen Lügengeschichten erpressen wollte. Natürlich bevorzuge er junge Frauen, so wie jeder gesunde Mann eben. Aber die Grenze kenne er sehr wohl.

»Dazu hat Prader auch noch anzüglich gegrinst. Das war der Moment, als seine Frau das Zimmer verlassen hat«, erzählt Martin Felix Wagner am Telefon. »Ich bin sicher, sie weiß was. An den Gerüchten muss also was dran sein. Recherchier du jetzt einmal im Internet und in den sozialen Medien, ob der Prader irgendwo im Zusammenhang mit Missbrauch oder Pädophilie auftaucht. Ich geh dann noch einmal in die Klinik, checken, ob sie Baumwollbezüge für ihre Kopfpolster verwenden, und schau mir an, wo sie das Atropin für die Narkoseeinleitung aufbewahren.«

Felix bestätigt den Auftrag des Chefinspektors einsilbig und legt auf.

Offenbar ist er immer noch gekränkt wegen dem »Deppen«, denkt Martin. War ja auch untergriffig, zugegeben, aber entschuldigen wird er sich sicher nicht. Sein Zorn war gerechtfertigt, lediglich die Wortwahl nicht so ideal.

Kaum hat er das Handy in die Tasche seiner Lederjacke gesteckt, läutet es. Endlich Romana!

»Wie geht's meinem kleinen Liebling?«, ist ihre erste Frage.

»Gut. Aber wie geht's *dir*? Ich hab mir schon echt Sorgen gemacht, weil du ewig weg warst.«

»Nana, nix passiert. Sorgen um mi, Martin? Da bist sicher der Einzige!« Sie klingt richtig gerührt. »Ich musst halt lang warten, und dann samma ins Plaudern kommen, der Professor Krauss und ich. Er kennt nämlich den Hugo. Und zum Schluss hat er mich zum Mittagessen eingeladen.«

Und da konnte sie nicht anrufen?! »Und was is mit deiner Hüfte?«

»Ja, da brauch ich morgen noch eine zweite Untersuchung. Soll i dir den Alex dann wieder in der Früh bringen oder kann er glei bei dir übernachten? Wär vielleicht einfacher, dann könnt ich heute Abend ...«

»Ins Casino gehen? Romana!!!! Ja, was glaubst denn, wie viel Zeit ich hab? Ich hab ja keinen Witz-Job, sondern muss zwei Morde aufklären.«

»Ah geh, zwei Morde? Erzähl.« Romana, die Neugierde in Person.

Martin berichtet kurz, was allgemein bekannt ist. Dann

vereinbaren sie, dass er den Hund auf dem Heimweg bei ihr im Hotel abliefert und sie den Alex am nächsten Morgen wieder zu ihm bringt. Martin überlegt, dass er versuchen könnte, ihn morgen der Gigi anzuhängen.

Aber das ist auch so eine Sache. Er sollte keinen privaten Kontakt zu ihr haben, weil sie ja jetzt als Ehefrau von Sascha Prinz verdächtig ist. Objektiv betrachtet jedenfalls. Subjektiv glaubt er nicht, dass sie zu einem Mord fähig wäre.

Plötzlich reißt Alex an der Leine und zieht Martin in einen Seitenweg, wo er vor einem Baum stehen bleibt. In der Baumkrone ein Eichhörnchen, das er wie gebannt anstarrt. Unerreichbar und faszinierend.

Martin zerrt ihn weiter. »Komm, Alex! Ich hab nicht den ganzen Tag Zeit.«

In der Spaziergängerin, die aus dem Seitenweg auf ihn zukommt, erkennt er Olga Markovic. Sie bleibt vor ihm stehen: »Ach, was für ein Zufall, ich wollte Sie heute ohnehin kontaktieren, Ihr Befund ist gekommen. Aber aus irgendeinem Grund hatte ich Ihre Mobilnummer nicht.« Alex kläfft sie an, und Martin entschuldigt sich für Romanas Hund. »Er denkt manchmal, er sei eine Dogge.«

Olga lächelt minimal. »Ich hatte Druck gemacht, damit Sie nicht zu lang im Ungewissen sind. Da ging es dann ganz schnell.«

Nun sag es schon! Martin sieht sie beinahe flehend an, Alex hat sein Bellen eingestellt. Er kramt in seiner Jackentasche nach seiner Visitenkarte. »Wie, was, ich meine der Befund ...?«

Ihre Stimme klingt unbeteiligt: »Alles erwischt, ich habe im Gesunden geschnitten. Ist somit erledigt! Aber gehen Sie in Zukunft alle sechs Monate zur Hautkontrolle und nie ungeschützt in die Sonne.«

Das ist schwer einzuhalten, denkt Martin, doch er nickt gehorsam, während sie seine Visitenkarte in ihre Geldbörse steckt. Dabei fällt ein Foto zu Boden. Martin hebt es auf und reicht es ihr, natürlich hat er draufgesehen und die Ähnlichkeit bemerkt. »Ihre Tochter?«

»Ja«, kommt es einsilbig.

»Sehr hübsch. Ist sie Modell?«

»Nein, Schauspielerin.«

»Gratuliere. Hier in Graz?«

»Nein.«

So wortkarg hat er noch keine Mutter erlebt, wenn es um ihr Kind geht. Aber vielleicht fehlt ihr einfach das Kommunikationsgen.

Kurz erscheint auf ihrem Gesicht ein nach innen gerichtetes Lächeln, als sie sich zu Alex hinunterbeugt und ihn streichelt. »Meine Tochter wäre von diesem kleinen Kerl begeistert.«

»Schade, dass sie nicht hier ist.« Martin meint es ernst, denn eine Hundesitterin für Alex käme ihm sehr gelegen.

»Ja, schade.« Dann Stille. »Gehen wir ein Stück miteinander?«, fragt Martin.

Sie scheint zu überlegen, dann nickt sie, und sie marschieren nebeneinanderher, während Alex an der Leine zieht.

»Wie alt ist Ihre Tochter?« Er will die Konversation nicht abreißen lassen. Olga ist zwar ein extrem herber Typ, aber auf eine besondere Art auch faszinierend. Als trüge sie ein Geheimnis mit sich. Und für das, was sich hinter der menschlichen Maske verbirgt, hat sich der ehemalige Psychologiestudent schon immer interessiert.

»Feodora wurde vor achtzehn Jahren geboren. So klein und zart, nur zwei Kilo hatte sie.« Jetzt taut sie doch ein wenig auf. »Später hat sie sich prächtig entwickelt. Schon im Kindergarten war sie immer die Hübscheste. Aber das sagen wohl alle Eltern von ihren Kindern, nicht wahr?«

»Sicher, wär traurig, wenn es nicht so wäre.« Martin erinnert sich, wie seine Mutter früher mit ihrem Sohn prahlte. Und wie oft sie ihm zu verstehen gab, dass kein Mädchen gut genug für ihn sei. So sind Mütter eben. »Aber Ihre Tochter ist objektiv eine Schönheit. Ist sie in Graz aufgewachsen?«

»Nein, in München. Ich bin erst seit zwei Jahren in Graz. Feodora war in der Schule sehr beliebt. Immer so offen, ist auf Menschen zugegangen, so vertrauensvoll ...« Sie bleibt abrupt stehen. »Ich muss jetzt in die Ordination, Herr Glück. Hab nur nach der Arbeit in der Klinik einen kleinen Spaziergang eingelegt. Das mache ich fast jeden Tag.«

Martin bedankt sich für den Befund, den sie ihm noch schicken wird, dann geht er mit Alex weiter. Ist unsicher, ob er sie mag oder nicht. Ihre Distanz irritiert ihn. »Was meinst du?«, fragt er Alex und schilt sich einen Deppen, der mit einem Hund über Frauen redet.

***

Es war keine gute Idee, ins *Hotel zum Dom* zu gehen, um Alex dort abzuliefern. Natürlich ist ihm Alma Zoppot über den Weg gelaufen, und er musste beinahe unhöflich werden, um sie abzuwimmeln. Für Romana war die Begegnung ein willkommener Anlass, über ihre Miterbin zu lästern. »Findest nicht Martin, dass sie zugenommen hat?«

Tut er nicht, hat aber auch nicht so genau hingeschaut.

»Und anziehen tut sie sich, als ob sie zwanzig wär.« Romana lächelt böse. Also, zur Feindin möchte er seine alte Freundin nicht haben. »Natürlich wohnt gnä' Frau in der schönsten Suite, die hat schon in Wien so auf den Putz g'hauen. Grad dass sie mich noch grüßt, wenn wir uns sehen. Dabei kenn ich die schon, seit sie ein Flitscherl am Wörthersee war. Filmstar, ha! Die hat so viel Talent wie ein hinnicher Ofn ...«

Martin will nichts mehr hören und verabschiedet sich schnell. Romana ruft ihm nach »bis morgen«, was er zähneknirschend zur Kenntnis nimmt.

Vor der Kasperlburg begegnet ihm Gigi, die gerade mit ihrem Rennrad wegfahren will. Eigentlich möcht er ihr aus dem Weg gehen. Andererseits ist da Alex, was soll er morgen nur mit ihm anfangen?

»Hallo, Martin! Wie geht's?«, enthebt sie ihn der Entscheidung. »Wo ist der herzige kleine Hund von heut früh?«

Stichwort! »Ja, der Hund, also der gehört einer alten Freundin aus Kärnten, auf den hab ich nur aufgepasst. Morgen wieder, sie muss zum Röntgen. Aber ich hab da natürlich ein Problem, es gibt Termine, zu denen ich ihn nicht mitnehmen kann ...«

Gigi strahlt ihn an. »Dann bring ihn doch derweil zu mir. Ich hab zurzeit eh keine Proben. Ich kann gerne ein paar Stunden auf ihn aufpassen und mit ihm Gassi gehen.«

»Gigi, dich schickt der Himmel!« Martin umarmt seine Nachbarin ganz spontan. Als er ihr ein Busserl auf die Wange gibt, spürt er, wie gern sie sich das gefallen lässt.

Was er nicht bemerkt: Auf der anderen Straßenseite steht Felix Wagner und starrt ungläubig zu Martin und Gigi Altenbacher herüber.

Kapitel 12

Kaum hat er die Hilmteichklinik betreten, kommt ihm Schwester Inge entgegen. »Guten Morgen, Herr Chefinspektor.« Sie lächelt entspannt und wirkt viel ausgeschlafener als beim letzten Mal.

»Heute kein Nachtdienst, Schwester? Oder sind Sie grad auf dem Sprung nach Haus?«

»Nein, ich hab die Woche Tagdienst. A echte Erleichterung. Endlich der gleiche Rhythmus wie mei Mann. Normalerweise geh i liegen, wenn er in die Arbeit geht, und umgekehrt. Aber jetzt is alles normal, da simma sozusagen gleichgeschaltet in unserem Eheleben.« Sie errötet ganz zart. Was Martin irgendwie rührend findet. Wer tut das noch – und schon gar, wenn es ums Eheleben geht?

»Wollen S' zum Herrn Professor? Der is heut net da. Hält in Wien einen Vortrag.«

»Ich wollt zu Ihnen. Können Sie mir vielleicht sagen, welche Polsterbezüge hier verwendet werden?«

Sie stutzt kurz. »Wie – welche Polsterbezüge??«

»Na ja, ich meine, welcher Stoff. Sind die aus Baumwolle oder gemischt oder Mikrofaser? Seide wird's ja wohl nicht sein.«

Inge starrt ihn verständnislos an. Wieso interessieren den Polizisten die Polsterbezüge, wo sie grad so harmlos mit ihm flirten wollte? »Ich versteh nix, aber wenn's unbedingt wollen, könn ma ja nachschaun.«

Sein schönstes Lächeln für Frauen, die ihn nicht verstehen: »Das wäre wirklich sehr nett, Schwester Inge.«

Kopfschüttelnd geht sie vor ihm her zur Wäschekammer, wo sich bis zur Decke reichende Regale voller Wäsche befinden – Handtücher, Bettwäsche, kleine Waschlappen. Teilweise in freundlichem Aprikosenton – offenbar für die Damen –, teilweise in Eisgraublau für die männlichen Gäste. Man ist ja schließlich in einem Luxusetablissement und nicht im Spital, wo alles weiß ist. Martin Glück nimmt einen Polsterbezug vom Stapel und kontrolliert das Label: 100 % Cotton. Gegencheck mit zehn weiteren Stichproben: Alle sind sie aus reiner Baumwolle. »Danke, Schwester, das war's schon.«

Inge, die immer noch verwirrt ist, sperrt die Wäschekammer wieder ab. Während sie den langen Gang entlang in Richtung Aufenthaltsraum gehen, fragt Martin: »Ach ja, wer ist für den Medikamentenschrank zuständig?«

Ein kurzer, misstrauischer Blick: »Sie meinen, wer Zugang hat?«

»Ja, genau.«

Spätestens jetzt wünscht sich Inge, dass sie an diesem Tag Nachtdienst hätte. Was der alles fragt! »Zu dem Schrank mit den normalen Medikamenten haben alle Pflegepersonen Zugang. Diejenigen, die zu den Suchtmitteln zählen, sind in einem eigenen Schrank, für den abwechselnd entweder Schwester Monika oder ich den Schlüssel haben. Je nachdem, wer grad Dienst hat.«

Er fragt, wozu Atropin zählt, und erfährt, dass sich die Atropinsulfat-Ampullen im Suchtmittelschrank befinden, der immer abgesperrt ist. »Und wie oft wird der Bestand kontrolliert?«

»Täglich bei der Dienstübergabe. Außerdem tragen wir jedes Mal im Computer ein, wer was wofür entnommen hat. Warum wollen S' das alles wissen, Herr Chefinspektor?«

Martin antwortet mit einer Gegenfrage: »Wo sind diese Medikamentenschränke?«

»Gleich da ums Eck, kommen S' nur mit.«

Inge bleibt abrupt stehen, als sie in die Kammer kommen, in der die Medikamente aufbewahrt werden. Scheiße! Ausgerechnet jetzt, wo sie mit dem Chefinspektor unterwegs ist, steht die Tür von dem Suchtmittelschrank offen, und im Schloss steckt der Schlüssel. Ihr Schlüssel!

Sie errötet wieder, diesmal vor Scham, und er kann sich die Frage nicht verkneifen: »Ist das der streng versperrte Schrank?«

Ohrfeigen könnt sie sich, und jetzt fühlt sie sich wie eine Verbrecherin unter seinem strengen Blick: »Normal is der immer zug'sperrt, aber ich wollt grad was rausholen, als Sie daherkommen sind, und dann hab i wegen der Polsterbezüge vergessen abzuschließen.«

Martin bohrt nach: »Kommt das öfter vor?«

Schwester Inge schüttelt heftig den Kopf. »Nie! Nur grad jetzt, ein ganz blöder Zufall, ehrlich.«

Martin glaubt ihr kein Wort. Nicht, dass er sie des Mordes verdächtigt. Aber er kann sich schon vorstellen, dass sie manchmal im Nachtdienst, übermüdet und schlampert, nicht so genau drauf schaut, ob zugesperrt ist. Es hätte sich jeder bedienen können, der in die Kammer geht.

»Hat schon mal was gefehlt, wenn Sie den Schrank irrtümlich offen gelassen haben?«

Der steigt net oba von dem offenen Schrank. »Niiee hat was g'fehlt«, betont Inge ihre Unschuld mit sich überschlagender Stimme und sperrt jetzt demonstrativ den Schrank zu.

»Was hat nie gefehlt?« Als hätte sie sich leise angeschlichen, steht plötzlich Olga Markovic vor ihnen.

Sie kommt wie gerufen, denkt Martin, während Schwester Inge den Tränen nah ist. »Ist doch gar nichts Schlimmes passiert«, versucht Martin sie zu beruhigen. Dann wendet er sich der Ärztin zu: »Wär es möglich, einen Blick auf die Bestandsliste der Medikamente zu werfen?«

***

»Und da hat echt eine ganze Schachtel Atropinsulfat gefehlt? Das gibt's ja nicht. Erzähl!« Felix ist zwar immer noch beleidigt wegen des »Deppen« und will eigentlich nur das Nötigste mit seinem Chef reden, aber jetzt siegt die Neugierde.

»Die Schachtel ist noch da, aber die ist leer! Die Ampullen fehlen. Zehn Stück«, berichtet Martin.

»Aber dieses Atropinsulfat wird ja ganz sicher gelagert, hat mir die Apothekerin erzählt, bei der ich recherchiert hab. In den Apotheken ist das sogar im Safe unter Verschluss.« Felix blättert in den Notizen, die er sich dazu gemacht hat. »In der Apotheke werden damit zwar nur Augentropfen hergestellt, aber man kann es in bestimmter Dosis auch als Suchtgift verwenden.«

Weiß Martin schon, will aber dem ang'rührten Kollegen seinen Wissensgleichstand nicht wieder zumuten. »Im Spital verwendet man das Atropinsulfat als Injektionslösung. Zur Operationsvorbereitung. Weißt eh, so was wie eine Wurschtigkeitsspritze vor der Narkose.«

»Weiß ich«, kontert Felix. »Das hat uns ja der Pathologe erklärt.«

Martin ignoriert seinen Einwurf. »Jedenfalls waren die total fertig in der Klinik, als sie gesehen haben, wie viel da fehlt. Keiner versteht, wie so was passieren konnte. Aber es ist passiert! Und wenn der Professor von seinem Vortrag zurück ist, gibt's wohl ein gewaltiges Donnerwetter. Womöglich mit Folgen für eine der beiden Schwestern. Wobei ich auf Schwester Inge tippe, die war mit ihrem Nachtdienst überfordert, glaub ich jedenfalls. Sehr wahrscheinlich, dass genau mit diesem Atropin der Tod von Mara Sibelius eingeleitet wurde.«

Ein kriminalistisches G'spür hat er schon, der Wiener, denkt Felix in widerwilliger Bewunderung. »Aber warum hat man das Fehlen der Ampullen nicht früher bemerkt?«

»Weil über der leeren Schachtel eine volle gelegen ist, das hat bei der täglichen Übergabe keiner bemerkt. Da sind nur die Schachteln gezählt worden. In der obersten Schachtel war heute noch eine Ampulle. Nach der nächsten Operation hätte man die leere darunter sowieso entdeckt.«

Felix spricht aus, was beide denken: »Wenn der Schrank also offen war, hätte jeder in der Hilmteichklinik, Patienten und Angestellte, das Atropin herausnehmen und in die Pralinen für die Mara spritzen können.«

Endlich sind wir ein Stück weiter, denkt Martin. Er hatte mit der Klinik ja doch den richtigen Riecher. »Genau. Ich hab mir schon eine Liste geben lassen, wer in den letzten zwei Wochen dort war. Jetzt sollten wir gemeinsam die Liste durchgehen und über Motive spekulieren. Natürlich auch bei den Schwestern und Ärzten. Und Putzfrauen. Und Küchenpersonal.« Martin räuspert sich. »Felix, was ich noch sagen wollt: das mit dem Deppen letztens, das tut mir leid.«

Felix murrt etwas Unverständliches, das klingt wie »... bin schließlich net der Dodel vom Dienst.«

»Zwischen Depp und Dodel ist ein Riesenunterschied, du Depp«, lacht Martin und boxt Felix freundschaftlich in die Schulter. Dann geht er hinaus und macht schnell eine Kopie von der Liste, die er dem Kollegen gibt. »Fang ma einmal bei den Patienten an ...«

»Martin, kannst du bitte zu mir kommen!« Oberst Lammer hat nach kurzem Klopfen die Tür zu Martins Büro geöffnet und steckt den Kopf herein. Felix dreht sich abrupt in die Gegenrichtung. Jetzt geniert er sich, dass er dem Oberst das gesteckt hat mit dem Glück und der Busserl-Szene. Denunziation nennt man so was. Also wird wohl er sich nachher bei dem Glück entschuldigen müssen. Auch wenn's schwerfällt.

Martin weiß, dass er einen Fehler gemacht hat, und gibt dies dem Oberst gegenüber zu. Er hätte mit Gigi Altenbacher, die ja zu den Verdächtigen zählt, keinen so engen Kontakt haben dürfen. Aber erstens hat er erst sehr spät erfahren, dass sie mit dem Sascha Prinz verheiratet ist, und dann ließ es sich, Tür an Tür wohnend, kaum vermeiden, dass sie sich begegnen. Und noch die Gefälligkeit mit dem Hund ... Außerdem mag er sie. Der Oberst sieht das alles ein, hat aber trotzdem Tacheles mit Martin geredet. »Wenn'st heute den Hund abholst, versuch halt, noch was rauszukriegen, Alibi und so, beziehungsweise was andere Verdächtige im Theater betrifft. Mehr dienstliche Befragung als intimes Treffen halt. Zu mehr als der Umarmung, die der Wagner beobachtet hat, ist es ja hoffentlich nicht gekommen.«

Ach, der Kollege! Martin tut es schon wieder leid, dass er sich für den Deppen entschuldigt hat. Er versichert seinem Chef, dass die Beziehung rein freundschaftlich sei. Dann erzählt er ihm die Sache mit dem verschwundenen Atropinsulfat in der Schönheitsklinik.

»Geht's eh alle, die infrage kommen, durch.« Es ist mehr Feststellung als Frage.

»Simma grad dabei.«

»Gut. Und Martin, wie gesagt, halt dich mit deinem Charme ein bissel zurück oder setz ihn gezielt für den Fall ein. Wer weiß, wer von deinen Flirtpartnerinnen eine Mörderin ist.« Mit einem versöhnlichen Schulterklopfen wird er verabschiedet.

***

Romana hat sich für vierzehn Uhr angesagt. Martin radelt schnell nach Hause, um vorher den Alex bei Gigi abzuholen. Romana muss ja nicht wissen, dass er die Hundesitterdienste an seine Nachbarin delegiert hat.

Als er an der Tür zur Nebenwohnung läutet, begrüßt ihn schon ein lautes Bellen, gefolgt von einem sanften »Pssst, Alex, alles gut«. Dann steht Gigi da, mit strahlendem Lächeln und dem Hund im Arm.

»Der is ja herzig, wir haben's richtig fein gehabt miteinander, gell, Kleiner?«

Martin versucht, ein bisschen distanzierter zu sein als sonst, und überlegt, wie er seinen Heimvorteil in Sachen Ermittlung nutzen könnte. Obwohl es seiner Ansicht nach bei Gigi nichts zu holen gibt. Er beginnt von seinem Besuch in der Hilmteichklinik zu erzählen, natürlich, ohne das fehlende Atropin zu erwähnen, und probiert sogar, Gigi eine kleine Falle zu stellen. »Ist ja alles sehr elegant dort, aber ich finde es irgendwie extrem kühl eingerichtet. Auf den unbequemen Besuchersesseln beim Empfang hältst es keine zwei Minuten aus.«

Gigi wirft ihm einen desinteressierten Blick zu: »Keine Ahnung, ich war dort noch nie.« Dann öffnet sie die Wohnungstür für einen Handwerker.

»So, da bin i wieda! Diesmal mit dem richtigen Werkzeug. Jetzt wer ma's fertig machen. Kann i glei eini?« Der Besucher in blauer Montur, offensichtlich Installateur, geht zielstrebig auf Gigis Badezimmer zu.

»Ich hab seit ein paar Tagen ein Problem mit meinem Waschbecken«, erklärt Gigi. »Beim letzten Mal konnte er nicht alles richten.«

Alex alias dänische Dogge kläfft den Installateur an, der sich nicht aus der Ruhe bringen lässt. Martin geht an sein Handy, es ist Romana. »Geh, Martin, kannst mich abholen? Landhausgasse 10. Sei so lieb. Ich hab kein Geld mehr fürs Taxi.«

»Oh je, geht's dir so schlecht? Natürlich komm ich gleich«, bestätigt er. Andererseits, was macht sie in der Landhausgasse? Ist ihr Arzt nicht in der Kaiserfeldgasse? Egal. Wenn es ihr nicht gut geht, wird er sie auf jeden Fall abholen. Vielleicht der Kreislauf. Ist ja auch besonders drückend heute und die Temperatur plötzlich um zehn Grad gestiegen.

Ob Gigi weiß, wo die Landhausgasse ist? Na, sicher. Die sei gleich hinter der Herrengasse, dort wo das Casino ist.

Casino??? Ja, war die Frau nicht beim Röntgen? Und er hat derweil das Problem mit dem Hund?

Kurz bevor sein Zorn auf Romana überhandnimmt, bemüht er sich, das Komische an der Situation zu sehen. Romana, ziemlich schräg, aber dennoch liebenswert. Romana, die Spielerin, die vom Arzt zum Hotel einen Umweg über das Casino eingelegt hat. Und dort ihr letztes Bargeld verspielte. Sie wird sich nimmer ändern, er muss sie halt so nehmen, wie sie ist.

»So, jetzt hammas glei. A klans Noagerl hob i no in der Waschmuschel lassen mit an speziellen Lösungspulver. Des lass i glei aus. Inzwischen könnan S' ma des unterschreiben.« Der Installateur hält Gigi zwei Formulare hin. »Dienstag, den 26. war i von halb neun bis zehn Uhr da – macht zwei Stunden. Sie wissen eh, jede angefangene Stund! Und heut war's ja nur a halbe Stund, also eine Stunde zum Verrechnen. Dann zweimal die Anfahrtspauschale …«

Gigi sieht aus, als wollte sie sich auf den Installateur stürzen. Sie funkelt ihn wütend an, unterschreibt aber. Martin denkt an was anderes: Dienstag, das war doch der Tag, an dem Mara Sibelius vergiftet wurde. An dem in der Früh die Burkaperson dem Taxifahrer am Bahnhof die Pralinen übergeben hat. Der Tag, an dem Gigi vormittags allein zu Hause war und angeblich kein Alibi hat. Schon ist er am Telefon. »Sag, Felix, kannst du nachschauen, wann die Bonbonniere dem Taxifahrer am Bahnhof übergeben wurde? Um neun? Bingo!«

Spontan umarmt er Gigi. »Du hast ein Alibi!«

Während sie ihn verwirrt anschaut, verabschiedet sich der Handwerker hastig. Nur net in so was einizogn werdn. Des kennt ma ja von den Fernsehkrimis.

***

»Meine Güte, jetzt auch noch der Stau! Wir müssen pünktlich sein, Mani. Es heißt, der Didi Dorner verlangt von seinen Gästen, dass sie um Punkt sieben da sind.« Nervös zappelt Gisela Prader auf dem Rücksitz des Taxis herum, mit dem sie unterwegs sind ins *Hotel Augarten*, wo der Drei-Hauben-Koch neuerdings sein Restaurant *Magnolia* betreibt.

»Entschuldige, ich werde mich doch nicht nach einem Koch richten! Ich bin Gast, und vor allem bin ich Emanuel Prader!«

»Ja, Mani, ich weiß. Aber was das Kochen anbelangt, ist der Dorner das, was du in der Regiewelt bist.«

Praders Laune ist durch diese Bemerkung seiner Frau

wieder halbwegs im Lot. Er nimmt ihre Hand und drückt sie. Er mag es, wenn sie ihn Mani nennt. Das erinnert ihn an die Mamá, wenn sie ihre seltenen zärtlichen Momente hatte. Okay, die meiste Zeit hat er sich vor ihr gefürchtet, aber wenn sie ihn Mani rief …

»Zwanzig Euro«, reißt ihn der Taxifahrer aus seinen Gedanken. Prader hat wie immer kein Geld mit. Gisela wird zahlen.

Letztlich sind sie doch noch pünktlich und werden von dem in Orange gekleideten Dorner persönlich zu ihrem Tisch geführt. Didi, wie ihn seine Freunde nennen dürfen. Er ist klein, strahlt aber das Selbstbewusstsein eines Riesen aus.

»Ich hab gelesen, dass er sich selbst nicht als Koch, sondern als Gastrosoph bezeichnet«, flüstert Gisela ihrem Mann zu, während sie den Gruß aus der Küche, das berühmte Trüffelei, löffeln. Prader ist wenig beeindruckt. Gastrosoph! Soll er sich vielleicht als Regiesoph bezeichnen? Natürlich steckt hinter allem eine Philosophie. Besonders hinter seiner *Lumpazi*-Inszenierung, was die Kleingeister natürlich nicht kapieren.

Er hat den Gruß ausgelöffelt. »Heute sind schon wieder ein paar Morddrohungen gekommen … und dieses Kritikerwürstel, den Anatol Hofer, verklag ich bis auf den letzten Cent.«

»Recht hast du«, pflichtet Gisela ihm bei. »Seine Rezension war ja mehr persönliche Beleidigung als objektive Kritik. Der versteht dich eben nicht.«

Haben doch alle keine Ahnung. »Kulturidioten«, sagen beide gleichzeitig und müssen lachen. Dann widmen sie sich schweigend ihrem ersten Gang, Jakobsmuscheln in delikater Sauce.

»Dieser Kommissar hat schön geschaut, als ich ihm sagte, du brauchst sexuelle Erlebnisse für deine Kreativität. So was hat der noch nie gehört.«

Prader tätschelt Giselas Hand. »Ich weiß, für dich ist es nicht immer leicht, aber du bist die Einzige, die mich versteht.« Und die ihn beschützt. Auf sie kann er sich in jeder Hinsicht verlassen. Gisela ist stark wie seine Mutter, aber sie schüchtert ihn nicht ein. Und deshalb muss er vor ihr keine Angst haben wie vor den anderen älteren Frauen. Sie alle sind wie die Mamá, nur Gisela nicht.

Ja, denkt Gisela, aber irgendwann stößt ihr Verständnis an Grenzen. Dann möchte sie nicht nur den jungen Huren, sondern auch ihm etwas antun. Weil der Zorn stärker ist als die Liebe ... Rasch vertreibt sie den Gedanken. »Und vor allem will ich nicht, dass du Schwierigkeiten bekommst, Mani. Du weißt schon. Übertreib es nicht«, ist sie wieder die liebende Gisela. »Diese Mara wusste einfach zu viel. Du darfst dich solchen Menschen nicht ausliefern.«

»Dieser Inspektor Glück glaubt, dass du die Mara ...«

»Nein, ich denke, dass er eher dich in Verdacht hat, Mani.«

»Hast du sie umgebracht?«, fragt Emanuel Prader.

Gisela wartet, bis der Ober die leeren Teller abgeräumt und nachgeschenkt hat. »Das wollte ich dich auch fragen ...?«

Dann müssen sie wieder beide lachen. Es ist ein böses, erleichtertes Lachen. Sie sind froh, dass die kleine Hure aus dem Weg ist, und widmen sich dem Zwischengang und dem begleitenden Wein. »Köstlich«, sagt Gisela. Mani prostet ihr zu: »Auf die Kunst.«

»Auf dich.« Sie würde, denkt Gisela, wirklich alles für ihn tun.

260 Stufen hat er bewältigt, erst im Laufschritt und dann immer langsamer, bis er oben war auf dem Schlossberg, viele Wege führen hinauf, aber Martin musste ja den schwierigsten nehmen. Er stützt die Hände auf die Knie und keucht, seine Kondition war auch schon mal besser. Er erinnert sich, dass er vor Jahrzehnten mit Robert und dessen Kommilitonen ein Wettrennen auf den Schlossberg bestritten hat. Der Letzte, der oben ankam, musste eine Runde ausgeben. Das war der arme Robert, damals kamen Martin die 123 Höhenmeter wie ein Katzensprung vor.

Hier und jetzt ringt er nach Luft. Trotzdem: Bist du erst einmal oben, liegt dir Graz zu Füßen. Das Meer der roten Ziegeldächer, die Mur, die sich träge ihren Weg durch die Stadt bahnt, die Straßenbahnen, Hauptplatz und Herrengässe, die Kirchen und Klöster und das nicht mehr so neue Kunsthaus mit seiner blauen Außenhaut, das unter all den alten Gemäuern ausschaut wie ein gestrandetes Ufo. Die Grazer Innenhöfe erinnern an Florenz, und im Sommer und besonders im Steirischen Herbst gibt es dort fast jeden Abend Musik, Kunst, Theater, Tanz. Er hat Romana versprochen, sie zu einer Vernissage zu begleiten. Weil er ein Pleampl ist, im steirischen Idiom ein unbedarfter Depp, ihm ist auf die Schnelle wie immer keine Ausrede eingefallen. An einem Sonntag kann er sich schlecht mit Arbeit herausreden, außer es gäb einen frischen Mord, Gott bewahre.

Vor Martin ragt der Uhrturm empor, das Wahrzeichen von Graz, aus dem dreizehnten Jahrhundert, wenn er sich recht erinnert. Groß ist er nicht nach heutigen Maßstäben, aber herzig und mit einem Stundenzeiger, der größer ist als der für die Minuten. Neben ihm Japaner, die fotografieren, das immer gleiche Motiv: Tourist vor Uhrturm. Junge Mädchen machen Selfies, doch an einem Sonntag sind auch Einheimische unterwegs auf dem Schlossberg. Eine Gruppe amerikanischer Touristen, an Turnschuhen zu erkennen sowie an mangelnder Eleganz der Kleidung, wird von einer Führerin über das Wahrzeichen aufgeklärt. Martin hört kurz mit: Drei Glocken hat der Uhrturm, die älteste ist die Stundenglocke, die zweite ist für Feueralarm, die dritte die »Lumpenglocke«, die anno dazumal die Sperrstunde für Gastwirte einläutete. Dazu fällt ihm ein, dass er durstig ist.

Martin lenkt seine Schritte ins Restaurant-Café neben dem Uhrturm. Ein Seidl Bier, und es ist immer noch warm genug, um draußen zu sitzen. Fast alle Tische sind besetzt. Ihm fällt der Spruch ein, dass die hübschesten Österreicherinnen in Graz zu finden seien. Soweit er das beurteilen kann, stimmt das. Und für einen kurzen Augenblick stimmt ihn das traurig, weil er allein hier sitzt und in puncto Frauen auch so ein Pleampl ist.

Lily geht wieder einmal nicht ans Handy, wahrscheinlich hat sie es vergessen oder versehentlich den Ton ausgeschaltet. Dabei wollten sie doch ihre Kurzreise in die Südsteiermark absprechen. Inzwischen hat er eine richtige Abneigung gegen ihren Anrufbeantworter entwickelt und legt immer gleich auf, wenn er die Konservenstimme hört. Martin bestellt sich noch ein Bier und dazu ein Tafelspitz-Sulz mit Zwiebeln und Kernöl, um die Kalorien des Treppensteigens wieder einzusammeln. Er will gerade Lottes Nummer wählen, als ein Schatten auf ihn fällt. Jemand fragt, ob noch ein Platz frei sei. Martin schaut hoch und erkennt Anatol Hofer. »Ja, sicher«, sagt er und deutet mit der

Hand auf den Stuhl neben sich. Hofer scheint ein bisserl erschreckt über die Begegnung, setzt sich aber dann doch.

»Na so was, der Herr Chefinspektor. Habe die Ehre, Graz ist ja doch ein Dorf, nicht wahr?« Dann erzählt er ihm, dass er jeden Sonntag auf den Schlossberg gehe, allerdings über den Weg von der Burgtorgasse, die Treppen seien ihm zu mühsam. Und dann würde er jeden Sonntag sein Wienerschnitzel hier oben essen, mit Erdäpfeln und Gurkensalat, und danach eine Cremeschnitte. Gewohnheitsmäßig.

»Interessant«, sagt Martin.

Aber seit dem Tod von Mara sei ihm eigentlich der Appetit vergangen, fährt Anatol Hofer fort. »Diese Tragödie! Vergiftet! Wer nur ist zu einer solch schrecklichen Tat fähig? Ich habe für sie einen Nachruf geschrieben wie für eine Königin.«

Das findet Martin übertrieben, doch er nickt zustimmend. Hofer bestellt bei der Kellnerin ein Achterl weiß und sein Schnitzel mit Beilagen. Legt die Sonntagszeitungen auf den Tisch, die er unterm Arm hatte. Martin kennt sie schon, und die Schlagzeilen ähneln einander: *Serienmörder in Graz? Journalistin erstickt, Schauspielerin vergiftet! Islamistischer Hintergrund? Wer ist die geheimnisvolle Frau in der Burka? Polizei tappt im Dunkeln!*

Der letzte Satz ärgert Martin am meisten. Und natürlich, dass sich nichts, aber auch gar nichts geheim halten lässt.

»Gibt es denn schon eine heiße Spur?«, fragt Hofer. Nicht dass er Krimis im Fernsehen anschauen würde, in solch kulturelle Niederungen begibt er sich nicht. Doch der Ausdruck ist ihm geläufig, weil er auch die Artikel seiner Kollegen liest.

»Nicht direkt«, antwortet Martin. »Wir verfolgen viele Spuren.« Dass die Burka öffentlich wurde, haben sie dem

Taxifahrer zu verdanken, der seine Geschichte der *Kronenzeitung* verkaufte. Mit Bild, wie er stolz grinsend vor seinem Taxi steht. *Ich hatte Todesangst* war die Überschrift, die so überhaupt nicht zu dem Foto passte.

»Diese Islam-Verbindung ist Kramasuri«, sagt Hofer. Er pflegt seinen Wortschatz, und auf Martins fragenden Blick meint er, dass dies etwas Ähnliches wie Unsinn oder Unwichtiges bedeute. Einer dieser alten steirischen Begriffe, die in Vergessenheit geraten. Darüber könnte Anatol einen längeren Vortrag halten, doch er bleibt beim Thema. »Eine Burka kann sich doch jeder anziehen. Also, wenn Sie mich fragen, Chefinspektor, dann würde ich auf das Ehepaar Prader deuten: *J'accuse!* Die Journalistin und die Schauspielerin wussten etwas über ihn, das Prader auf jeden Fall verheimlichen wollte. Und Gisela, die tut doch alles für ihren Mann, die ist ihm ja geradezu hörig. Und eifersüchtig auf alle anderen Frauen ist sie auch. Dabei hat die arme Mara nur um der Karriere willen mit ihm geflirtet.«

Ein bisserl mehr war's schon, denkt Martin, doch er will seinen Tischnachbarn nicht unnötig ärgern. »Mara hatte aber auch was mit dem Prinz – sagt der Theaterklatsch.«

Hofer wirft seinen Kopf dramatisch zurück, beinahe rutscht ihm der Hut vom Kopf, ein Borsalino, er trägt immer eine Kopfbedeckung, um das lichte Haupthaar zu kaschieren. »Ach, dieser Möchtegernmime, das war nur eine Laune von ihr. Er soll übrigens sehr brutal werden, wenn er betrunken ist – und das kommt bei ihm ja öfter vor, wie man weiß. Brutal gegen Frauen. Vielleicht wollte er Mara aus dem Weg haben, um Gigi zurückzubekommen?«

»Und dann hat er Mara mit Pralinen vergiftet?«

Das Essen kommt, und sie schweigen beide. Anatol wäre darauf sowieso keine Antwort eingefallen. Und er ist, das weiß er genau, kein begabter Lügner, weshalb er sich im Gespräch mit dem Chefinspektor auf gefährlichem Terrain befindet.

Noch ein Seidl Bier für Martin und ein Achterl für Anatol Hofer. Für einen, der die Liebe seines Lebens verloren hat, isst er mit großem Appetit. Martin, der an diesem Sonntag eigentlich Mord-Urlaub nehmen wollte, ertappt sich bei dem Gedanken, welches Motiv Anatol Hofer wohl haben könnte? Er liebte Mara über alle Maßen. Hat sie ihn endgültig zurückgewiesen – und er wollte sie lieber tot sehen als mit einem anderen Mann – oder zwei? Und wie passt Steffi Hütter da rein? Er stellt die richtigen Fragen, nur hat er noch nicht genügend Antworten.

Der Uhrturm zeigt auf dreiviertel zwei. Martin trinkt einen kleinen Schwarzen, Anatol Hofer einen Verlängerten zur Cremeschnitte. Er lenkt das Thema auf Graz als Kulturhauptstadt, was Martin gar nicht passt. Der Steirische Herbst, seit 1968 die alljährliche Gratwanderung zwischen Kultur, Kommerz und Skandal, der Theaterkritiker ist skeptisch, dass man Institution und Avantgarde über all die Zeit retten kann. »Volksfronten« sei das diesjährige Thema, weil diese Wortschöpfung sowohl von Rechten wie auch von Linken benutzt werde und Formen von rassischer oder ethnischer Segregation ausdrücke.

Martin nickt zustimmend. Er hätte jetzt Lust auf eine Zigarette und darauf, dass Anatol Hofer verstummt. Doch der ist nicht mehr zu bremsen. Weil Kultur in Österreich von bestimmten Kreisen wichtiger genommen werde als Politik. Die sei inzwischen eh nur mehr obszönes Kasperltheater, so was Ähnliches wie die Inszenierung des *Lumpazivagabundus*. Oder die Skandalaufführungen von Wolfgang Bauer, Schlingensief oder Garcias im Rahmen des Steirischen

Herbstes. Und es sei doch irgendwie delikat, dass die Macher des jährlichen Spektakels so lustvoll in die Hand beißen, die sie füttert – eben die Sponsoren aus Politik und Wirtschaft.

»Interessant«, sagt Martin. »Haben Sie eigentlich diese Journalistin gekannt – Steffi Hütter?«

Anatol Hofer verstummt für einen Augenblick. Ein Kulturbanause, denkt er, und dass ihn dies bei einem Polizisten nicht verwundern muss. Er schwankt ganz kurz zwischen Lüge und Wahrheit, sagt dann: »Freilich hab ich sie gekannt, Graz ist ein reizendes Dorf. Gehen Sie am Samstag zum Bauernmarkt an der Oper, und Sie kennen jeden Fünften, dem Sie dort begegnen. Ach so, die Steffi: Wir haben zusammen volontiert, danach bin ich eine Weile nach Wien, und wir haben uns aus den Augen verloren. Sie soll irgendwann einen Botschaftsrat oder so geheiratet haben. Jedenfalls haben wir uns, nachdem sie aus dem Ausland zurückkam und ich wieder in die Grazer Redaktion gewechselt hatte, zufällig getroffen. Beim Steirischen Herbst war das, vor drei Jahren. Als Phoebe Davies mit ein paar Grazerinnen ein temporäres feministisches Nagelstudio inszenierte. Eine britische Performance-Künstlerin, die …«

Martin grätscht hinein, bevor der Steirische Herbst wieder die Überhand gewinnt: »Erzählen Sie mir von Steffi Hütter, was für ein Mensch war sie?«

Anatol Hofer, der sich mehr für Kunst als für Menschen interessiert – mit Ausnahme von Mara Sibelius –, findet diese Frage eher lästig. »Ach, wissen Sie, wie gut kennt man andere? Sie war eine begabte Journalistin, hat sich an Themen festgebissen, und schreiben konnte sie auch. Natürlich war das ihrer Karriere nicht zuträglich, dass sie für ein paar Jahre ins Ausland verschwand. Wieder in Graz war sie zu alt für eine Festanstellung. Ich erinnere mich, wie sie sich bei mir beklagte über all die jungen Leute, die sich für wenig Geld ausbeuten lassen und den Älteren die Jobs wegnehmen. Sie hat als freie Journalistin gearbeitet und wurde nicht gerade üppig entlohnt. Aber immerhin hatte sie ja noch ihre Witwenpension, also gedarbt hat sie nicht, soviel ich weiß. Wir haben uns danach so on and off getroffen bei irgendwelchen Events. Beim letzten Mal erzählte sie mir von ihren Buchprojekten. Das eine über diesen Professor Leitner, den sie wohl anhimmelte, so, wie sie über ihn sprach. Das andere ... irgendeine alte Geschichte von einem Kindsmord ... ich habe damals nicht so genau zugehört, muss ich gestehen. Sie hat viel geredet – und überwiegend über sich. Dennoch ... das ist ja kein Grund, sie umzubringen.«

»Da müsste man die halbe Menschheit ausrotten«, sagt Martin. Er winkt der Kellnerin, um zu bezahlen. Anatol Hofer lächelt zustimmend. Er hat nie geheiratet, weil er es nicht ertragen könnte, einer Frau jeden Tag zuzuhören. Wie seiner Mutter, die ununterbrochen Trivialitäten von sich gab und der er die ersten achtzehn Jahre seines Lebens ausgeliefert war. Die Stille des Alleinseins ist grandios – und natürlich schrecklich, diese Ambivalenz hat ihn ein Leben lang begleitet. Bis er Mara Sibelius traf. Sie war nicht nur schön, sondern auch klug, was die meisten gar nicht erkannten, weil sie ihr nur ins Gesicht schauten oder auf die Brüste. Wie Prader, dieses Schwein. Der Chefredakteur war nicht amüsiert über eine im Raum stehende Beleidigungsklage. Sie stellen ihm den Verlagsanwalt, doch Anatol spürt die Schwingungen: Man will sich außergerichtlich einigen. Also wird es Geld kosten. Also wird man ihm, Anatol, die Schuld geben – und nicht diesem talentlosen Lackaffen aus Deutschland. Oh, wie er ihn hasst, jetzt noch mehr als zu Maras Lebzeiten.

Anatol Hofer und Martin Glück trennen sich nach Begleichung ihrer Rechnungen und verlassen die Terrasse in verschiedene Richtungen. Anatol nimmt den Lift zum Schlossbergplatz, Martin läuft die Straße runter bis zur Burgtorgasse. Als er durch das Tor der ehemaligen Befestigungsanlage geht, zieht es ihn unwillkürlich nach rechts, in seine Dienststelle. Nur mal kurz reinschauen, er fragt den diensthabenden Beamten auch nur routinemäßig, ob es was Neues gäbe. Der nickt und schiebt ihm einen Zettel mit einer Telefonnotiz hin. Jemand aus dem Theater hat angerufen: Im Kostümfundus habe man vor der Vorstellung nach einer Burka gesucht, weil die ursprüngliche einen Riss hatte. Nur war diese zweite, die Ersatzburka, nicht mehr auffindbar. Also musste die zerrissene Burka auf die Schnelle genäht werden. Emanuel Prader habe getobt und von Sabotage gesprochen.

Martin lässt den Zettel sinken: »Wer hat angerufen?«

»Was i net«, sagt der Beamte.

»Hast nicht g'fragt?«

Kopfschütteln. Da seien grad Leut reingekommen, irgendwelche depperten Touristen, um die hat er sich kümmern müssen. Also hat er nur aufgeschrieben, was gesagt wurde. Wortwörtlich aber schon.

»Der Anruf kam vom Schauspielhaus?«

»Glaub scho.« Triumphierend: »Ka Frau, gwiss net!«

Martin lässt sich die Nummer des Anrufers geben, wählt sie, doch niemand hebt ab. Na gut, denkt er, das wird ja wohl noch bis Montag Zeit haben. Jetzt wissen sie wenigstens, woher die fragliche Burka stammt. Alle Spuren führen ins Theater, das ist auch die These seines Kollegen.

Er legt die Telefonnotiz auf Felix' Schreibtisch, geht zurück in sein eigenes Büro, um seinen Laptop mitzunehmen.

Er wird sich zu Hause Steffi Hütters Manuskript durchlesen, das ihm die Lektorin geschickt hat. Die Memoiren des Professor Leitner, vielleicht findet sich darin ja irgendein Hinweis, der ihn weiterbringt.

Kapitel 14

Es ist kurz vor Mitternacht, als Alma Zoppot an der Rezeption des *Hotels zum Dom* auftaucht. Der Nachtportier ist in Musils *Mann ohne Eigenschaften* vertieft und sieht erst auf, als sie direkt vor ihm steht. »Um Gottes willen, gnä' Frau …«

Almas Gesicht ist bleich, sie hat Schweißperlen auf der Stirn. Sie atmet heftig, als müsse sie nach Luft ringen, und ihre Augen scheinen das einzig Lebendige, sie kommen ihm riesengroß vor. »Ich brauch einen Arzt«, flüstert sie und hält sich an dem Pult fest, als ob sie gleich zusammenbrechen würde. Weshalb er sie zu einem der Sessel führt, sie sanft hineingleiten lässt und sagt: »Ganz ruhig, gnä' Frau, ich ruf gleich den Notarzt, und dann bring ich Ihnen ein Glas Wasser …«

Er telefoniert, holt das Wasserglas aus der Küche, denkt, dass solche G'schichten aber auch immer nachts passieren müssen. Flößt ihr ein paar Schlucke Wasser ein, sie hat die Augen geschlossen, atmet immer noch mühsam, sie hyperventiliert. Er hat Angst, dass sie ihm unter den Händen wegstirbt, das wär eine echte Schererei, und ihm kommen die Minuten, die er auf den Notarzt wartet, wie Stunden vor. »Gleich kommt Hilfe«, sagt er zu ihr, doch sie öffnet ihre Augen nicht, und er weiß nicht, ob sie ihn verstanden hat. Irgendwie dachte er immer, dass Notärzte gleich zur Stelle sind, aber als er die Sirene von draußen hört und auf die Uhr schaut, sind dreizehn Minuten vergangen, seit er angerufen hat.

Ihre Atmung wird immer flacher, der Schlüssel, den sie in der Hand hielt, fällt zu Boden. Er weiß, wer sie ist: Alma

Zoppot aus Wien, das Personal schätzt sie als gute Trinkgeldgeberin. Er fragt sich jetzt, was passiert, wenn ein Gast stirbt, bevor er die Rechnung bezahlt hat. Dann stürmen auch schon zwei junge Männer in die Rezeption und auf ihn und die Kranke zu. Einer der beiden trägt eine Arzttasche. Der Portier informiert sie kurz über den Zustand des Gastes und geht dann wieder zu seinem Stuhl hinter der Rezeption. Er hört, wie sie mit brechender Stimme sagt: »Ich krieg keine Luft, mein Herz rast ... muss ich sterben?«

Der Arzt gibt ihr eine Spritze zur Stabilisierung des Kreislaufs. »Nein, aber wir bringen Sie ins Krankenhaus für alle Fälle.«

Alma Zoppot flüstert ihren Namen und dass sie zusatzversichert sei. »Die Pralinen«, sagt sie noch, »ich glaub, die waren vergiftet.«

Welche Pralinen? Der Arzt und der Sanitäter sehen einander an und zucken die Achseln. Zum Portier: »Hat sie irgendwas dabei außer der Handtasche?«

Der schüttelt den Kopf. Den Schlüssel hat er an sich genommen, falls sie nicht mehr auftaucht aus dem Krankenhaus. »Was ist denn mit ihr?«, fragt er den Arzt oder Sanitäter, er kann die beiden Männer nicht zuordnen, und einer sagt: »Herz oder Kreislauf, die sollen das im Krankenhaus checken.«

Sie nehmen Alma Zoppot in ihre Mitte, haken sie unter und führen oder besser schleifen sie zum Rettungswagen. Der Portier trägt die Handtasche hinterher und reicht sie ins Auto. »Gute Besserung, gnä' Frau«, sagt er, dann schließen sich die Türen hinter ihr. Er sieht dem Wagen nach, der mit Sirenengeheul durchs nächtliche Graz rast. Als kleiner Junge wollte er Polizist werden, nur weil er so gern mit Tatütata fahren wollte. Und alle anderen müssten ausweichen.

Aber das Leben spielt ja anders, als man denkt, und er wurde Lehrer bis zur Pensionierung. Ein bisserl Macht über Schüler, aber die wurden mit der Zeit immer renitenter. Am Schluss war er froh, dass er die Bagage nicht mehr unterrichten musste. Jetzt bessert er seine Rente auf, indem er zwei Nächte die Woche den Portier spielt. Er kann sowieso schlecht schlafen, der Job ist leicht, nur ab und zu stören betrunkene Gäste bei der Lektüre, weil sie ihren Schlüssel wollen oder andere Wünsche haben. Kurz überlegt er, ob er den Manager anrufen sollte, um von dem Vorfall zu berichten, aber dann verschiebt er es auf den Morgen. Gut möglich, dass die Zoppot eh am nächsten Tag entlassen wird. Und falls sie stirbt, wär es sowieso wurscht.

***

Felix kommt vom Theater und schaut in Martins Büro rein. Der trinkt gerade seinen zweiten Kaffee und beendet die Lektüre der Leitner'schen Memoiren. Er fand sie ziemlich langweilig, obwohl Steffi Hütter gut und flüssig schreibt. Aber so viel Heiligkeit, wie sie dem Professor andichtet, findet Martin übertrieben. Sie war wohl wirklich verliebt in ihn, wie Angela Polz behauptete. Auf jeden Fall hat Martin aus der Lektüre keinerlei neuen Erkenntnisse gezogen, genau genommen war es Zeitverschwendung, und dass er jetzt sein Allgemeinwissen um Schönheitsoperationen erweitert hat, bedeutet ihm rein gar nichts.

Auch Felix Wagner sprudelt nicht vor Neuigkeiten. »Der Kostümfundus ist tagsüber offen und wird nur nachts nach der Vorstellung zu- und morgens wieder aufgesperrt. Und zwar von der Garderobiere, die auch den Diebstahl bemerkte, als sie die Ersatzburka für die Aufführung holen wollte.

Sie hat Prader informiert, der einen Tobsuchtsanfall kriegte. Bei uns angerufen hat am nächsten Tag der Inspizient, weil der sich wohl an den Zeitungsartikel erinnerte.«

Martin unterdrückt einen frustrierten Seufzer. »Also hätte praktisch jeder dort reinspazieren und die Burka nehmen können, sehr viel weiter bringt uns das nicht. Aber es ist wahrscheinlich, dass es jemand vom Theater war, seh ich das richtig?«

Ich hab ja immer gesagt, dass es jemand vom Theater ist, denkt Felix, verkneift sich aber, es auszusprechen. Am Montagmorgen sollte man Vorgesetzte besser nicht reizen. Und Martin Glück sieht aus, als habe er eine anstrengende Nacht hinter sich. Schatten unter den Augen, unrasiert ist er auch. »Ja, sicher. Obwohl wir nicht hundertprozentig wissen, ob das die fragliche Burka ist. Die schauen ja alle gleich aus. Und du siehst irgendwie ang'fressen aus, Martin.«

Glück klappt seinen Laptop zu. »Bin ich auch. Die letzte Nacht war grauslich.«

Felix setzt sich auf den Besucherstuhl. Er hatte einen seiner üblichen Abende. Die Kinder ins Bett bringen, eine Geschichte vorlesen, der Gutenachtkuss. Danach Streit mit seiner Mutter, Fernsehen und Bier. »Erzähl ...«

»Ich war doch mit meiner Bekannten bei dieser Vernissage in der *Galerie Leitner*, die gehört übrigens der Frau von Professor Leitner, ein furchtbares Weib, arrogant und so kulturdurchtränkt, dass man sich in ihrer Gegenwart wie der letzte Depp vorkommt. Und ich wollte da überhaupt nicht hin, Romana hat mich quasi gezwungen, sie zu begleiten. Also, es war eine Performance von einer iranischen Künstlerin. Skulpturen von Weintrauben – aus Gummi oder was weiß ich. In allen Größen und Farben, aber Weintrauben halt, also ... na ja, an eine Wand projiziert lief ein

Film mit dieser Iranerin, wie sie blaue Weintrauben mit der Hand zerquetscht oder mit den Füßen drauf rumstampft.«

»Gab's Wein?«, fragt Felix.

Martin wirft ihm einen bösen Blick zu. »Gab es, aber darum ging es gar nicht. Sondern um ›Object Obsession‹, wenn du verstehst, was ich meine. In dem Film hasst die Frau die blauen Weintrauben, aber sie liebt die weißen. Küsst weiße Trauben, streichelt sie, badet mit ihnen, und in der letzten Szene sieht es aus, als ob sie einen Orgasmus mit Weintrauben hätte. Das alles zwanzig Minuten lang in Endlosschleife, unterlegt von Katzenmusik, die in den Ohren wehtat.«

»Uijegerl«, sagt Felix.

»Du sagst es. Die Künstlerin stand für die Interpretation ihrer Performance zur Verfügung. Alle waren irgendwie ergriffen, nur ich war am Boden zerstört. Außerdem war auch noch dieser Prader da mit seiner Frau, das machte die Sache nicht besser. Wie der immer Hof hält, ist nicht zum Aushalten. Nach einer Stund ist es mir endlich gelungen, meine Bekannte da rauszulotsen. Romana fand es witzig, weißt, aber vielleicht wollt sie mich auch nur quälen. Anschließend hab ich mich geweigert, mit ihr ins Spielcasino zu gehen. Wir haben uns gestritten, sie ist dann allein ins Casino und ich nach Hause. Dann hab ich noch in dem Manuskript von der Hütter gelesen, bis Lily anrief, um mir zu sagen, dass sie am nächsten Wochenende doch nicht mit mir in die Südsteiermark fahren kann ...«

Felix hat keine Ahnung, wer Lily ist, nickt aber mitfühlend. Der Glück sieht aus, als würd er gleich vor Zorn platzen.

»Und dann haben Lily und ich uns auch noch gestritten. ... Danach hab ich die Flasche Wein getrunken, die im Kühlschrank war, und mir leid getan. Um halb vier bin ich eingeschlafen. Das Manuskript gibt übrigens nichts her für unseren Fall. Deshalb wurde Steffi Hütter jedenfalls nicht umgebracht.«

Das Motiv, das verfluchte! Martin tippt weiterhin auf die Hilmteichklinik, Felix aufs Theater. Sie diskutieren hin und her, ohne sich zu einigen oder irgendeinen Fortschritt zu erzielen. Dann geht Felix, und Martin wendet sich wieder seinem Computer zu. Gegen zehn klingelt sein Handy, und wenn er in irgendeinem Winkel seines Herzens gehofft hatte, dass es Lily ist, wird er enttäuscht. Es ist Alma Zoppot, ihre Stimme klingt schwach und leise. Sie sei in der Universitätsklinik kurz nach Mitternacht eingeliefert worden mit Herzrasen und Atemnot. Gevatter Hein sei ihr sehr nahe gekommen, sagt Alma, und es klingt dramatisch. Er fragt sich, warum sie ihm das erzählt?

»Ich ruf an, weil ich ganz sicher bin, dass ich vergiftet wurde. Mit Atropin – genau wie die arme Mara Sibelius. Als sie mein Blut untersuchten, haben sie Spuren davon gefunden. Aber dieser Trottel von Arzt denkt, dass ich das selber eingenommen hab. Obwohl ich ihm von den Pralinen erzählte – und dass ich drei davon gegessen hab!«

Jetzt hört Martin sehr aufmerksam zu. Fall drei, und alle in Zusammenhang mit der Hilmteichklinik, das wird Felix ja wohl überzeugen.

Almas Stimme gewinnt an Festigkeit: »Also, Sonntagmittag hat jemand an der Rezeption die Pralinen für mich abgegeben. Ich dachte, ein Verehrer, der wusste, dass ich ab und zu einer süßen Versuchung nicht abgeneigt bin. Ganz kurz dachte ich ... vielleicht Sie, Martin ...?«

Diese Frau macht ihn fertig. »Nein. Und welchen Grund sollte ich haben, Sie zu vergiften, Alma?! Ist der Rest der Pralinenschachtel noch in Ihrem Zimmer?«

»Aber ja, deshalb ruf ich ja an. Damit Sie das Corpus Delicti sicherstellen und die Pralinen im Labor untersuchen lassen. Ich mein, das kann ja kein Zufall sein, dass ich, kurz nachdem ich die drei sozusagen als Betthupferl ... also kurz danach wurde mir übel und schwindelig, und mein Herz begann zu rasen, und ich kriegte keine Luft mehr. Ich hab's grade noch zur Rezeption geschafft, und der nette Portier hat gleich die Rettung gerufen. Ich hatte wirklich Glück. Stellen Sie sich vor, ich hätt mehr davon gegessen ...«

Es ist schwierig, ihren Redefluss zu bremsen. Als es ihm schließlich gelingt, sagt er ihr, dass er die Bonbonniere aus der Suite holen werde, den Portier befragen, die Pralinen ins Labor bringen.

»... und dann besuchen Sie mich, damit ich alles zu Protokoll gebe. Ein Mordversuch! Ich frage mich, welcher Wahnsinnige es auf uns Frauen abgesehen hat?!«

Das fragt er sich allerdings auch. Und er bittet Alma, nein, er fleht sie an, nicht die Presse zu informieren. Aus ermittlungstaktischen Gründen. Sie stimmt widerwillig zu. Vorerst. Denn natürlich habe die Öffentlichkeit das Recht, über ihren Beinahe-Tod informiert zu werden.

Martin sagt Felix Bescheid und geht dann zu Fuß ins *Dom-Hotel*. Der Tagportier, ein junger Mann, bestätigt, dass Sonntagmittag eine in Burka gehüllte Person ein Päckchen für Frau Zoppot abgegeben habe. Und das sei ihm gleich komisch vorgekommen, aber er habe es nach oben in ihre Suite bringen lassen. Frau Zoppot war nicht da, also hat das Hausmädchen das Präsent auf den Wohnzimmertisch gelegt.

»Frau Zoppot wusste also nicht, dass eine Burkaträgerin das Geschenk abgegeben hat?«

»Nein ...«

»Wann kam sie ins Hotel?«

»So gegen siebzehn Uhr. Sie hat mir noch aufgetragen, einen Tisch in unserem Restaurant zu reservieren, weil sie nicht mehr außer Haus wollte. Das habe ich gemacht, und dann war Feierabend, der Kollege von der Nachtschicht hat übernommen.«

»Derjenige, der den Notarzt gerufen hat.«

»Genau. Herr Huber, ein pensionierter Lehrer, er arbeitet nur zwei Abende in der Woche.«

Martin lässt sich Hubers Telefonnummer und Adresse geben und den Schlüssel für Almas Suite. Nach seiner Dienstmarke wurde er nicht gefragt, Gott sei Dank, die hatte er zu Hause vergessen.

***

In den Pralinen wurde Atropin gefunden, genau wie bei Mara Sibelius. Die Dosis wäre tödlich gewesen, wenn Alma die Schachtel leer gegessen hätte.

»Ich hab's gewusst!« Ihre Stimme klingt eher triumphierend als ängstlich. Sie ist schon ein seltsames Wesen, denkt Martin, der ihre Aussage in seinem Büro protokolliert. Er hat Felix dazugebeten – für alle Fälle. In Zeiten von MeToo hüte man sich vor Frauen wie Alma Zoppot. Sie scheint ihren Auftritt zu genießen, als wär sie Hauptdarstellerin in einem Krimi. Große dunkle Sonnenbrille, schwarze Kleidung, hochhackige Stiefel. Ihr Kinn ist beinah verheilt, die Lippen sind korallenrot geschminkt. Und sie flirtet abwechselnd mit ihm und Felix, oder vielleicht bildet er sich das nur ein, und es ist halt ihre Art, mit Männern umzugehen.

»Haben Sie denn eine Ahnung, wer Ihnen nach dem Leben trachtet?«, fragt Felix. Ein schöner Ausdruck, wie er findet, und dass Martin grinst, könnt er ihm schon wieder übel nehmen.

Alma stützt ihr Kinn auf die Faust, ihre Denkerpose. »Ich habe an nichts anderes gedacht, seit ich eingeliefert wurde. Wer hasst mich so, dass er mich vergiften will?«

Sie schaut von einem zum anderen. »Er wird es nochmals versuchen, oder? Krieg ich jetzt Polizeischutz?«

»Wir werden sehen«, sagt Martin. Obwohl der Virus abgeflaut ist, sind sie immer noch unterbesetzt. »Das muss Oberst Lammer entscheiden. Was macht die MeToo-Kampagne in Sachen Emanuel Prader? Da hätten wir ein Motiv!«

Alma betrachtet ihre makellos manikürten Finger. »Daran hab ich auch schon gedacht. Ich habe das Interview mit der Zeitung gemacht, aber die haben noch nichts veröffentlicht. Sie wollen obendrauf aktuelle Vorfälle recherchieren, und das dann zu einem Gesamtpaket schnüren. Aber wir werden ihn kriegen, da bin ich ganz sicher.«

»Und Sie haben das angestoßen?«, fragt Felix.

»Ja, und ich bin stolz darauf! Wir Frauen müssen uns endlich zur Wehr setzen. Auf die Barrikaden gehen. Die Allmacht der Männer brechen ...«

Martin und Felix sehen sich an. Wie kann sie einerseits nur so reden und andererseits mit jedem Mann flirten, der ihr unterkommt? Felix sind kokettierende Frauen unheimlich. Die paar Kolleginnen haben es nicht leicht, weil Polizisten tatsächlich zu Macho-Allüren neigen, derbe Sprüche inbegriffen. Also härten sie sich ab, und da kommt man dann gar nicht auf die Idee, sich ihnen anders als dienstlich zu nähern. Der Martin nimmt das souveräner, aber der ist ja auch schon alt. Attraktiv findet er Alma Zoppot schon, nur ist sie erstens ganz schön reif und wär zweitens sicher keine gute Mutter. Und das ist es, was er neben Sex vor allem braucht: eine Mutter für seine Kinder. Damit er die Oma endlich nach Hause schicken kann!

»Ich habe dem Journalisten gesagt, dass er mit mir und den beiden anderen die Prader-Story aufmachen soll. Dann kommen die übrigen Mädels nämlich von selbst, sie brauchen nur einen Auslöser. Aber diese Provinzjournalisten haben ja keine Fantasie. Ich hätt das in Wien machen sollen ... na ja, kann ich ja immer noch.« Alma bittet um ein Glas Wasser, aber bitte ohne Kohlensäure, davon bekommt sie immer Schnackerlstoßn. Während Felix das Wasser holt, checkt Alma ihr Handy. Martin beobachtet, dass sie das Telefon mit dem kleinen Finger der rechten Hand bedient, ungewöhnlich. Sie hat sehr lange, wenn auch perfekt lackierte Fingernägel. Er mag Frauen mit Krallen nicht. Jetzt sieht sie auf und lächelt verführerisch. »Ich hab zwei Kilo abgenommen, das sieht man doch, oder?«

Er nickt, was soll er sonst tun? Felix kommt mit dem Wasser. Martin spricht aus, was ihn schon die ganze Zeit beschäftigt. »Drei Frauen, die zur selben Zeit in der Hilmteichklinik waren, werden ermordet beziehungsweise beinah. Irgendwas muss dort passiert sein, etwas Schreckliches, das all diese Verbrechen nach sich zog. Versuchen Sie sich zu erinnern, Alma: Haben Sie irgendwas gesehen? Gehört? Ist Ihnen was Ungewöhnliches aufgefallen?«

Almas Nachdenken endet mit einem tiefen Seufzer. »Ich zermartere mir das Hirn, aber da war nichts. Ich bin nachts auf die Terrasse, weil ich nicht schlafen konnte. Jedes Mal, wenn ich mich im Bett gedreht hab, hat mein Kinn geschmerzt. Deshalb bin ich aufgestanden. Auf der Terrasse traf ich Frau Sibelius. Sie war nervös wegen des Eingriffs. Wir haben Kaffee getrunken, was natürlich schwachsinnig ist, wenn man nicht schlafen kann. Und haben wirklich über nichts Besonderes geredet. Schönheits-OPs, das Theater, Emanuel Prader, sie hat mir sogar von der Olivenölszene erzählt. Wir standen an die zwanzig Minuten da draußen, dann bin ich zurück in mein Zimmer, hab eine leichte Schlaftablette eingeworfen und ... wachte erst gegen neun Uhr morgens auf. Da war Lärm draußen, weil sie wohl diese Journalistin gefunden haben, den Namen hab ich vergessen.«

»Steffi Hütter«, sagt Martin. »Und außer Mara Sibelius haben Sie niemanden gesehen oder gehört?«

Sie schüttelt den Kopf. »Beim Zurückkommen nur die Nachtschwester. Es tut mir leid. Ich wünschte wirklich, ich könnte ... oh, mein Gott, warum *ich*? Ich hab doch niemandem was getan!«

Ihre Stimme ist ins Hysterische gekippt. Was sie sagt, erinnert Martin an eine Filmszene, doch er kommt nicht drauf, welche. »Sie müssen einfach auf der Hut sein, Alma. Keine Geschenke annehmen. Ich werde mit Oberst Lammer sprechen wegen Personenschutz, aber wir haben immer noch Personalmangel, und ich kann nichts garantieren. Am besten wäre es, Sie würden abreisen, weg aus Graz.«

Felix neben ihm nickt. Alma checkt wieder ihr Handy, ihre Hysterie ist so schnell weg, wie sie gekommen ist. »Ich habe in drei Tagen meinen Abschlusstermin mit Professor Leitner. Ich ruf ihn später an, vielleicht kann er ihn vorziehen. Aber wenn es jemand auf mich abgesehen hat, wird er mich auch in Wien finden, oder?«

Martin mag darauf nicht antworten. »Wer immer die Pralinen für Sie abgegeben hat, konnte doch nicht davon ausgehen, dass Sie alle auf einmal essen, ergo die tödliche Dosis zu sich nehmen. So war es auch bei Frau Sibelius. Vielleicht sollte das nur eine Warnung sein.«

Diese Theorie missfällt ihr. »Na, also mir hat es gereicht. Und Mara Sibelius ist tot. Warnung wovor?«

Sie hat recht, und er hat keine schlüssigen Antworten. Also lässt er sie das Protokoll unterschreiben und bietet ihr einen Polizeiwagen für den Weg zurück zum Hotel an. Alma nimmt an, sie sieht auf einmal erschöpft aus, müde und traurig. Zum Abschied sagt sie wie ein kleines Kind: »Versprechen Sie mir, dass alles gut ausgeht?«

»Ihnen wird nichts passieren, Alma.« Martin weiß, dass er so was nicht sagen dürfte, und Felix sieht ihn auch irritiert an. Als sie beim Hinausgehen auf Oberst Lammer treffen, ist Alma schon wieder eine andere: die Femme fatale. Ihr verführerisches Lächeln gefriert, als der Oberst ihr zu seinem größten Bedauern mitteilt, dass es absolut kein Personal für Personenschutz gebe. Die halbe Truppe sei im Krankenstand, worauf das Verbrechen natürlich keine Rücksicht nehme. Er empfiehlt ihr, möglichst im Hotel zu bleiben, keine fremden Besucher zu empfangen und keine Geschenke anzunehmen. Man werde im Dreistundenrhythmus uniformierte Präsenz vor dem Palais Inzaghi zeigen, immerhin.

Als der Oberst ihr zum Abschied die Hand küsst, ist Alma Zoppot ein klein wenig versöhnt. Sie steigt in das Polizeiauto und winkt huldvoll zum Abschied.

»Jessas«, sagt Hannes Lammer, als sie außer Sicht ist. »Der möcht ich nicht im Dunkeln begegnen.«

»Ex-Schauspielerin«, sagt Martin, als würde das alles erklären. Dann bringt er ihn auf den neuesten Stand und beharrt auf seinem »Gefühl«, dass alle Spuren in die Hilmteichklinik führen.

»Dann folg ihnen halt, aber wir stehen unter Druck. Die Journaille, weißt schon. Und wie läuft's mit Felix Wagner?«

»Geht schon, wir raufen uns zusammen.«

»Der Bursche hat's auch nicht leicht.« Lammer holt eine Zigarette raus und bietet Martin eine an. Dann gehen sie ein Stück von der Tür weg und rauchen zusammen. Schweigend erst, dann meint Lammer: »Schau, Martin, eine betrogene Seele heilt halt nicht wie ein Knochenbruch.«

Kapitel 15

Er bekommt keine Luft, sein Mund ist voller Weintrauben. Und Felix stopft ihm eine Traube nach der anderen rein, während er sagt »I bin ka Dodel«. Martin will sich wehren, aber jedes Mal, wenn er Felix' Hand mit der Weintraube wegstoßen will, greift er ins Leere. Plötzlich ist Romanas Gesicht ganz nah bei seinem. »Martin, jetzt weißt, wie es is, wenn ma auf vergiftete Pralinen kan Orgasmus kriegt.«

Da begreift Martin, dass Felix ihm nicht Weintrauben, sondern Pralinen verabreicht. Vergiftete Pralinen! Er will um Hilfe rufen, aber er bringt keinen Ton raus. Romana, die neben ihm Weintrauben spuckt, schreit: *Der Prader ist ein Kindermörder*. Im Hintergrund spielt jemand Saxofon. Doch dann kommt aus dem Saxofon keine Musik mehr, sondern Läuten. Glockenläuten? Ist er schon tot?

Es war nur der kleine Tod, Martin ist in Schweiß gebadet, als er aufwacht und begreift, dass es sein Telefon ist. Schlaftrunken tastet er danach ... »Felix?! Ausgerechnet du?«

»Stör ich vielleicht?« Der Kollege klingt schon wieder leicht eingeschnappt.

»Nein, eh nicht, bin nur grad aufgewacht. G'schissener Traum.« Martin reibt sich die Augen. Sein T-Shirt ist waschelnass, der Kopfpolster auch.

Er steht auf, schaltet das Telefon auf Lautsprecher und zieht die nassen Sachen aus, während er Felix lachen hört. »G'schissen kannst laut sagen. Jetzt hat's mi a dawischt. Entweder hab ich was Falsches g'essen oder der Darmvirus ...«

»Oje!« Martin versucht, mitleidig zu klingen. Irgendwie hängt er immer noch in dem Traum fest, in dem Felix ihm die Pralinen ...

»Jedenfalls kann i net unter die Leut gehen, weil i nie weiß, wann's wieder losgeht. Is daher nix mit *guter Cop – böser Cop* beim Leitner heut. Sorry. Musst allein gut und bös sein.«

Sie vereinbaren, dass Felix stattdessen im Internet zum Zusammenhang zwischen Prader und dem Tod eines Kindes sucht. Martin wünscht ihm gute Besserung. Er hat seinen Bademantel angezogen und macht sich auf den Weg in die kleine Küche. Während er dort mit Blick in den begrünten Innenhof seinen Kaffee schlürft und eine für die Steiermark typische »lange Semmel« mit Butter und Marillenmarmelade isst, denkt er darüber nach, was ihm Romana gestern Abend über Prader erzählt hat.

Sie waren auf dem Steinberg außerhalb von Graz, wo seine Wörtherseefreundin ihn als Dank fürs Hundesitten und zur Versöhnung nach ihrem kleinen Streit in ein großartiges Sternerestaurant einladen wollte. Empfehlung von Hugo Flock. Nur leider hatte sie den Namen vergessen, und im Internet haben sie es auch nicht gefunden. Also auf Verdacht mit Martins Käfer – Alex nicht auf dem Rücksitz, sondern auf Romanas Schoß – auf die Südautobahn, und dann die kurvige Straße im Regen auf den Steinberg. Alles, was sie dort fanden, waren Chinalokale, aber nichts, das auch nur annähernd einen Stern verdient hätte. Irgendwann räumte Romana die Möglichkeit ein, den Steinberg mit dem Schlossberg verwechselt zu haben. Immerhin landeten sie dann doch in einem einfachen, sehr gemütlichen Landgasthaus, das Martin sowieso lieber war als die angekündigte Luxusnummer.

Während des Essens begann Romana in bewährter Manier über alle möglichen Leute herzuziehen: Zuerst Alma, die sich geschmacklos anziehe wie ein Teenager, sich jedem

Mann an den Hals schmeiße, zugenommen habe sie seit Wien auch, obwohl sie »keine Süße« sei im Gegensatz zu Romana, die es sich ja leisten könne, weshalb sie beim Kaiserschmarrn ordentlich zulangte.

Dann war Emanuel Prader dran, den sie am Vorabend bei der Vernissage gesehen hatten. »Ich kenn den aus meiner Glanzzeit, als am Wörthersee noch richtig was los war. Ich ging damals auf die vierzig zu, und die Männer waren immer noch hinter mir her. Der Prader auch, damals war er noch ein fescher Mann. Aber als es dann so weit war mit uns nach einer feuchtfröhlichen Party am See, da war ... einfach nix. Weißt, was er zu mir g'sagt hat? Ich sei ihm zu alt! Er könne nicht mit älteren Frauen, ›ältere‹ hat der blede Hammel g'sagt. Nur mit jungen Mädchen.

Martin fragt nach: »Wie jung?«

Romana tratscht für ihr Leben gern: »Na ja, man hat ihn immer mit so Madeln g'sehen, die grad aus dem Schulalter raus waren. Geburtsurkunde hab i mir von denen natürlich keine zeigen lassen. Aber könnt schon haarscharf an der Grenze g'wesen sein. Weißt, was man sich damals für einen Witz über den Herrn Regisseur aus Deutschland erzählt hat? *Was ist der Unterschied zwischen Arbeit und Prader? Arbeit schändet nicht.*« Romana lachte ganz schön bös. Martin fand die Geschichte eher traurig. Und dann erzählte sie ihm von einem Fall, den sie aber nur vom Hörensagen kannte. Ein junges Mädchen soll sich umgebracht haben, nachdem der Prader sie missbraucht hatte. »Ist aber schon a Zeit her – und über ihn gab's ja die wildesten Gerüchte. Sex und Suff und Kokain, so war das damals am See. Harte Zeiten, sag ich dir ...«

Wenn das stimmt, denkt Martin über seinem Kaffee, dann könnte vielleicht die Steffi Hütter davon Wind bekommen haben. Und die musste mundtot gemacht werden. Ebenso wie Mara Sibelius, die versucht hatte, den Prader zu erpressen, gefolgt von Alma, die eine Medienkampagne gegen ihn lostreten wollte. Gut möglich, dass er davon wusste.

Also, noch einmal von vorn: Aus logischer Sicht ist der Täter in Maras Fall sehr wahrscheinlich einer der beiden Praders. Oder beide zusammen. Gigi scheidet aus, die hat ein Alibi. Von ihren Kollegen hatte niemand ein Motiv. Sascha Prinz hat ebenfalls ein Alibi. Und Anatol Hofer hätte eher den Prader ermordet als seine Angebetete. Falls er mutig genug wäre. Martin traut es ihm eher nicht zu.

Und im Fall von Steffi Hütter? Vielleicht Professor Leitner, wenn sie seinen Kunstfehler publik machen wollte. Hat sie aber offensichtlich nicht. Das Buch ist so was von harmlos und langweilig, vor allem, wenn man sich für das Thema Schönheitsoperationen nicht interessiert. Außerdem, wenn die in den Professor verschossen war, wollte sie ihm sicher nicht schaden. Oder doch? Weil er nichts von ihr wollte? Immerhin haben sie gestritten. Vielleicht, weil er sich nicht scheiden lassen wollte?

Oder hat Emanuel Prader Steffi Hütter auf dem Gewissen? Was, wenn sie die Story mit dem Selbstmord des Mädchens veröffentlichen wollte? Liegt im Verlag nicht ihr Exposé über einen Kindstod? Martin nimmt sich vor, es heute noch bei Angelika Polz anzufordern.

Und wer hatte es auf Alma abgesehen? Maras Mörder? Ein Trittbrettfahrer, der sie tot sehen möchte? Wer könnte etwas gegen Alma haben?, beginnt er sich zu fragen, hält aber sofort inne. Jeder, der ihr je begegnet ist, könnte was gegen sie haben – nur nicht bis zum Mord gehend. Außer Prader – immer wieder Prader.

Und alle Spuren führen dann auch wieder in die Hilmteichklinik. Sie muss eine zentrale Rolle spielen. Noch dazu, weil dort das Atropin verschwunden ist. Eigentlich muss er nur noch die Verbindung zwischen der Klinik und Prader finden.

***

»Nein, Herr Prader hat bei uns nie eine kosmetische Operation machen lassen«, sagt Professor Leitner.

»Ich hab auch gar nicht an eine Verschönerung gedacht, Herr Professor. Aber vielleicht was Diskreteres, das man nicht auf den ersten Blick sieht, so was wie Penisverlängerung, Begradigung, was auch immer man damit anstellen kann?«

Leitner schüttelt amüsiert den Kopf: »Nein, er war nie Patient bei uns, das müsst ich wissen.«

»Und Gisela Prader?«

Bevor Leitner antworten kann, läutet sein Telefon. Martin hört, wie er versucht, sich gegen etwas zu wehren, doch erfolglos. »Nein, auf keinen Fall! Aber warum denn? Warum nicht du? Na ja. Vielleicht. Ja, gut, ich komme.«

Als er auflegt, ist Leitners unbeschwerte Stimmung dahin. »Wo waren wir?«

»Bei Gisela Prader.«

»Ach Gott, Sie wissen doch, Herr Chefinspektor, die Datenschutzverordnung, ich glaube nicht, dass ich ...« Professor Leitner rutscht nervös auf seinem Sessel hin und her und sieht auf seine Uhr, als könnte er es nicht erwarten, dass der Chefinspektor sich verabschiedet. Der denkt aber gar nicht daran. Zu viele offene Fragen. Er beugt sich vor und versucht, wie ein böser Cop auszusehen: »Also war

Gisela Prader hier. Es ist mir wurscht, welcher Verjüngungstortur sie sich unterzogen hat, das brauchen Sie mir nicht zu sagen. Nur: Wann war sie in der Klinik?«

Widerwillig trägt Leitner per Sprechanlage seiner Sekretärin auf nachzusehen, wann Gisela Prader in Behandlung war.

In der Zwischenzeit schlägt der Böse nochmals zu. »Wie war das damals mit der missglückten Brustvergrößerung, Herr Professor? Ist doch alles unter den Teppich gekehrt worden. Wollte Frau Hütter vielleicht über diesen Kunstfehler schreiben?«

Leitner presst die Lippen aufeinander und sieht sein Gegenüber erschrocken an. »Woher wissen Sie davon?«, kommt es fast lautlos.

Die Gegenfrage: »Wollte Steffi Hütter vielleicht darüber schreiben?«

Der Professor hat sich wieder gefangen: »Ach, wissen Sie, wir machen doch alle Fehler – irgendwann, irgendwie. Ich war damals jung und relativ unerfahren, und mein Chef hat mich einfach zu früh und zu wenig informiert an die Sache rangelassen.« Fridolin Leitners Tonfall bittet geradezu um Entschuldigung. »Wir haben uns dann ja mit der Patientin geeinigt.«

»Und wollte Frau Hütter das veröffentlichen?«

Der Professor seufzt: »Die hat doch gar nichts darüber gewusst. Jedenfalls hat sie mich nie darauf angesprochen. Ah, Frau Bauer, danke.«

Er nimmt ein Blatt Papier von seiner Sekretärin entgegen und setzt sich die Lesebrille auf. »Also, Frau Prader war von 4. bis 6. April hier. Zufrieden?«

Martin denkt nach. Das ist fünf Monate her. Da müsste sie das Atropin ja prophylaktisch entwendet haben. Zu einer Zeit, als ihr Mann noch gar nicht in Graz inszenierte. Und von Mara Sibelius noch keine Rede war. Vielleicht hat sie es für alle Fälle mitgenommen? Für all die anderen? Aber dann hätte man das Fehlen der Ampullen schon viel früher entdecken müssen. Nein, das ist eine Sackgasse.

Mit ungeduldigem Hüsteln holt ihn der Professor aus seinen Überlegungen zurück. »Es ist schon halb zwei! Ich muss dringend nach Haus, der Schlosser hat sich zwischen zwei und vier angesagt, und meine Frau muss weg. Wenn Sie also keine Fragen mehr haben ...« Leitner erhebt sich von seinem Sessel und signalisiert dem Chefinspektor damit, dass die Audienz zu Ende ist.

Doch der lehnt sich gemütlich zurück. »Eine Frage noch: Wo waren Sie in der Nacht, als Frau Hütter ermordet wurde?«

»Wie bitte?«

»In der Nacht, als Frau Hütter hier in der Klinik ermordet wurde.«

Ein Blick, der töten könnte: »Zu Hause, in meinem Bett. Ich habe geschlafen. Neben meiner Frau.« Nervöser Blick auf die Uhr. »Ich muss jetzt aber wirklich ...«

»Dann würde es Sie doch sicher nicht stören, wenn ich Sie jetzt nach Hause begleite, damit Ihre Gattin mir das bestätigen kann. Dann haben wir's hinter uns.«

***

Ins Herz-Jesu-Viertel ist er während seiner früheren Besuche in Graz nie gekommen, denkt Martin. Dabei ist es gar nicht so weit von der Universitätsgegend, wo Robert studierte und er ihn öfter getroffen hat. Von der Leonhardstraße bis zum vornehmen Ruckerlberg, wo ähnlich wie in

Mariagrün und Mariatrost größere Villen und viel Geld angesiedelt sind, reicht dieser Stadtteil. Martin hat sein Fahrrad bei der Hilmteichklinik stehen gelassen und ist mit dem Professor in dessen BMW in die Merangasse gefahren, wo Leitner wohnt.

»Das Herz-Jesu-Viertel ist was Besonderes«, erklärt der Professor stolz. »Es hat nicht nur den höchsten Kirchturm der Steiermark – der Turm der Herz-Jesu-Kirche ist über hundert Meter hoch –, sondern ist auch ein kleines eigenes Dorf in dieser Stadt.«

Martin schaut neugierig aus dem Fenster, und Leitner erzählt weiter: »Früher war das ja ländliches Gebiet, ein Vorort mit wenigen Straßen, offenen Bachläufen und ärmlichen Hütten. Aber in der Gründerzeit, also Mitte/Ende des neunzehnten Jahrhunderts, haben vorausblickende Städtebauer nicht nur die Grazer Ringstraße und das Glacis konzipiert, sondern auch die Stadterweiterung betrieben. Viele ländliche Vororte wurden eingemeindet. Und in der Zeit wurden hier die ersten größeren Häuser gebaut, Gründerzeitvillen, Palais.«

Als sie durch die Mandellstraße fahren, kommt Martin die Gegend doch vage bekannt vor. »War hier nicht irgendwo das *Theatercafé*?«

»Oh ja, das gibt es immer noch, da weiter vorne. Kennen Sie das *Theatercafé* denn? Als Wiener?«

»Aus meiner Jugend: Ich war mit einem Freund ein paarmal dort für einen Absacker nach einem langen Abend. Meistens weit nach Mitternacht. Woran ich mich erinnere, ist die Pianistin, eine uralte Frau, die am Klavier saß und alles an Alkohol konsumierte, was man ihr spendierte. Wie hieß die noch? Frau Anni? Nein, ich komm jetzt nicht drauf.«

Leitner lacht. »Ja, wir waren auch immer dort als Studenten. Ich trinke ja keinen Alkohol, aber der Kakao war göttlich.«

Inzwischen hat er das Auto vor einem kleinen Palais in der Merangasse geparkt, eine teilweise immer noch elegante Straße mit Baumalleen und denkmalgeschützten Häusern. Umso mehr wundert sich Martin, dass hier der Verkehr durchdonnert. Auch bei der Grazer Verkehrsplanung scheint es noch Luft nach oben zu geben, nicht nur in Wien.

»Als meine Großeltern hier einzogen, war es noch eine ganz ruhige Straße. Aber unsere Zimmer gehen ohnehin nach hinten in den Garten.« Leitner scheint Martins Gedanken lesen zu können. »Viele alteingesessene Besitzer verkaufen wegen der Lärmbelästigung. Unsere Nachbarn zum Beispiel.« Er zeigt gereizt auf die Nachbarvilla: »Die reißen sie jetzt nieder und bauen einen modernen Wohnkomplex. So kann man eine Stadt auch verschandeln.«

»Zum Leidwesen meiner Gattin harren wir immer noch hier aus«, flüstert er Martin zu, als er den Haustorschlüssel umdreht. »Aber ich bin hier daheim und möchte es auch bleiben.«

»Wie wunderbar, Herr Fridolin ist da!« Der höhnische Singsang Claudia Leitners schallt durchs Haus, als Leitner und Glück die Eingangshalle betreten.

»Na und?«, kommt es aus einem der Zimmer im Oberstock.

»Wolltest du dir nicht Geld von ihm leihen?«, ruft die Dame des Hauses hinauf und wendet sich dann den beiden Männern zu. »Wen hat unser Skalpellmeister denn da mitgebracht? Kennen wir uns nicht von der Vernissage in meiner Galerie?« Sie schaut Martin Glück neugierig an, erst dann wendet sie sich an ihren Mann. Ihr Gesichtsausdruck spricht Bände, und Martin denkt unwillkürlich: du armer Hund ...

»Dein Sohn braucht Geld. Sein Porsche hat was. Er wartet oben in seinem Zimmer.«

Leitner sieht sie an, als würde er ihr für sein Leben gern ein Skalpell von Ohr zu Ohr ziehen. »Ich hab ihm doch erst vor Kurzem fünftausend gegeben. Ich bin ja kein Bankomat.«

Seine Frau dreht sich kommentarlos um und geht. »Übrigens, das ist Chefinspektor Glück von der Kriminalpolizei«, ruft er ihr hinterher.

»Polizei, oooh, hat der große Meister wieder was verhunzt?« Claudia Leitner dreht sich zu Martin um. Ihr Lächeln ist entsetzlich, die Frau hat er schon bei der Vernissage zum Fürchten gefunden. Sie verkörpert so ziemlich alles, was er verabscheut. »Frau Leitner, ich bin gekommen, um *Ihnen* ein paar Fragen zu stellen.«

Es gefällt ihr nicht, doch sie behält ihr arrogantes Lächeln bei. »Magistra Leitner, wenn ich bitten darf. Für Ihre Fragen hab ich keine Zeit, mein Lieber, ich muss in meine Galerie. Fragen Sie doch ihn.« Sie greift nach ihrer Handtasche und macht eine Bewegung hin zur Tür.

»Nein«, stoppt Martin sie ziemlich laut. »Ich frage *Sie*. Wenn Sie jetzt keine Zeit haben, muss ich Sie vorladen. Es wird nicht lange dauern – Frau Magistra!«

Erstaunt, dass jemand es wagt, so mit ihr zu sprechen, bleibt Claudia Leitner abrupt stehen und sieht Martin beinahe bewundernd an. Auch das ist ihm unangenehm. Sie muss Anfang fünfzig sein und hat ein ebenmäßiges Gesicht, das frühere Schönheit ahnen lässt, doch inzwischen jeder Mimik entbehrt. Ein Lifting zu viel? Das zu einem Knoten nach hinten gekämmte, schwarze Haar und eine straff gespannte, glänzende Gesichtshaut, unter der das Schädelskelett deutlich hervortritt, zeugen von einem erbitterten Kampf gegen das Alter. Sie macht eine Handbewegung hin zum angrenzenden Salon. Antikes Mobiliar, Hochmodernes, viel Kunst, fast zu viel, sodass der Raum prätentiös und überladen wirkt.

»Wo waren Sie in der Nacht vom 22. auf den 23. September?«, fragt Martin und nimmt am Rand eines überdimensionalen Sofas Platz. Ihm gegenüber auf zwei fragilen Biedermeier-Sesseln sitzen Leitner und seine Frau, beide kerzengerade und mit viel Abstand zwischen sich.

Sie holt das Handy aus ihrer Handtasche und checkt den Kalender. »Wenn Sie es unbedingt wissen müssen, ich war bis etwa zehn Uhr abends in meiner Galerie, um die Vernissage vorzubereiten. Danach bin ich hierher und habe mich hingelegt.«

»Und Ihr Mann?«

Eine hochgezogene Augenbraue: »Was soll mit dem sein? Keine Ahnung.«

Leitner mischt sich ein. »Aber Claudia, du kannst doch bezeugen, dass ich neben dir geschlafen habe die ganze Nacht.«

Sie bekommt einen Lachanfall. »Ach, daher weht der Wind. Herr Fridolin braucht ein Alibi. Na, das kann ich dir nicht geben, Skalpellmeisterchen. Du weißt doch, dass ich immer Schlaftabletten nehm.« Entschuldigend zu Martin: »Unsere beiden Kinder wohnen immer noch zu Hause, und mein Schlafzimmer wird gerade umgebaut. Daher vorübergehend das gemeinsame Schlafzimmer.« Martin hatte sich schon gewundert. Also kein Alibi für den Professor. Aber er hat tatsächlich Mitleid mit ihm.

»Sind Sie denn vor ihm zu Bett gegangen?«

»Ja, er hat unten noch ferngesehen, die Kinder waren beide unterwegs, so vergnügungssüchtig, die heutige Jugend. Und ja, ich bin eingeschlafen, bevor Fridolin das Ehebett mit seiner Anwesenheit beehrte.« Zu ihrem Mann: »Es tut mir wirklich leid, Schatz, dass ich dir kein Alibi geben kann.« Sie schlägt ihre Beine übereinander und enthüllt die roten Sohlen ihrer Pumps: »Kann ich sonst noch was für Sie tun, Herr Chefinspektor?«

Kann sie. »Sagt Ihnen der Name Steffi Hütter etwas?«

Ihre Stimme bleibt unverändert – gelangweilt, leicht näselnd, mit einem guten Schuss Bosheit: »Die Journalistenschlampe, die ein Buch über seine großartigen Taten schreiben wollte? Die hat dich doch angehimmelt und ist dann in deiner Klinik gestorben, das kommt aber gar nicht gut. Deine Geliebten werden auch immer älter, oder, Schatz?«

Sie tätschelt die Hand ihres Mannes, und es liegt ein Königreich von Hass oder Verachtung oder beidem in dieser Geste. Zu Martin: »Ich kannte sie nicht persönlich, mit so was verkehre ich nicht. Braucht er wegen dieser Person etwa ein Alibi? Wissen Sie, einen Mord trau ich meinem lieben Gatten nicht zu. Dafür braucht es Mumm – und den hat er nicht.«

Martin ignoriert den letzten Satz: »Waren Sie eifersüchtig auf Steffi Hütter?«

Diese Frage findet sie schon wieder komisch. »Schau ich aus wie die liebende Ehefrau, die der Rivalin den Garaus macht? Verbrechen aus Leidenschaft? Ich bitt Sie, Herr Glück – was für ein witziger Name das ist, geradezu verpflichtend, oder? Wie hat Ihnen übrigens die Vernissage gefallen? War sie nicht großartig?«

Martin ist aufgestanden, noch während sie sprach. »Danke für Ihre Zeit. An die Vernissage kann ich mich kaum noch erinnern. Sie war bestenfalls mittelmäßig. Und danke, ich finde allein hinaus.«

Dreht sich um und verlässt den Salon, die Villa. Hinter ihm herrscht tödliches Schweigen.

Kapitel 16

Nach dem Kauf von drei Paar bunten Socken sitzt Martin Glück im Dachterrassencafé von Kastner & Öhler, dem Grazer Nobelkaufhaus in der Sackstraße, und genießt den Blick auf die Dachlandschaft der Innenstadt mit den zum Teil sechshundert Jahre alten Terrakotta-Dachziegeln. Martin hat gelesen, dass die roten Dächer Teil des Grazer Weltkulturerbes sind, und er fragt sich, wie sein Maler-Vater diesen Anblick wohl auf Leinwand gebannt hätte. Martin lässt nach peinlichen Malversuchen am Wörthersee die Finger von Pinsel und Farbe. Immerhin hält er das rote Dächermeer mit der Handykamera fest.

Für Lily ist ein flüchtiger Gedanke, der schnell den Tatsachen weicht. Die Beziehung geht mehr und mehr dem Ende zu. Überhaupt seit sie den Ausflug in die Südsteiermark abgesagt hat. Am meisten ärgert er sich über die Begründung: Sie muss die Tochter zu ihrem italienischen Vater nach Treviso fahren, da Sophie dort ihre Herbstferien verbringt. Denn der großartige Giovanni, der nach fünfzehn Jahren plötzlich wieder in Kärnten aufgetaucht ist und seither Vater spielt, hat keine Zeit, seine Tochter abzuholen. Und Lily? Sie hat wohl Zeit für Treviso, aber nicht für ihn. Eifersucht? Gekränkte Eitelkeit? Er weiß es nicht. Jedenfalls sitzt er jetzt hier allein und kann die Freude über den grandiosen Ausblick mit niemandem teilen. »Wer wohnt eigentlich unter diesen Dächern?«, fragt Martin den Kellner, der ihm eine weiße Mischung bringt. Er wundert sich, dass die Dachlandschaft derart homogen und nicht von Ausbauten mit eingeschnittenen Terrassen unterbrochen ist.

Während der Kellner desinteressiert mit den Schultern zuckt, antwortet ein Gast vom Nebentisch. »Hauptsächlich sind dort drin Ateliers und Werkstätten. Der Ausbau von Dachwohnungen ist in der Innenstadt ein bisserl haaklich«, erläutert der Mann mit vornehm näselndem Grazer Akzent, bei dem oft Vokale in die Länge gezogen werden. »Weil ja die Dächer net veräändert werden dürfen, sind tausend Einschränkungen und Genehmigungen notwendig.«

Martin bedankt sich und prostet dem Informanten zu. Wieder was gelernt. Am Sonntag der Schlossberg, gestern das Herz-Jesu-Viertel, heute die roten Dächer von Graz. Und natürlich hat er den »Friendly Alien«, das Kunsthaus jenseits der Mur, besucht, ebenso die Murinsel und die schönen Gassen um den Lendplatz. Mittlerweile weiß er über Graz beinahe mehr als über Wien. Ist halt so, dass man in einer anderen Stadt alles kennenlernen will, während man zu Hause dran vorübergeht.

Beim Herz-Jesu-Viertel fällt ihm der bedrückende Besuch in Leitners Palais ein. *Herr Fridolin* und *Skalpellmeisterchen* – er bekommt eine Gänsehaut beim Gedanken an so viel Bösartigkeit. Warum lässt sich ein erfolgreicher Mann von seiner Frau so demütigen? Warum verlässt er sie nicht? Martin hat ja selbst die Erfahrung gemacht, dass eine Trennung kein Kinderspiel ist, und die Beziehung zu Lily hat das endgültige Aus mit Larissa schon erleichtert. Vielleicht wäre Steffi Hütter für Leitner ein Sprungbrett in die Freiheit gewesen? Hat deshalb seine angetraute Furie dazwischengefunkt? Mord aus Leidenschaft traut er ihr allerdings nicht zu. Aber natürlich konnte »Frau Magistra« in der Klinik ihres Gatten jederzeit ein- und ausgehen und hätte sich das Atropin beschaffen können.

Alma Zoppot hat sich zwar nicht daran erinnert, dass ihr außer Mara Sibelius und Schwester Inge jemand begegnet sei. Aber wer weiß. Erinnerungen sind so unzuverlässig. Lass fünf Zeugen einen Vorfall beschreiben, und du bekommst fünf Versionen des Geschehens.

Martin bezahlt und nickt dem Nebengast noch einmal dankend zu. Vor dem Kaufhaus hat ein Zeitungsverkäufer seine Waren auf dem Gehsteig ausgebreitet. »*Gloria-Star Opfer eines Giftanschlags*« – die Headline auf der Titelseite der *Steirerkrone*. Darunter ein Jugendfoto von Alma Zoppot. Er kauft die Zeitung und geht vor zum Hauptplatz, wo er sich auf die Wartebank einer Straßenbahnhaltestelle setzt, um den Artikel zu lesen. Natürlich konnte Alma es nicht lassen, sich medial zu vermarkten. Das sei bei Schauspielern nicht nur Eitelkeit, hat Gigi Altenbacher ihm erklärt. Der Marktwert steige mit der Präsenz in den Medien. Aber was hat Alma noch davon, die ist ja schon längst aus dem Geschäft?

Ich hab mich so über die Pralinen gefreut, wo ich ja für mein Leben gern nasche. Das war dem Täter wohl bekannt, O-Ton Alma in dem Artikel. Dann stellt sie Vermutungen darüber an, dass vielleicht jemand aus ihrer Vergangenheit, über den sie zu viel weiß, den Anschlag verübt habe. Sie denke da an einen berühmten Regisseur, wolle aber keine Namen nennen.

Almas Verdächtigungen grenzen scharf an Verleumdung, denkt Martin, und dass sie ermittlungstechnisch wertlos sind. Was er braucht, ist eine Verbindung Praders zur Hilmteichklinik. Als er die Zeitung in einen Papierkorb werfen will, zögert er kurz. Sein Gefühl sagt ihm, dass etwas an dem Artikel nicht stimmig ist. Er entfaltet sie noch einmal und liest das Interview von vorn. »*... wo ich für mein Leben* *gern nasche.«* Das war's! Hat nicht Romana erst kürzlich das Gegenteil behauptet?

»Ah geh, die isst doch nie was Süßes«, erklärt ihm Romana auf Nachfrage am Telefon. Sie ist gerade mit Alex zum Bahnhof unterwegs. Es geht zurück nach Kärnten. »I hab sie ja in Wien erlebt. Nudeln, Pasta – ja, feinster fetter Käs – ja, Salami, Prosciutto – ja, Champagner sowieso, aber Siaßes hat sie immer abg'lehnt. Angeblich hat sie sich irgendwann mit Malakofftorte überfressen.«

Warum dann die Pralinen? Hat sie die aus Neugierde gekostet? Oder ganz bewusst? Weil sie den »Anschlag« womöglich selbst geplant hatte?

Martin pfeift und wird von einer älteren Dame missbilligend angeschaut. Ist ihm wurscht, denn der Gedanke ist elektrisierend: Alma, die Trittbrettfahrerin! Dank Felix stand das mit dem Atropin ja in der Zeitung. Und mit einer harmlosen Dosis Gift ins Spital eingeliefert zu werden, danach ein Interview zu geben, im Rampenlicht zu stehen und gleichzeitig dem verhassten Prader eins auszuwischen – das klingt schon nach der Alma Zoppot, wie er sie kennt.

***

Alma blinzelt treuherzig, als Martin ihr vorwirft, mit ihrem Interview die Ermittlungen zu behindern. Er hat sie angerufen und sich mit ihr für einen Stadtspaziergang verabredet. Sie haben sich bei der Weikhard-Uhr am Hauptplatz getroffen und gehen die Herrengasse entlang zum Jakominiplatz.

»Ich weiß gar nicht, worüber Sie sich aufregen, Martin. Die Öffentlichkeit hat ein Recht zu erfahren, was mir zugestoßen ist«, deklamiert Alma laut und sichert sich die Aufmerksamkeit der Vorübergehenden. »Ich bin schließlich nicht irgendwer. Und als Promi auch Opinionleader. Warum sollte ich den Prader schonen? Sie ermitteln ja auch gegen ihn, Martin. Und ich bin überzeugt, dass *er* mir die Pralinen geschickt hat. MeToo, Sie wissen schon.«

Mit einem spitzen Schrei bleibt sie vor dem Schaufenster eines Schuhgeschäfts stehen. »Genau die such ich schon seit einer Ewigkeit!« Ob es dem Chefinspektor etwas ausmacht, wenn sie nur schnell hineingeht …?

Es macht ihm was aus. Martin erinnert sich an die quälende Langeweile, wenn er Larissa zum Schuhkauf begleitet hat, und dass »schnell Hineingehen« in Verbindung mit Frauen und Schuhen ein Paradoxon ist. »Wenn Sie jetzt lieber einkaufen, als mit mir zu reden, kann ich Sie ja ganz offiziell vorladen.«

Kurze Kunstpause, der Schmollmund steht ihr nicht. Danach sein Überraschungsangriff: »Im Übrigen glaube ich, dass Sie den Giftanschlag selbst inszeniert haben!«

Alma erblasst. »Iiiich? So was selbst inszeniert?« Ihre Stimme überschlägt sich kurz, Sekunden später hat sie sich wieder im Griff und fragt: »Wie kommen Sie denn darauf? Und warum sollte ich das tun?«

»Um im Rampenlicht zu stehen.«

Das tut sie doch immer! Alma überlegt und entscheidet sich dann für ein Geständnis samt Entschuldigung, die geradezu kokett daherkommt: »Mein Gott, Martin, es war doch nur eine kleine, harmlose Schwindelei.«

Ein großes Quäntchen Wut: »Es war eine vorgetäuschte Straftat und Irreführung der Behörden. Wissen Sie, wie viel Zeit uns die Suche nach dem ominösen Täter gekostet hat?« Lauter: »Dafür könnten Sie ins Gefängnis gehen!« Jetzt drehen sich die Passanten nach ihm um.

Alma ist kurz erschrocken, fängt sich aber wieder: »Ich bitt Sie, lassen wir die Kirche doch im Dorf. Mal ehrlich, viel wurde bis jetzt nicht ermittelt. Und Sie haben ja keine Ahnung, wie wichtig es in unserem Beruf ist, im Gespräch zu bleiben. Geschadet hab ich damit niemandem wirklich. Außer mir selbst, dieses Atropin hätt mich ja wirklich fast umgebracht. Ich darf gar nicht daran denken, was ich riskiert hab! Und dem Prader hab ich vielleicht ein bisschen geschadet, aber verdient hat er es auf jeden Fall.«

Damit ist Alma Zoppots Welt wieder in Ordnung.

Aber nicht Martins Welt. Am liebsten würde er sie auf der Stelle verhaften – wegen Blödheit. Erregung seines Ärgernisses. »Und woher hatten Sie das Atropin?«

Alma wird plötzlich sentimental: »Ach, von meinem lieben Edgar, Gott hab ihn – na ja, er lebt ja noch. Der leidet doch an Herzrhythmusstörungen und hat das als Medikament verschrieben bekommen. Aber genommen hat er's nicht – wegen der Nebenwirkungen. Irgendwo hatte er nämlich gehört, dass sich das auf die Potenz auswirkt. Stand zwar nicht im Beipackzettel. Wie dem auch sei, er hat es sich trotzdem von seinem Arzt verschreiben lassen.«

»Und was hat er damit gemacht?«

»Aufgehoben. Wer weiß, wozu man die noch einmal braucht, hat er immer gesagt. Als ich ihn dann verließ, da hab ich welche mitgenommen. So für alle Fälle ...«

»Und wie kam das Atropin aus den Tabletten in die Pralinen?«

»Aufgelöst und mit einer Einmalspritze – die kriegt man in jeder Apotheke.«

Im Labor, denkt Martin, kann man sicher feststellen, ob es sich um aufgelöste Tabletten gegen Rhythmusstörungen oder um eine Injektionslösung Atropinsulfat handelt. Denn auch Alma hätte in der Klinik die Atropinampullen stehlen können. Eines will er noch von ihr wissen: »Kennen Sie diese Frau?« Er zeigt ihr ein Foto von Claudia Leitner aus einem Prospekt.

Alma schaut es sich nur flüchtig an. »Ja, die hab ich vor Kurzem gesehen. In der Zeitung. In einem Artikel über eine Vernissage. Ich glaub, sie hat eine Galerie hier in Graz. Das knöcherne, fünfzehnmal gespannte Skelett hab ich mir gemerkt – als abschreckendes Beispiel.«

»Haben Sie sie in der Hilmteichklinik getroffen?«

Echtes Erstaunen jetzt. »Nein, wieso? Sagen Sie bloß, die wurde dort so zugerichtet? Das kann dann aber nur diese Russin gewesen sein, denn der Professor Leitner ...«

Martin unterbricht sie. »So, nun können Sie Ihre blöden Schuhe anprobieren. Mir reicht's jetzt nämlich. Ich werde Ihren Fall beerdigen, aber die Anzeige, die Sie dafür kriegen, hat sich gewaschen, das verspreche ich Ihnen. Und natürlich müssen Sie für die Laborkosten aufkommen.« Was ihr nicht viel ausmachen wird, denkt Martin. Schließlich hat sie einen Batzen Geld geerbt. Er dreht sich zornig um und macht sich auf den Weg ins Landeskriminalamt.

***

Das Palais Inzaghi ist ihr vertraut. Vor einigen Monaten hat sie im *Dom-Hotel* gewohnt – in eben jener Suite 23, die Alma Zoppot so angeberisch in dem Zeitungsinterview erwähnt hat. Gisela Prader geht an der Rezeption vorbei direkt zum Lift und fährt in den letzten Stock.

Was glaubt diese Person eigentlich, ihren Mani in einem Interview derart diffamieren und des Mordversuchs beschuldigen zu können, auch wenn sie ihn nicht direkt beim

Namen genannt hat. Und dann der Hinweis auf ihre MeToo Kampagne, in dem sie einen »berühmten Regisseur« outen will. Ihrem Mann hat Gisela es noch nicht gesagt. Sie will ihn nicht von der Probenarbeit in Berlin ablenken. Außerdem ist er immer besonders sensibel, wenn er mit einer neuen Produktion beschäftigt ist. Gisela muss für einen Tag nach München, aber am Samstagabend treffen sie sich in der Grazer Villa, und da wird sie ihm schonend beibringen, welches Gift Alma medial versprüht hat.

Alma Zoppot öffnet auf Giselas Klopfen ohne Nachfrage die Tür. Na, wenn ich grad Opfer eines Giftanschlags geworden wäre, ließe ich ein bisschen mehr Vorsicht walten, denkt die Besucherin.

Alma ist nicht unbedingt angenehm überrascht: »Was wollen *Sie* denn hier?«

Gisela Prader lächelt gezwungen freundlich: »Mit Ihnen von Frau zu Frau sprechen, Alma.«

»Hat der Emanuel Sie geschickt?«

Soll sie ewig draußen stehen bleiben? »Nein, Alma, er weiß gar nichts von meinem Besuch. Er probt derzeit in Deutschland.« Gisela ist die Sanftheit in Person, und ihr Lächeln ist ebenso freundlich wie falsch.

Letztlich lässt Alma sie doch eintreten, und sie nehmen in dem großen hellen Wohnzimmer nebeneinander auf dem Sofa Platz.

»Warum beschuldigen Sie meinen Mann?«, eröffnet Gisela, immer noch ruhig, das Gespräch.

Alma antwortet, ohne zu zögern: »Weil er mich seinerzeit fast vergewaltigt und dann fallen gelassen hat. Nach *Gloria* hab ich keine richtige Rolle mehr bekommen! Dieses Scheusal hat meine Karriere zerstört!« Mit jedem Wort wird Alma lauter.

»*Gloria?*«, Gisela erinnert sich dunkel an den Film, bei dem Mani seinerzeit Regie geführt hat – lange bevor sie ihn kannte. »Da haben Sie mitgespielt?« Das war wohl der falsche Ansatz. »Mitgespielt?«, kreischt Alma. »Ich war der Star dieses Films, die Leute reden mich heute noch darauf an!«

Gisela versucht sie zu beruhigen. »Aber das ist doch so lange her. Warum wollen Sie sich jetzt dafür rächen, dass er Ihnen damals keine Rolle mehr gegeben hat?«

»Vergewaltigt hat er mich. Fast. So wie er es mit allen macht. Der Mara Sibelius zum Beispiel. Noch nie von MeToo gehört, Gisela? Von Weinstein? Und jetzt will er mich zum Schweigen bringen und schickt mir vergiftete Pralinen. Und die anderen? Die hat er schon mundtot gemacht. Die Sibelius und auch diese Journalistin in der Hilmteichklinik. Die wollte wahrscheinlich über ihn auspacken.«

Gisela Prader könnte ihr jetzt eine ganze Armada von Watschen geben, doch sie hält sich – noch – zurück: »Schauen Sie, Alma, er nutzt halt manche Gelegenheit und braucht seine sexuellen Eskapaden für seine Kreativität. Aber er hat sicher nie jemanden gegen den Willen … Was kann ich Ihnen anbieten, damit Sie sich von der, sagen wir, missverständlichen Beschuldigung distanzieren? Soll ich mit ihm wegen einer Rolle für Sie reden? Oder können wir uns finanziell irgendwie einigen?«

Alma stampft theaterreif mit dem Fuß auf. »Oh nein, meine Liebe! Erstens weiß ich, dass Sie künstlerisch null Einfluss auf ihn haben. Und Geld? Hab ich selber genug. Aber er hat wohl recht. Erst unlängst hat er mir gesagt, Sie wollten alles mit dem schnöden Mammon regeln. Auch ihn versuchen Sie damit zu halten. Aber er will sich nicht länger kaufen lassen von einer Frau, die er im Grund verabscheut.«

Gisela weiß, dass das nicht stimmt. Jedes giftige Wort dieser schrecklichen Frau ist eine Lüge, eine gemeine Lüge, und dennoch ... ihr fehlen die Worte für eine Antwort. Sie spürt Tränen aufsteigen. Auf keinen Fall will sie vor diesem Weib weinen! Als sie in ihrer Handtasche nach einem Taschentuch tastet, spürt sie etwas Metallenes – und greift zu.

***

Martin sieht sich im Internet die Zimmer des *Weinguts Skoff* in Gamlitz an, während er auf einen Rückruf von Angela Polz wartet. Er wollte die Lektorin um die Zusendung des Exposés von Steffi Hütter bitten, hat sie aber noch nicht erreicht. Die Zimmer beim *Skoff* gefallen ihm sehr, und der Ausblick über die Weingärten bis nach Slowenien ist traumhaft. Nachdem er auf »Buchen« geklickt und seine Daten eingegeben hat, ruft er Gigi Altenbacher an.

»Ich hab jetzt beim *Skoff* das Zimmer gebucht und fahr morgen in aller Früh, um noch möglichst viel vom Tag zu haben. Kannst du mir heut Abend noch ein paar Südsteiermark-Tipps geben?«

Kann sie nicht, weil sie Vorstellung hat. Ob er nicht ins Theater kommen will?

Seit *Lumpazivagabundus* hat Martin für eine Weile genug vom Theater. Er denkt fieberhaft über eine Ausrede nach, und grad jetzt fällt ihm nichts ein.

»Keine Angst«, lacht Gigi, »ist kein Regietheater, sondern eine wirklich lustige Komödie von Feydeau: *Ein Klotz am Bein*. Ich hinterleg dir eine Regiekarte bei der Abendkassa. Und nachher wartest auf mich, ja? Dann können wir ja immer noch ein bissel über die Südsteiermark reden. Vielleicht bei einem Glas Wein im *Santa Clara*.«

Schon überredet. Er bedankt sich bei Gigi und denkt nicht zum ersten Mal, dass er ihre lustige, unkomplizierte Art ziemlich anziehend findet. Bevor er nach Hause geht, um sich fürs Theater umzuziehen, noch ein Versuch im Büro von Angela Polz, da sie nicht ans Handy geht. »Frau Polz ist im Ausland. Sie ist erst am Montag wieder im Verlag zu erreichen«, erfährt er.

Auch gut. Er wollte das Exposé über den Kindsmord oder -selbstmord zwar am Wochenende in der Südsteiermark lesen, aber das hat auch bis Montag Zeit. Vielleicht ist es gut, einmal zwei Tage ganz abzuschalten, und er nimmt sich vor, achtundvierzig Stunden lang an nix Mörderisches zu denken.

***

Schon lang hat er nicht so viel gelacht. Und mit ihm der Rest des Publikums. *Ein Klotz am Bein* ist ein herrlicher Spaß, und Gigi, die er zum ersten Mal auf der Bühne erlebt, gibt eine wunderbar betuliche Gouvernante. Keine große Rolle, aber sie kommt beim Publikum an. Nicht enden wollender Applaus, als der Vorhang zur Pause fällt. Martin drängt sich zum Buffet, wo seine Geduld auf die Probe gestellt wird. Als er endlich das ersehnte Glas Bier in Händen hält und den ersten Durst gestillt hat, stößt ihn im Gedränge jemand an, und das Bier landet auf seiner Hose. Kurzes Fluchen, dann erkennt er die Täterin: Schwester Inge aus der Schönheitsklinik. Tausend Entschuldigungen von ihrer Seite, und schließlich einigt man sich, Inges Piccoloflascherl Sekt zu teilen. Einig sind sich die beiden auch über die Aufführung.

»So a Spaß, genau des Gegenteil von dem schrecklichen *Lumpazivagabundus*«, urteilt Inge. Warum sie sich die

Nestroy-Aufführung, die eh von den meisten Zeitungen verrissen wurde, überhaupt angeschaut hat, will er wissen.

»Ich hab die Karten doch vom Regisseur persönlich gekriegt, dem berühmten Herrn Prader. Da hab i mi net traut, Nein zu sagen«, erzählt die Krankenschwester.

Martin hofft auf eine harmlose Erklärung: »Woher kennen Sie denn den Prader?«

Schwester Inge bleibt ganz unbefangen: »Sei Frau war ja vor a paar Monat bei uns, da hat er sie besucht, und da hamma uns ganz guat unterhalten.« Und unlängst sei er wieder vorbeigekommen, um die berühmte deutsche Brustvergrößerung zu besuchen. Namen dürfe sie leider nicht nennen. Und da hätten sie ein paar Worte gewechselt, so ein interessanter Mensch ...

Martin unterbricht sie: Was sie unter *unlängst* verstehe?

»Na ja, eh kurz bevor wir zwa uns kenneng'lernt haben in der Klinik, Herr Chefinspektor.« Ein Flirtversuch, der ins Leere geht. Denn Martin Glück entschuldigt sich und geht auf den Gang, wo er sein Handy einschaltet. Er ruft Felix Wagner an. Triumphierend: »Wir haben die Verbindung zwischen Prader und der Hilmteichklinik.«

Kapitel 17

Die Stimme erreicht ihn durch einen langen, dunklen Tunnel. Die Worte kommen im Zeitlupentempo bei ihm an. Er versteht, doch er kann nicht sprechen. Sich nicht bewegen. Ist er tot? Gehört diese Stimme einem Engel oder dem Teufel?

Die Stimme sagt schreckliche Dinge, so viel Hass, auf den er nicht reagieren kann. Weil seine Zunge ihm nicht gehorcht. Er ist unfähig, seinen Kopf zu heben, diese Couch zu verlassen. Sein Körper, dieser schwere Körper, hat sich gegen ihn gewendet, er gehorcht ihm nicht mehr. Mit geschlossenen Augen sitzt, liegt er da und versucht zu verstehen, was mit ihm geschehen ist. Da war dieser Stich in den Arm, das tat nicht weh. Und kurz danach setzte die Lähmung ein, mit einem Mal war er unfähig, auch nur den kleinen Finger zu heben. Bloß sein Hirn funktioniert noch, sein brillantes, unvergleichliches Hirn, das so viel Großes erschaffen hat. Wo ist Gisela? Warum ist sie nicht zu Hause und beschützt ihn? Vor dieser Stimme, die nicht aufhört, ihn zu quälen ...

Genies sterben jung. Doch er will noch so vieles schaffen. Den »Jedermann« in Salzburg und den »Lohengrin« in Bayreuth. So vieles, das noch in ihm steckt ... und die Stimme dringt aus immer weiterer Ferne an sein Ohr. Wortfetzen, so viel Hass, und er kann seine Augen nicht mehr öffnen. Das Atmen fällt ihm auf einmal schwer. Und das ist der Punkt, an dem er Panik in sich aufsteigen spürt. Etwas Warmes, Feuchtes rinnt an seinen Beinen hinab. Ihm ist kalt und heiß zugleich. Er will weinen und schreien, fluchen und um sich schlagen. ER WILL NOCH NICHT STERBEN!

Die Stimme ist verstummt. Das macht ihm noch mehr Angst. Denn er fühlt, dass er beobachtet wird. Dass da jemand ist, der alles mit ihm machen kann, unaussprechliche Dinge. Und das ausgerechnet ihm, der immer Kontrolle wollte über sich und andere. Diese Macht brauchte wie die Luft zum Atmen. Er spürt, dass Atmen eine Anstrengung wird, dass er es nicht mehr schafft, Sauerstoff zu inhalieren. Panik, diese verdammte Panik, die jetzt auch sein Hirn vernebelt, es gleichsam von innen heraus auflöst.

Ganz ruhig bleiben, denkt er, nur flach atmen, sich allein darauf konzentrieren. Doch die Panik ist viel stärker als er. Er ringt nach Luft. Röchelt nach dem Stoff des Lebens. Öffnet unter wahnsinniger Anstrengung die Augen, glaubt es zumindest. Ganz still ist es jetzt. Kein weißes Licht. Die Scheinwerfer sind aus. Der Vorhang fällt. Sein Herz schlägt lauter als jemals zuvor. Dann hört es auf.

Kapitel 18

Wie hätte er Nein sagen können, als Gigi ihn fragte, ob sie mitkommen könne? Weil sie doch ihre Eltern besuchen wollte an diesem Wochenende, und wenn er sowieso runterfahre in die Südsteiermark ...

Das kleine Weingut ihres Vaters liege unweit von Skoffs Anwesen, man könne beinah rüberspucken, meinte Gigi, die ihre Reisetasche schon gepackt, also eine Ablehnung nicht erwartet hatte. Ein Glück, sagte sie, dass das Wetter mitspiele, denn in der Herbstsonne sei ihre Heimat am schönsten. Noch ein Glück, dass Martin nun eine Beifahrerin habe, die ihm zudem als Fremdenführerin diene, ganz umsonst ...

»Na dann«, sagte Martin schließlich und steuerte sein altes VW-Cabrio gemächlich über die Autobahn Richtung Leibnitz, dann auf die Abzweigung nach Spielfeld, der Grenzstadt zu Slowenien. Navigationslos folgt er Gigis Richtungsanweisungen und freut sich jetzt, dass sie dabei ist an diesem Wochenende, seinem ersten freien, unbeschwerten, das ihn aus Graz herausführt.

Nach Verlassen der Autobahn kommen bald die ersten Weinberge in Sicht, diese rebenbewachsenen Hügellandschaften in allen Schattierungen von Grün, unterbrochen von Wäldern und manchmal Häusern, alte und neue, kleine und prächtige. Auf der schmalen Asphaltstraße schleicht Martin dahin, um die Landschaft auf sich wirken zu lassen.

»Ich bilde mir ein, die Hügel wären erstarrte Wellen, und die Häuser sitzen darauf wie Schiffe«, zitiert Gigi den Grazer Schriftsteller Gerhard Roth. »Weil hier vor Millionen Jahren Meer war, und deshalb haben wir Böden aus Sand und Muschelkalk, Schiefer und Schotter, also den perfekten Untergrund für viele Weinsorten, vor allem Sauvignon Blanc, Weißburgunder, Welschriesling, Morillon, Muskateller …«

Gigi weist auf die Türmchen einer Villa im Tudorstil. »Die gehört Pinky Wall, von Beruf Erbe, angeblich hat der eine Treppe aus Muranoglas. Er soll hier wilde Partys geben, leider war ich noch nie eingeladen.«

Vorbei an der Türmchenvilla konzentriert Martin sich wieder auf die Straße, es ist relativ viel Verkehr, im September und Oktober, also kurz vor und nach der Lese, ist am meisten los auf den vier Weinstraßen. Gigi redet, als würde sie dafür bezahlt: »Auf der steirischen und zum Teil slowenischen Seite werden rund 4.600 Hektar bebaut, vor allem Weißer, und wir haben insgesamt 3.000 Betriebe, die durchschnittlich 1,4 Hektar bewirtschaften. Kleine Weinbauern wie meine Eltern vermarkten ihren Wein in eigenen Buschenschanken, für Handel sind da die Mengen einfach zu gering. Der größte Weinbauer ist inzwischen der Tement, der hat mit 3,5 Hektar angefangen, und jetzt besitzt er 800 Hektar. Aber auch Polz und Sabathi, Tscheppe und Skoff gehören zu den Großen …«

»Du bist ein wandelndes Weinlandlexikon«, sagt Martin, und Gigi wirft ihm einen sehr schrägen Seitenblick zu. »Ich dachte, es interessiert dich. Und da – schau: Das ist der berühmte Klapotetz, das einmalige steirische Windradl, das wird aus verschiedenen Holzarten gebaut und am Annatag im Juli aufgestellt.«

Am Klapotetz vorbei zum nächsten Ausblick. Zum Trinken ist es noch zu früh, doch Martin findet die Aussicht auf die grünen, rebenbewachsenen Hügel schon berauschend. Gigi dirigiert ihn jetzt zum Demmerkogel im Sausal, der nach ihrer Meinung schönste Ort der Südsteiermark mit einer wahnsinnigen Fernsicht bis ins benachbarte Slowenien. In St. Andrä-Höch fotografiert Martin nicht nur die scheinbar endlose Hügellandschaft, sondern auch den größten Klapotetz der Welt, 16 Meter hoch, eine gigantische hölzerne Vogelscheuche. Davor Gigi, die eine Vogelscheuche imitiert und mit den Armen rudert. Sie sieht hübsch aus mit ihrer langen Lederhose, der karierten Bluse und dem steirischen Janker, Martin hat es nicht mit Trachten, aber manchen Leuten stehen sie. Gigi zum Beispiel. Das sagt er ihr auch, und sie scheint sich über das Kompliment zu freuen. »Wenn du einmal mehr Zeit hast als ein Wochenende, müssen wir in die Heiligengeistklamm direkt an der slowenischen Grenze. Dort wächst ein Farn, den es sonst nur in Norwegen gibt. Es hat Riesenfarne und Wasserfälle und Schmetterlinge ... und es ist so verwunschen wie eine Märchenlandschaft.«

»Unbedingt«, sagt Martin und denkt ganz kurz an den Fall und daran, dass er auch ein paar Tage Urlaub gebrauchen könnte. Wandern in der Südsteiermark – das wär schon nach seinem Geschmack. Man muss ja kein ausgewiesener Weinkenner sein, um das ein oder andere Glas zu genießen. Doch bei der Weiterfahrt erzählt ihm Gigi, dass in der Südsteiermark auch Gin produziert wird, ein Bier mit Namen »Russian Imperial Stout« und das Weinbier der Brauerei Leutschach, eine Mischung aus Hopfen und Weinaromen.

Martin nimmt sich vor, beides unbedingt zu probieren, während sie ihm von den Haubenlokalen der Region vorschwärmt – den *Saziani Stub'n* in Straden, Fuchs, Thaller und *Die Weinbank* von Tement, *Kogel 3*, *Liepert's Kulinarium* ...

»Und was hat das noch mit Buschenschanken zu tun?« Martin flucht leise, weil er jetzt hinter einem Traktor hinterhertuckert, dann aber sagt er sich, dass er bei diesem Tempo noch viel mehr Zeit zum Schauen hat.

»Na, nix. Aber du musst dir vorstellen, was für Leut hier inzwischen Häuser haben – der Mateschitz, der Pischetsrieder, Peter Kraus, der Pinky-Playboy, viele Künstler ... und dann noch die Gäst in den Luxusherbergen ...«

»Ist mir alles ein bisserl viel Luxus«, sagt Martin.

»Ach geh, wer's nicht mag, für den gibt's auch noch die einfachen Gasthäuser und Buschenschanken, meine Eltern zum Beispiel vermieten zwei ganz schlichte Gästezimmer, da hättest auch übernachten können.«

»Als ich gebucht hab, wusst ich ja noch nicht, dass du mitfährst.«

Sie ist unbeeindruckt. »Stimmt auch wieder, aber für eine Abendjause kommst du schon zu uns rüber. Meine Mama ist eine große Köchin, und wer einmal ihren Polentaauflauf gegessen hat, wird ihn nie vergessen. Und das Backhendl – mit Haut natürlich.«

Martin spürt ein Hungergefühl und schaut auf die Uhr. Es ist kurz vor zwölf, also legitime Mittagessenszeit. Außerdem hat er nichts gefrühstückt. »Sollen wir kurz pausieren und irgendwo eine Kleinigkeit essen?«

Gigi dirigiert ihn nach Leutschach, das liege eh auf dem Weg nach Gamlitz. »Dort sind weniger Touristen, weißt, irgendwie ist der Ort noch so im alten Stil, ich mag das.«

Ich auch, denkt Martin und hält auf ihre Anweisung vor der Tür eines unscheinbaren Hauses schräg gegenüber der Kirche. Gigi geht voran und wird von einem jungen Mann mit Bart begrüßt, offensichtlich ist sie nicht zum ersten Mal da. Sie stellt Martin den Besitzer Manuel Liepert vor und preist den genialen Koch. »Und das ist Chefinspektor Martin Glück. Wenn du uns nicht was ganz Feines zauberst, wirst du verhaftet.«

Haubenküche! Martin weiß, dass es zu spät ist für Protest oder Rückzug, also fügt er sich in das Unvermeidliche. Er bestellt ein Glas Bier zum Essen, das muss ja wohl erlaubt sein, und Gigi trinkt Gelben Muskateller von Adam Amandus. Sie bestellt das dreigängige Mittagsmenü, und Liepert verschwindet in der Küche. Noch sind sie die einzigen Gäste, die Kirchenglocken läuten gerade zwölf.

»Was machen deine Morde?«, fragt Gigi, nachdem der junge Kellner die Getränke gebracht hat.

Martin schüttelt den Kopf. »Nicht hier, dieses Wochenende bleibt mordfrei. Hoff ich wenigstens.«

»Und was hast du dir vorgenommen?«

»Nichts« ist die reine Wahrheit. Ein bisserl durch die Weinberge spazieren, den Ausblick genießen, gut essen und trinken. Er muss Gigi versprechen, zum Abendessen bei ihren Eltern vorbeizuschauen. Es sei der Nachbarhof von Skoff, er könne sogar zu Fuß gehen. Und sie hat so eine Art, die es ihm schwer macht, ihr was abzuschlagen.

Der Gruß aus der Küche besteht aus einem Stück Astholz, auf dem ein Miniaturhendl aufgespießt ist, ein Pilztatar thront obendrauf, eine Minibrezel auf einer kleinen Astgabel wackelt verführerisch. Kunst am Essen. Martin möchte sagen, dass er so was blöd findet, doch schmecken tut's – wie auch der erste Gang, auf einem Holzscheit serviert: Hühnerlebermousse, getrocknete Hühnerhaut und Haselnüsse mit Kürbiscornetto, Käferbohnenhummus und süßsaurer Kürbis. Das Hauptgericht, dünn geschnittener Saibling, wird roh auf einen heißen Stein gelegt und brutzelt am Tisch vor sich hin. Dazu gibt's steirischen Reis mit Kurkuma-Kürbisspalten.

Sie essen schweigend und genussvoll. Er belässt es bei einem Bier und bestellt sich danach Mineralwasser. Manuel Liepert kommt kurz aus der Küche und fragt, ob es schmeckt. Gigi und Martin nicken, was sonst? Andere Gäste trudeln ein, das Lokal füllt sich allmählich. Sie verzichten auf die Nachspeis', »ausnahmsweise«, sagt Gigi, und das ist eine Lüge, weil sie es der Figur wegen öfter macht. Eine »Dicke« gibt es schon am Theater, und eine zweite wär eine zu viel. Weshalb sie sich beim Essen und Trinken zusammenreißt. Und auch, weil ihr Prinz die mageren Frauen bevorzugt. Obwohl – irgendwie ist seit Maras Tod die Luft raus. Vielleicht war Eifersucht das stärkere Gefühl, und jetzt, da er wieder zu haben wäre, findet sie ihn gar nicht mehr so interessant? Den Martin Glück hingegen schon. Er hat so was Widerspenstiges, eine leichte Melancholie, gepaart mit Lachfalten. Einer, der schwer zu durchschauen ist, und das ist schon reizvoll. Geschieden. Na ja, in dem Alter hat jeder Blessuren, sie auch.

Als die Rechnung kommt, streiten sie kurz, dann lässt sie sich von Martin einladen. Weil er doch eh zum Abendessen käme, und als »Fremdenführerin« sei sie ja auch ihr Geld wert. Das sieht Gigi ein. Sie trinken noch einen Espresso aufs Haus und fahren dann weiter nach Gamlitz zu Skoff. Martin stellt dort seine Reisetasche ab und bringt Gigi zum kleinen Weingut ihrer Eltern, tatsächlich nebenan, nur alles sehr viel kleiner dimensioniert. Sie steigt aus und sagt: »Dank dir, bis um sieben dann.« Als er in den Rückspiegel schaut, winkt sie ihm nach. Martin gibt Gas und biegt auf die Hauptstraße ab.

***

Er hat eine Stunde am Fenster gesessen und ganz entspannt auf die grünen Hügel geschaut, vielleicht auch ein bisserl geschlafen, dann hat er auf der Terrasse Kaffee getrunken und ist ein paar Schritte gelaufen zwischen den Weinbergen. Einige Trauben hängen noch an den Stielen, es war ein warmer Sommer, und in der »steirischen Toskana« scheint er noch nicht ganz vorüber. Es gelingt ihm tatsächlich, Graz und die Toten auszublenden. Sein Handy ist zwar an, aber auf lautlos gestellt. Manchmal schaut er drauf, er ruft Lotte kurz zurück und erzählt ihr von seinem Wochenende in den Weinbergen. Seiner Mutter geht es gut, sie wollte ihm nur von einem bevorstehenden Trip nach Nepal berichten. Eine Seniorenreisegruppe der abenteuerlichen Art, alles sehr preiswert und tipptopp organisiert, versichert Lotte. Auf die Frage, wann sie denn fahren würde, meint sie: »In zwei Wochen. Ich schick dir auch ein paar Selfies ...«

Martin erspart sich eine Kritik an der kurzfristigen Benachrichtigung und wünscht seiner Mutter eine gute Reise. Fragt sich nur kurz, was aus den guten alten Postkarten geworden ist? Lotte ist Generation Poesiealbum, und doch hat sie sich den neuen Zeiten schneller angepasst als er. Weil er halt ein altmodischer Zausel ist, wie seine Ex-Frau zu sagen pflegte. Nicht mal dem Sushi-Trend mochte er folgen, und zu einem Handy, das zu mehr als zum Telefonieren taugt, musste man ihn erst überreden. Nepal – was für eine Idee! Wenn Martin sich recht erinnert, leidet seine Mutter unter Höhenangst. Ob das Dach der Welt wohl der richtige Ort für sie ist?

Kurz vor sechs trinkt er das erste Glas Wein in der Winzerstube, einen Sauvignon Blanc von 2016. Martin checkt seine Mails und Apps und freut sich, dass nichts dabei ist, was eine Antwort vor Montag erfordert. Dann schaltet er sein Handy aus, das ist eine so kühne Tat inzwischen, dass er beinah stolz auf sich ist. Obwohl sich die Stube mit Gästen füllt, ist eine große Ruhe in ihm. Die toskanische Gemütsverfassung in der Steiermark. Was soll schon groß passieren, solange es Wein gibt und die Hügel, das Kürbiskernöl und das G'selchte, das Bauernbrot und Süßes von Zotters Schokoladenfabrik? Die zu besichtigen er sich für den Sonntag vornimmt, wie auch den Besuch des Steintisches, von dem ihm Gigi erzählt hat – von Peter Krug für Peter Turrini gebaut, in der Mitte des Tisches verläuft exakt die Grenze. Wie überhaupt manche Straßen so angelegt sind, dass auf der einen Seite Österreich und auf der anderen Slowenien liegt.

Das Grenzenlose ist ein schönes Gefühl, doch ist es in Zeiten der Flüchtlingskrisen, tatsächlich oder herbeigeredet, fast schon abhandengekommen. Wär das nicht schön, den Job an den Nagel zu hängen und sich in der Südsteiermark einzunisten? Wein anzubauen? Nur leider versteht er nichts davon, und sein Erspartes würde wohl nicht reichen für den kleinsten Hügel. Aber träumen darf man ja wohl … und dann auf die Uhr schauen und schnell zahlen und sich auf den Weg machen zum Nachbarn. Nicht mal was zum Mitbringen hat er, eine Flasche Wein von der Konkurrenz wär ja wohl nicht das Richtige, denkt Martin. Also macht er sich ohne Gastgeschenk auf den Weg und entschuldigt sich dafür bei Herta und Roman Altenbacher. Unverkennbar die Eltern von Gigi, besonders die Mutter sieht ihr unheimlich ähnlich, sie hat nur mehr Lachfalten. Vater Roman ist klein und untersetzt, bietet gleich das Du an und zeigt Martin als Erstes den Hof, die Weinpresse, das Kellergewölbe mit Fässern und Flaschen, bevor es in die Weinberge geht.

Der Winzer Altenbacher erntet nur die Welschriesling-Traube, mittelgroß, dichtbeerig, rundlich und dünnschalig, gelbgrün gefärbt. Er erzählt Martin, dass sie diesmal zwei Wochen früher ernten mussten, weil der Sommer so heiß war. Aber es würde ein großer Wein werden. Ganz besondere Süßweine könnten es werden, während der trockene Welsch sehr frisch, aber auch gehaltvoll würde.

Martin hört aufmerksam zu, vielleicht wird es ja doch noch was mit einer Winzerkarriere, denkt er, dann gehen sie zurück ins Haus, wo Gigi mit ihrer Mutter den Tisch fürs Abendessen deckt. Es gibt Polentaauflauf und Backhendl, und es riecht in der Küche, wo auch der große Bauerntisch steht, wie im Paradies. Gigi hat sich umgezogen und trägt jetzt Jeans und Pullover. Ihr Gesicht ist erhitzt vom Kochen und vom Wein, der Welsch vom Vorjahr steht auf dem Tisch, dazu gibt es das gute steirische Leitungswasser.

»Prost« ist ein Wort, das in der Südsteiermark häufig fällt. Martin bedankt sich für die Einladung und lobt den Welsch überschwänglich, obwohl er gar keine Ahnung hat.

»Reicht, wennst ›Woutl‹ sagst.« Gigis Vater prostet ihm zu.

Gigi lacht. »Kennt er noch nicht. ›Woutl‹ ist die steirische Version von ›Wow‹, ich weiß wirklich nicht, was vorher da war.«

Wieder was gelernt. Martin woutlt und erntet Gelächter. Sie trinken und essen. Es schmeckt herrlich, für Martins sehr bodenständigen Geschmack sogar noch besser als mittags. Und groß sind die Portionen. So gemütlich die Küche. Gigis Eltern behandeln ihn, als gehörte er zur Familie. Und dann der kurze, erschreckende Gedanke: Denken sie vielleicht, dass etwas Ernstes ist zwischen ihm und Gigi? Die ihm zuzwinkert, als wüsste sie, was er grad gedacht hat. Ob ihre unkomplizierte Art echt ist oder halt einfach zur »komischen Jungen« gehört?

Sie reden über Wein und Essen, da hört er nur zu. Gigi wird zur Ernte kommen wie in jedem Jahr. Es sind arbeitsintensive Tage, und die kleinen Winzer können sich nicht viele Erntehelfer, die überwiegend aus Slowenien und Kroatien kommen, leisten. Eine leichte Kritik an den »großen Fünf« lässt sich aus Roman Altenbachers Worten heraushören, doch dann wechselt er das Thema und erzählt von dem Münchner Hans Kilger, der seit Jahren Weingüter zusammenkaufe, zuletzt habe er ein ganzes Dorf erstanden – Wies, in dem auch noch das älteste Kino der Steiermark steht. Wenigstens sei er mit einer Steirerin verheiratet, das sei aber auch schon der einzige Trost!

Gigi lacht: »Mein Vater ist kein großer Freund der Germanen. Die kommen in der Liste seiner Abneigungen noch vor den Wienern. Weißt eh ...«

Herta Altenbacher verteidigt ihren Mann gegen jegliche Auswüchse von Rassismus und betont, wie sehr sich die Gegend in den letzten dreißig Jahren entwickelt habe. Was auch den jungen, innovativen Winzern zu verdanken sei und Abenteurern wie dem Schokoladen-Zotter oder dem Paradeiser-Stekovic.

Nur irgendwann würd's dann reichen, brummt Roman Altenbacher. Man brauche nicht die zehnte Luxusherberge und das achte Haubenlokal. »Wenn's nur noch ums große Geld geht – das hält die schönste Landschaft nicht aus.«

Martin stimmt ihm zu, und dann stellen Gigi und ihre Mutter Apfelstrudel mit Obers auf den Tisch, und Schnaps, selber gebrannt, es seien nur so wenige Flaschen, dass sie den Schnaps selber trinken oder an die Familie verschenken, sagt Herta. Der Vielprozentige schmeckt nach Äpfeln und Sonne und brennt ganz ung'schamt die Kehle runter. Martin ist so satt und zufrieden und müde, wie er es schon lange nicht mehr war. Die Gespräche über die Ernte und den Wein rauschen an ihm vorüber, während er freundlich lächelnd auf der Bank sitzt und Gigis Oberschenkel an seinem spürt.

»Ich war letzte Woche beim Begräbnis von Großvater Wurzer in Leutschach«, sagt Herta Altenbacher. »Kannst dich noch an den erinnern, Gigi? Achtundneunzig ist der geworden, und die letzten Jahr war er ganz allein und auf Pflege angewiesen. Sein Sohn und die Frau sind doch weg'zogen nach der furchtbaren G'schicht mit dem ... Unfall.«

»A Unfall woa des net.« Roman Altenbacher schenkt Martin Schnaps nach, bevor der Nein sagen kann.

Noch mehr Südsteiermark-Klatsch, denkt Martin, während Gigi ihn von der Seite anstößt. »Ein Fall für dich, Chefinspektor. Die Wurzer Anna war zehn Jahr alt, als sie ihren kleinen Bruder erstickt hat – mit dem Polster. Weil der so geschrien hat, und sie wollt ihn ja nicht umbringen, sondern nur ruhigstellen. Sagte sie hinterher. Anna war allein mit dem Einjährigen, die Eltern waren grad beim Nachbarn. Eine furchtbare Geschichte, die Wurzers sind dann mit ihr aus Leutschach weggezogen, keine Ahnung, was mit Anna danach passiert ist.«

»Meine Cousine war eine Nachbarin von den Wurzers«, sagt Roman, »und die hat mir damals erzählt, dass die Anna eine ganz Böse war. Hat Katzen gequält und so was. Die hat schon g'wusst, was sie tat.«

»Ich bitt dich, sie war doch noch ein Kind!« Herta räumt den Tisch ab, und Gigi hilft ihr. Martin will aufstehen, doch seine Beine sind zu schwer. Sein Kopf auch, und er glaubt, dass er nie mehr im Leben was essen oder trinken kann.

Den letzten Schluck Schnaps lässt er stehen, auch wenn's unhöflich ist. Dafür bedankt er sich wortreich für Speis und Trank, jedes Wort ist ernst gemeint. Seine Gastgeber scheinen das zu spüren, und sie verabschieden sich herzlich, beinah familiär. Martin verspricht, vor der Abreise noch hereinzuschauen, und Gigi bietet ihm an, ihn nach Hause zu begleiten. »Weil der Weg durch den Weinberg viel kürzer ist, aber den findest du allein nie.«

Sie holt die Taschenlampe und zieht sich eine Jacke über, und dann gehen sie, und Martin ist dankbar für das Geleit, weil er nicht mehr ganz sicher auf den Beinen ist. Ein bisserl knieweich schlurft er dahin, doch Gigi hält ihn fest am Arm. »Der Papa hätt dir nicht so viel Schnaps einschenken dürfen«, sagt sie. »Der haut nämlich echt rein, sein Obstler.«

»Ich weiß«, sagt Martin, und ob er das weiß, und dann sind sie schon da beim Skoff, er findet sogar den Hausschlüssel in seinem Jackett, und Gigi sagt: »Ich bring dich noch nach oben in dein Zimmer, Martin.«

Das will er eigentlich ablehnen und sagen, das schaffe er schon noch allein, doch die Worte verknödeln sich im Mund, und er gibt auf, ihr zu widersprechen.

Vor seinem Zimmer küssen sie sich, das war zu erwarten nach diesem Tag und diesem Abend. Auch, dass sie ihm den Schlüssel abnimmt und aufsperrt. Sie gehen beide ins dunkle Zimmer, Martin fliegt beinah über den Sessel, doch Gigi hält ihn fest. Und dann hält er sie fest. Oder doch sie ihn?

Dem Unvermeidlichen kann man nicht ausweichen, denkt Martin Glück. Danach hört er auf zu denken.

Kapitel 19

Er ist mit Kopfschmerzen aufgewacht, die Schnäpse! Lag mit geschlossenen Augen da und versuchte, die letzte wache Stunde zu rekonstruieren. Gigi, die ihn aufs Zimmer gebracht hat. Er stolperte, und sie hielt ihn fest. Und dann er sie. Oh Gott, was hat er getan?!

Martin öffnete sehr langsam die Augen und drehte seinen schmerzenden Kopf nach links auf die andere Bettseite. Sie war leer. Keine Spur von Gigi. Sie musste gegangen sein, nachdem sie Sex hatten. Den hatten sie definitiv, daran konnte er sich erinnern. Dunkel.

Er tastete nach der Armbanduhr: zehn Uhr morgens. Danach das Handy, darauf waren drei Anrufe von Felix, einer von Robert, einige von Alma Zoppot. Sein Schädel pochte, und Martin schwor sich, nie wieder im Leben Schnaps auf Wein zu trinken. Danach stand er auf und ging erst einmal unter die Dusche. Kaltes Wasser, heißes Wasser, ganz langsam ließ der Schmerz nach, und als er sich beim Zähneputzen im Spiegel ansah, schaute ihm schon ein Mensch entgegen, unrasiert zwar, aber das ließ sich ändern.

Nachdem er sich angezogen hatte, packte er seine Reisetasche und ging nach unten. Es gab noch Frühstück, doch was er brauchte, waren ohnehin nur eine Flasche Mineralwasser und drei Tassen Kaffee.

»Mögn S' vielleicht a Aspirin?«, fragte die Kellnerin, als sie ihm Kaffee einschenkte.

»Sieht man mir's an? Ja, wenn S' eins haben, wär das sehr nett.« Martin lächelte die Haselnussbraune mit den Zöpfen an, dachte an Gigi und schämte sich. So besoffen sollte man nicht mit einer Frau ins Bett gehen. Auch wenn's schön war, sanft und zärtlich – soweit er sich erinnern kann. Ihm graut schon vor dem Wiedersehen, er kann Gigi ja nicht gut fragen, oder?

Nach Mineralwasser, Kaffee und Aspirin geht Martin nach draußen und schaltet sein Handy laut. Ruft als Erstes Felix an, der sich sofort meldet.

»Martin, ja, wo bist denn?? Hier ist was g'schehen! Ich versuch schon die ganze Zeit, dich zu erreichen!«

Vor ihm die Weinberge, dieses sanfte Grün, das in der Morgensonne fast bläulich leuchtet. Hinter ihm die Nacht. Und jetzt ist es vorbei mit dem toskanischen Gefühl. »Ich bin in Gamlitz, Felix. Wochenendausflug. Ja, und ich hab das Handy ausgeschaltet. Was ist?«

Felix Stimme klingt aufgeregt: »Du musst gleich nach Graz zurück! Die Gisela Prader hat gestern Nacht ihren Mann tot aufgefunden, als sie in die Villa zurückkam. Keine sichtbaren Zeichen von Fremdeinwirkung, aber wir haben alle Spuren gesichert, das Übliche. Jetzt ist der Prader in der Pathologie.«

»Holy shit!«, sagt Martin.

»Des kannst laut sagen. Außerdem ruft diese Alma Zoppot dauernd an. Angeblich wollte Gisela Prader sie umbringen, mit einer Schneiderschere. Frau Prader hat das bestritten, bevor sie zusammenbrach. Der Arzt hat ihr ein Beruhigungsmittel gespritzt, sie war nicht mehr vernehmungsfähig. Sah aber nicht wie a Täterin aus, wenn'st verstehst, was ich mein. Nicht, was ihren Mann betrifft. Vielleicht kannst du diese Zoppot anrufen, ihr kennt euch ja von früher.«

»Ist zu viel gesagt. Du, ich bezahl meine Rechnung, und dann mach ich mich auf den Weg. Schade eigentlich, ich wollt mir auf dem Rückweg noch die Schokoladenfabrik anschauen.«

»Kannst ja immer noch irgendwann«, sagt Felix. »Dann sehen wir uns im Büro. Der Oberst wollt auch reinkommen, wir ham ja so was wie a Promi-Leich.«

»Shit!« Mehr fällt Martin nicht ein. Nur dass Prader ihm seinen Sonntag gründlich versaut hat. Er ruft Gigi an, die erst nach langem Läuten antwortet. Martins Stimme ist vertonte Verlegenheit: »Guten Morgen, Gigi. 'Tschuldige, dass ich so früh anrufe, aber ich muss zurück nach Graz, sofort. Ist was Dienstliches. Soll ich dich gleich abholen?«

Schweigen am anderen Ende. Was hätt er sagen sollen? Etwas Liebevolles wie *Danke fürs Heimbringen und den Sex?*

Er ist beinah erleichtert, als sie schließlich sagt: »Du, das ist mir zu früh. Der Papa kann mich morgen zur Bahn bringen, kein Problem. Wir sehen uns dann in Graz ...«

Bevor er was sagen kann, hat sie schon aufgelegt. Ihre Stimme klang ... na ja, komisch. Und trotzdem ist Martin erleichtert, dass er sie jetzt nicht sehen muss. Weil erstens verkatert und zweitens unsicher. Und drittens muss er wirklich schleunigst nach Graz zurück.

***

Felix sitzt im Büro vor dem Computer und schaut erleichtert auf, als Martin zur Tür hereinstürmt. »Na endlich, der Boss hat schon nach dir gefragt. Top priority, wir sollen dann gleich in die Pathologie, und danach in die Prader-Villa zur Befragung der Witwe. Außerdem hab ich dir was weitergeschickt von dieser Lektorin, ein Manuskript, das irrtümlich bei mir gelandet ist. Irgendwas von einem Kindsmord in der Südsteiermark ...«

Martins Kopf ist inzwischen beinah schmerzfrei. Und jetzt sagt ihm sein Hirn, dass er sich erinnern muss. Der

Abend bei Gigis Eltern. Der Klatsch über die Deutschen, die alles aufkaufen, und die großen Winzer, die die Kleinen kaum leben lassen ... und die alte Geschichte aus Leutschach ... das Baby, erstickt von seiner Schwester ... wie hieß sie noch? ... Anna Wurzer!

»Hab ich noch Zeit, das Manuskript zu lesen?«

»Nein«, sagt Felix, »wir müssen gleich los in die Patho ... und ich wär dir wirklich dankbar, wenn ich draußen warten könnt oder zumindest in angemessener Entfernung. Ich werde mit dem Geruch einer offenen Leich einfach nicht fertig.«

»Die Frischen gehen ja noch.« Martin greift nach seiner Lederjacke und sucht nach dem Autoschlüssel. Er steckt ihn jedes Mal in eine andere Tasche, und die Jacke hat viele davon. Felix grinst. »Hast vielleicht Schilcher 'trunken gestern?«

»Ärger – erst Wein und dann Schnaps.«

»Au weh«, sagt Felix und setzt sich in Martins Auto, bei geöffneten Fenstern fahren sie in die Pathologie, wo Professor Neumann sie schon erwartet. »Meine Herren, wir sehen uns wohl öfter, als uns lieb ist. Nur hereinspaziert, Promi-Leichen werden auch am Sonntag aufgemacht. Dabei wollte ich zu einem Golfturnier, so eine Sauerei. Kommt's nur näher, es gibt nicht viel zu sehen.«

Martin geht vor, Felix bleibt einen Schritt zurück. Auf dem Tisch liegt Emanuel Prader, aufgeschnitten und wieder zugenäht, die Schädeldecke ist noch zurückgeklappt. Ein großes, weißes, dickes, totes Stück Fleisch, denkt Martin, das ist alles, was vom Genie geblieben ist. Die Pietät im Angesicht von Leichen ist ihm irgendwann abhandengekommen. Nur Kinderleichen, die kann er nach wie vor kaum ertragen.

»Und wie ist er jetzt gestorben?«, fragt er den Professor.

Der sieht Martin fast belustigt an. »Ja, das wüsst ich auch zu gern, mein Lieber. Emanuel Prader hatte eine Fettleber und ein nicht mehr so robustes Herz, ich würd sagen, der Mann hat zu viel gesoffen und gefressen in seinem Leben. Und für seine Nestroy-Inszenierung hat er sicher den Tod verdient, meine Frau und ich sind in der Pause gegangen, es war ja nicht auszuhalten ...«

Er deutet auf eine Einstichstelle in der linken Armbeuge: »Das ist leider das einzig Auffällige an dem Corpus. Eine Injektion von was auch immer ... Prader ist an Herz-Kreislauf-Versagen verstorben, ich würd sagen, so zwischen halb sechs und halb sieben. Seht ihr seinen Gesichtsausdruck? Der ist nicht friedlich gegangen, der war in Panik. Eine Überdosis? Nichts gefunden! Selbstmord? Vielleicht! Mord? Nicht auszuschließen. Aber womit? Ich habe nichts Auffälliges entdeckt, natürlich lassen wir noch Proben von Magen und Leber und Darm untersuchen auf möglicherweise exotische Gifte. Darauf müsst ihr halt so an die zwei Tage warten, ich weiß schon, der Oberst hat mir am Telefon gesagt, dass wir eine Top-Priority-Leiche haben. Wir tun, was wir können, meine Herren. Dabei wollte ich heut mein Handicap verbessern. Und wer ist schuld?« Er deutet auf den Leichnam: »Der da. Hat mir jetzt schon einen Theaterabend und einen Sonntag verhunzt.«

Felix ist einen vorsichtigen Schritt näher gekommen. »Ich hätt wieder Karten für ein Sturm-Graz-Spiel, Michi. Gibt's denn gar keine Vermutung?«

Der Pathologe kratzt sich am kahlen Schädel, der wie ein Ei geformt ist. »Tja, für das Spiel nächsten Samstag würd ich nicht Nein sagen. Also, meine Herren, legt's mich auf keinen Fall darauf fest, aber ich hätte da eine Idee: Succinylcholin!«

Martin und Felix sehen einander fragend an, dann den Professor.

Neumann lächelt überlegen, er ist halt der Beste in seinem Metier, da kann ihm in der Steiermark keiner das Wasser reichen. »Also, das wird in der Medizin oft zur Narkoseeinleitung benutzt, weil es zu einer Lähmung der Muskulatur führt und extrem schnell wirkt. Die zur Intubation eingesetzte Dosis liegt bei etwa einem Milligramm pro Kilo Körpergewicht. Wenn man das Zeug aber höher dosiert, ist der Betroffene zwar geistig klar, kann sich aber nicht mehr bewegen oder sprechen ... man nennt das Wachlähmung. Ein ziemlich grauslicher Zustand. Bei ausreichender Dosis kann das Opfer bald nicht mehr atmen, bekommt Panik ... und Exitus.« Er sieht seine Leiche an: »Von seinem Gesichtsausdruck her könnt ich recht haben. Jetzt tust mir fast schon leid, Burscherl, Nestroy hin oder her.«

Felix: »Na, das kann man ja wohl nachweisen, dann hätten wir die Mordwaffe.«

Der Pathologe sieht den Polizisten ein wenig mitleidig an. »Tja, wenn das so einfach wär! Ist es aber nicht. Succinylcholin baut sich im Körper sehr schnell ab und wird außerdem so instabil, dass es sich noch nach dem Tod spalten kann, und dann wird aus Succinylcholin sehr schnell Succinylmonocholin und Cholin. Danach wird unser Stoff zu Cholin und Bernsteinsäure abgebaut – und *das* wiederum sind auch körpereigene Substanzen, die im Zitronensäurezyklus eine Rolle spielen. Mit anderen Worten, mein lieber Sherlock, mein lieber Watson: Wenn ich recht habe mit meiner unbeweisbaren Theorie, dann ist Emanuel Prader einem perfekten Mord zum Opfer gefallen. Und eine Scheißangst muss er auch noch gehabt haben vor dem Exitus. Eine Spritze ist nicht zufällig gefunden worden?«

Felix verneint. Er ist wieder einen Schritt zurückgetreten, er mag nun einmal keine Leichen.

Martin: »Wer immer ihm das verabreicht haben könnte – der oder die müsste schon über medizinische Grundkenntnisse verfügen und vor allem an das Zeug rankommen, oder?«

Der Professor bejaht, meint aber dann: »In Zeiten des Darknets halte ich alles für möglich, ein interessierter Laie käme vermutlich auch infrage.«

»Verdammt«, sagt Martin. Ein letzter Blick auf Emanuel Prader: »Sie informieren uns aber gleich, falls Sie doch noch was finden?«

Der Professor bejaht, schließlich sei es ja die Top-Leiche des Jahres – bisher. »Einen schönen Sonntag noch«, ruft er ihnen hinterher. Dann wendet er sich wieder seinem Toten zu. So gern er sie normalerweise mag, weil sie ihm doch in ihrer stillen Art so viel erzählen können – mit dieser hier hat er kaum gesprochen. »Wenn ich recht hab«, sagt er jetzt zu Emanuel Prader, »dann war das eine Frau. Nur Frauen können so grausam sein!«

***

»Aber geh, mir reicht's jetzt langsam mit den Toten«, sagt Felix im Auto. Martin reicht's auch, er sehnt sich zurück in die Südsteiermark, stattdessen fährt er in Richtung Mariagrün. Zweimal ruft Alma Zoppot an, doch er drückt sie weg. Geht dann allerdings ran, als er die Nummer der Pathologie am Display sieht. Es ist der Professor: »Ach, das hab ich ganz vergessen, weil ihr auch so schnell weg wart: Succinylcholin wird bei manchen Schönheits-OPs eingesetzt. Wenn man möchte, dass der Patient gewissermaßen wach bleibt, aber nichts spürt. Bei Augenlidstraffungen zum Beispiel …«

Martin hatte auf Freisprecher geschaltet, er bedankt sich und beendet das Gespräch. Felix: »Na, wenn des ka Zufall is!«

Alle Spuren führen zur Hilmteichklinik, denkt Martin nicht zum ersten Mal. Dann biegt er in die Straße ein, die zur Prader-Villa führt. Der Porsche von Gisela Prader parkt vor der Tür, doch sie öffnet erst nach langem Klingeln. Sie sieht schrecklich aus, eine aufgelöste Frau trotz Schminke und perfekt sitzender Frisur. Sie trägt ein schwarzes Kleid und weist wortlos ins Hausinnere, schließt die Tür und kommt nach. Ihre Bewegungen wirken leicht gedämpft und verzögert, und Martin vermutet, dass sie Tranquilizer genommen hat. Oder es ist noch die Nachwirkung der starken Beruhigungsspritze?

»Setzen Sie sich doch. Wollen Sie Wasser, Kaffee, Tee?«

Beide verneinen. Gisela Prader lässt sich auf dem Sessel gegenüber nieder, sehr aufrecht. Sie sieht auf ihre Hände, dann blickt sie Martin an. »Emanuel war auf der Couch im Arbeitszimmer, halb sitzend, halb liegend, so hab ich ihn gefunden. Ich habe sofort den Notarzt angerufen, der ungefähr zehn Minuten später eintraf. In der Zwischenzeit habe ich versucht, meinen Mann aufzuwecken. Weil ich dachte, dass er vielleicht zu viele Schlaftabletten … ach, ich weiß auch nicht, was ich gedacht habe … ich war in Panik, verstehen Sie! Emanuel war die Sonne meines Lebens, alles drehte sich nur um ihn. Ich bin ja nichts Besonderes, er war das Genie. Und ob Sie es glauben oder nicht: Wir haben uns geliebt. Auf seine egomanische Weise hat er mich auch geliebt. Ich war für ihn alles: Frau, Freundin, Mutter,

Managerin ... und jetzt ist er ...« Sie schlägt die Hände vors Gesicht und sieht dann hoch. Eine einzelne Träne läuft ihr über die Wange. »Verzeihen Sie bitte. Ich bin sonst nicht so emotional.«

Martin denkt an die Olivenölszene, sagt aber nichts.

Dafür Felix: »Also, Frau Zoppot sieht das aber anders. Die hat Anzeige gegen Sie erstattet wegen tätlichen Angriffs und schwerer Körperverletzung.«

Es ist ein schreckliches Lachen, sie hört es selbst und hält sich die Hand vor den Mund. »Ach, diese blöde Person, ich weiß nicht, warum ich überhaupt zu ihr gegangen bin – in ihr Hotelzimmer. Ich wollte vernünftig mit ihr reden, damit sie diese Pressekampagne gegen Emanuel beendet. Alles Lügen, aber was einmal in der Presse steht, wird man nie wieder los. Auf jeden Fall habe ich sie höflich gebeten, damit aufzuhören, und sie konterte mit unverschämten Unterstellungen ...«

»... und dann sind Sie auf Frau Zoppot losgegangen«, ergänzt Felix ihren Satz.

Gisela Prader sieht Martin an, als sie antwortet. »Ich hatte mir an dem Tag eine Schere gekauft, die war in meiner Handtasche. Die hab ich rausgeholt und der Zoppot eine Haarsträhne abgeschnitten. Mehr hab ich nicht getan. Es tut mir leid, es war so was Spontanes.«

Felix: »Aber ein tätlicher Angriff war's schon. Ich nehme an, das Ganze wird mit einem Bußgeld enden.«

»Das ist mir scheißegal. Verzeihen Sie, aber ich hab jetzt wirklich andere Sorgen. Gibt es schon irgendeinen Hinweis, woran mein Mann gestorben ist?«

Martin sieht Felix drohend an, sagt dann: »Der Pathologe geht von Herz-Kreislauf-Versagen aus. Es gibt noch ein paar labortechnische Untersuchungen, aber ...«

»Sein großes Herz«, sagt Gisela Prader. »Emanuel lebte nur für die Kunst, und er wollte noch so vieles schaffen, wissen Sie. Die Kleingeister hier haben das nicht verstanden.«

»Hatte Ihr Mann denn Feinde?«

Gisela Prader sieht Martin irritiert an. »Warum fragen Sie? Natürlich hatte er Feinde, das ist ganz normal in seinem Beruf. Wollen Sie damit andeuten, dass er ...?«

»Nein, nein«, lügt Martin, »es war eine überflüssige Frage, verzeihen Sie bitte.«

Sie scheint ihm zu glauben. »Wissen Sie denn schon, wann die Leiche freigegeben wird? Ich möchte Emanuel mit nach München nehmen und die Beerdigung arrangieren. Dort sind Freunde und Familie – und Graz war nicht gut zu uns. Die Anfeindungen nach der Premiere, diese Drohungen der Zoppot, kein Wunder, dass Emanuels Herz versagt hat. Man könnte fast sagen, Graz hat ihn umgebracht.«

Felix verdreht die Augen, aber das sieht sie nicht. Martin meint, dass dies vielleicht ein wenig übertrieben sei. Und dass er ihr sofort Bescheid geben würde, wenn er das Datum für die Freigabe des Leichnams wisse. Nach diesem Satz beginnt sie wieder zu weinen, dieses Mal heftiger, und Martin und Felix stehen auf.

»Haben Sie jemanden, der Ihnen beisteht?«, fragt Martin.

Sie wendet ihm ihr Tränengesicht zu: »Ja, meine Schwester. Sie kommt heute. Tut mir leid, aber ...«

»Wir wollten sowieso gehen. Bleiben Sie doch sitzen, wir finden alleine hinaus.«

***

»Übrigens haben die Zoppot und die Hütter sich doch getroffen – in der Klinik.« Felix erwähnt es, als sie zurück im Präsidium sind – und während Martin sich in das Manuskript von Steffi Hütter vertieft hat. Martin schaut auf: »Ach, und von wem weißt du das?«

»Von Schwester Inge. Ich hab sie in der Stadt getroffen, und wir haben zusammen einen Kaffee getrunken. Da hat sie es erwähnt.«

»Felix«, sagt Martin halb im Spaß, »die Frau ist verheiratet.«

»Aber nicht glücklich. Dann zählt das nicht. Sie ist so eine Romantische, weißt du. Und sie mag Kinder.«

»Und sie flirtet gern.« Martin schiebt ihm seinen Laptop hin. »Ich hab bisher nur quergelesen. Aber schau dir nur das letzte Kapitel über diesen Kindsmord in Leutschach an.«

Während Felix liest, nagt Martin an seinem Bleistift. Eigentlich würd er jetzt gern eine rauchen gehen, andererseits möchte er endlich aufhören. Ist halt eine Krücke, denn er fürchtet sich vor der nächsten Begegnung mit Gigi. So eine Romantische wie Schwester Inge ist Gigi sicher nicht. Aber wer weiß, was er alles gesagt hat in seinem Liebes- und tatsächlichen Rausch. Dass er auch immer irgendwo Fehler macht mit den Frauen, obwohl er schon so alt ist. Höchste Zeit, eine Familie zu gründen und Kinder zu zeugen, sagt Lotte gelegentlich, und als Großmutter würde sie sicher eine gute Figur abgeben. Nur dass sie nicht kochen kann, das war bei früheren Großmüttern anders. Martin kann sich noch an die Topfen- und Kirschenstrudel seiner Oma erinnern, an die Palatschinken, Strauben und Buchteln …

Sein Magen knurrt jetzt, und Felix schaut hoch. »Das Mädchen, das ihren kleinen Bruder erstickt hat, ist zu einer Pflegefamilie in Niederösterreich gekommen, weil die Eltern sie nicht mehr haben wollten. Doch auch die Pflegeeltern sind mit Anna Wurzer nicht warm geworden. Jedenfalls haben sie das Steffi Hütter erzählt, und dass Anna mit sechzehn abgehauen ist nach Wien. Sie haben sie danach nur noch im Kino gesehen. Weil Anna Wurzer vulgo Alma Zoppot, das war nicht etwa ihr Künstlername, sondern der eines Produzenten, den sie geheiratet hat, weil also Alma Zoppot kurzfristig ein Filmstar war, jedenfalls in Österreich. Wahnsinn, Mensch Martin: Die Hütter schreibt ein Buch über die Zoppot, und die zwei treffen sich zufällig in der Hilmteichklinik …«

»… und Steffi Hütter wird in dieser Nacht mit einem Polster erstickt. Von Alma Zoppot, die um jeden Preis verhindern wollte, dass ihre Vergangenheit publik wird. Von dem Manuskript wusste sie vielleicht gar nichts. Sie dachte, es reicht, wenn sie die Hütter zum Schweigen bringt. Oder die Hütter hat es ihr gesagt, und Alma wusste nicht, dass schon ein Manuskript im Verlag war.«

»Da legst di nieder«, sagt Felix. »Und was ist mit der Mara Sibelius?«

Martin zeigt mit dem Bleistift auf ihn: »Denk nach, es ist doch logisch: Mara war auch in der Klinik in jener Nacht. Alma gibt sogar zu, dass sie sie auf der Terrasse getroffen hat. Wahrscheinlich hat Mara was gesehen – wie Alma aus dem Zimmer der Hütter kam vielleicht … ist sogar sehr wahrscheinlich. Alma kriegte Panik, stahl das Gift aus dem Schrank, den unsere Schwester Inge nicht abgeschlossen hatte – und schickte die vergifteten Pralinen ins Theater. Mit den Tabletten von ihrem Ex hat sie mich dann auch angelogen. Laut Laborbericht war es Atropinsulfat, die Injektionslösung aus der Klinik.«

»Und mit dem Rest hat sie sich selber ein bisserl vergiftet, um den Verdacht von sich abzulenken.« Felix pfeift anerkennend: »Das ist schon eine gewaltige kriminelle Energie, meinst nicht?«

Martin findet die Bewunderung etwas übertrieben. »Alma ist eine Psychopathin, glaub ich, zumindest eine pathologische Narzisstin, völlig auf sich selbst und ihre Bedürfnisse fixiert. Alma duldet keine Steine in ihrem Weg, sondern räumt sie weg.«

Felix denkt, da wär er auch selbst drauf gekommen, doch ein Schlauer ist der Wiener schon. »Durchsuchungsbefehl?«

Martin nickt.

Felix nimmt die Beine vom Schreibtisch. »Das wird aber eine lange Nacht. Ich muss meiner Mutter Bescheid sagen.« Bevor er wählt: »Aber warum Emanuel Prader? Den wollte sie doch durch den Medien-Kakao ziehen. Tot nutzt er ihr gar nichts.«

Martin möchte Felix am liebsten anerkennend auf die Schulter klopfen. Doch er sagt nur: »Genau das hab ich auch grad gedacht. Aber kann doch sein, dass er sie so gereizt hat, dass sie gar nicht mehr anders konnte, als ihn umzubringen. Psychopathen sind schlau, denken aber nicht unbedingt logisch.«

»Außerdem ist sie eine Frau«, sagt Felix.

»Muss ich das jetzt unserer Gender-Beauftragten melden?«

Felix sieht ihn so erschrocken an, dass Martin ihm jetzt doch auf die Schulter klopft. »War ein Witz, Kollege. Kannst du dich um den Durchsuchungsbefehl kümmern?«

Kapitel 20

»Martin! Endlich!« Alma Zoppot zeigt sich hocherfreut, als er gemeinsam mit zwei uniformierten Kollegen spätabends vor der Tür ihrer Suite steht. Mit einem kurzen irritierten Blick streift sie seine Begleiter und ignoriert sie anschließend. Martin fehlen im ersten Augenblick die Worte. Nicht nur der überraschende Empfang, auch Almas Anblick macht ihn sprachlos. Ihre Haarpracht ist einer Scherenattacke zum Opfer gefallen. Von wegen »eine Haarsträhne abgeschnitten«.

»Ja, da schauen Sie, Chefinspektor, gell? Das ist schwere Körperverletzung! Sag ich doch. Aber bitte, meine Herren, kommen Sie herein und schauen Sie sich alles in Ruhe an.« Sie gibt den Weg ins Vorzimmer frei und schreitet wie auf dem Catwalk voran ins große Wohnzimmer der Suite. Vor der Sitzecke bleibt sie stehen und zeigt mit dem Finger auf das cremefarbene Sofa. »Dort ist sie gesessen, diese Praderperson. An der Tatwaffe sind noch ihre Fingerabdrücke – Gott sei Dank hat sie die Schere hier vergessen, so haben wir den Beweis.« Tatsächlich liegt eine große Schneiderschere auf dem gläsernen Couchtisch. »Der Tatort ist unverändert. Ich …«

»Schluss jetzt!«, unterbricht Martin Glück, der sich von der Überraschung erholt hat. »Frau Zoppot!! Verstehen Sie nicht? Wir sind Ihretwegen hier, es geht um Sie, und nicht um Gisela Prader. Und das hier ist ein Durchsuchungsbefehl.« Er hält ihr das Papier vors Gesicht, das Alma ungeduldig zur Seite wischt.

»Natürlich geht es um mich. Um wen sollte es sonst gehen? Meine Karriere ist zerstört. Mein Privatleben hat diese

Frau auf dem Gewissen, meine Zukunft. Einfach alles. Keine Chance mehr auf eine Rolle, dahin der Promi-Faktor. So wie ich jetzt aussehe, kann ich doch mindestens ein Jahr nicht in die Öffentlichkeit. Oder ich lass mir eine Glatze scheren, oh Gott, sie hat mein Leben zerstört!«

Alma lässt sich auf das Sofa fallen und schlägt beide Hände vors Gesicht. Das Schluchzen und die Tränen erscheinen Martin echt. Warum auch nicht? Sie watet in Selbstmitleid, denkt Martin, und dass er jetzt genug davon hat. »Alma Zoppot, wir haben den begründeten Verdacht, dass Sie in Tötungsdelikte verwickelt sind. Deshalb sind wir hier. Wir durchsuchen Ihre Suite nicht, um Beweise gegen Gisela Prader zu finden, sondern gegen Sie.«

Sie sieht ihn an, als wäre er von einem anderen Stern gekommen, um die Welt zu vernichten. Kurze Schockstarre, dann Rollenwechsel: Alma, das Unschuldslamm, mit treuherzigem Augenaufschlag. »Aber ich bitte Sie, Martin, das ist doch lachhaft. Wen soll ich denn ermordet haben? Ich? Sie trauen mir so was zu? Das können Sie nicht ernst meinen.«

»Sozusagen todernst.«

Sie springt wütend auf, will mit Fäusten auf Martin losgehen. Doch dann ein neuerlicher Rollenwechsel in eine stolze, eiskalte Alma. »Haben Sie vielleicht mehr auf Lager? Eventuell sogar Beweise? Jetzt haben Sie sich aber meine Gunst verspielt, mein lieber Chefinspektor. Ich werde Sie wegen falscher Anschuldigung vor Gericht bringen.«

Bevor Martin antworten kann, winkt ihn ein uniformierter Kollege zur kleinen Kochnische. »Des hama im Mistkübel g'funden.«

Aus dem Mülleimer, der offenbar längere Zeit nicht geleert wurde, zieht der Polizist unter Sektfläschchen, Wattepads, Glasscherben und Kaffeekapseln Fetzen eines billigen schwarzen Stoffs hervor. Im ersten Moment kann Martin damit wenig anfangen. Doch als sie die Puzzleteile auf dem Fußboden ausbreiten, erkennt er, dass es sich um eine zerschnittene Burka handelt. Martin untersucht auch noch die Scherben, die von Ampullen stammen könnten. »Soll ma des jetzt alles einsackeln?«, fragt der Polizist. Martin nickt.

Also tatsächlich: Alma, das Mädchen, das als Kind ihren kleinen Bruder erstickt hat? Alma, die Mörderin von Steffi Hütter? Alma, die Burkaperson, die vergiftete Pralinen an Mara Sibelius geschickt hat? Er dreht sich zu ihr um, doch sie ist auf einmal verschwunden.

Die Tür zur Dachterrasse steht offen, und von draußen kommen hysterische Schreie. Martin läuft hinaus und sieht, wie Alma ungeschickt versucht, auf die Brüstung zu klettern. Sie von dort wieder herunterzuholen, ist ein Leichtes. Sie wehrt sich nicht, sondern wirft sich ihm schluchzend in die Arme.

Er fragt sanft: »Warum Steffi Hütter?«

Sie sieht zu ihm hoch. »Wegen dem Josef. Meinem kleinen Bruder. Sie wusste alles.«

»Das mit seinem Tod?«

»Es war ein Unfall. Ich wollte doch nur, dass er still ist, der Josef.«

Martin sieht sie fragend an, gibt ihr Zeit, weiterzuerzählen. »Josef. Furchtbarer Name für ein Kind, finden Sie nicht? Der Josef hat wahnsinnig genervt mit seiner Schreierei, und seit er da war, hat sich alles nur um ihn gedreht. Mich hat keiner mehr beachtet. Mich, die ich vorher doch für alle die schöne Prinzessin war. Er hat mich von Platz eins verdrängt, der kleine Schreihals. Aber darum ging's mir gar nicht. Er sollte einfach nur still sein. Hab nur ein bisschen den Polster auf sein Gesicht gedrückt.« Almas Mund verzieht sich für den Bruchteil einer Sekunde zu einem unheimlichen Lächeln, und in ihren Augen blitzt etwas auf, das Martin erschreckt. Er weicht einen Schritt zurück.

Alma folgt ihm und krallt sich an ihm fest: »Ich wollte ihn nicht töten. Ehrlich. Ich war doch noch ein Kind, ich war erst zehn. Ein Kind kann gar nicht böse sein, Martin.«

Da ist er sich nicht sicher. So sanft er kann, löst er ihre Hände von seiner Jacke. »Und was geschah danach?«

»Da wollten sie die Prinzessin nicht mehr. Abgeschoben haben sie mich. Zu Pflegeeltern. Furchtbar primitive Leute, die mich überhaupt nicht verstanden haben. Geschlagen haben die mich auch. Wie eine Dienstmagd bin ich mir vorgekommen in dieser Familie. Na ja, mit sechzehn bin ich dann eh weg.«

»Woher wusste Frau Hütter denn, wer Sie sind?«

»Na, die ist doch bei meiner Anmeldung in der Hilmteichklinik neben mir gestanden, und da musste ich meinen Geburtsnamen angeben, den sie von früheren Recherchen gekannt hat. Angeblich war sie schon immer fasziniert von dieser tragischen Geschichte und hatte auch schon angefangen, ein Buch darüber zu schreiben. Und als sie mich getroffen hat und wusste, dass die Hauptperson ihrer Story eine prominente Schauspielerin ist, hat sie nicht mehr lockergelassen. Wie eine Klette hat sie sich an mich gehängt, ich sollte ihr alles aus meiner Sicht schildern. Und wie danach mein Leben verlaufen sei und, und, und ...«

»Und Sie hatten Angst, dass sie das Ganze mit Ihrem Namen publik macht?«

»Natürlich! Aber ich frage Sie, mit welchem Recht diese Person sich in mein Leben einmischte und meine Vergangenheit durch den Dreck ziehen wollte!«

Soll sie ihm von diesem Gefühl der Macht erzählen, das von ihr Besitz ergriffen hatte, als der kleine Josef plötzlich still war? Oder von der Furcht, dieses unheimliche Gefühl wieder zu spüren, wenn sie darüber redet? Und dass genau diese Angst zu einer Wiederholung ihrer Tat und des damit verbundenen Machtgefühls geführt hat? Nein, besser nicht. Obwohl Martin sie ansieht, als würde er verstehen.

Alma denkt, dass sie irgendwie froh ist, mit ihm darüber zu reden, nur mit ihm. »Ich wollte nicht, dass alles wieder an die Oberfläche kommt, Martin. Dieser schreckliche Unfall, meine verpfuschte Kindheit, die Schuldgefühle, die mich so viele Jahre begleitet haben. Irgendwann habe ich sie dann tief in mir begraben, und dort sollten sie auch bleiben. Ich wollte doch nur, dass sie still ist.«

Ihr Blick bittet um Verständnis, das Martin nur schwer aufbringen kann.

»Und dann haben Sie Steffi Hütter mit einem Polster erstickt.«

Alma nickt schweigend. Denkt, dass sie gar keine andere Wahl hatte. Denn sie musste sich vor dieser Person retten.

Seine Stimme ist immer noch sanft: »Aber warum vergiftete Pralinen an Mara Sibelius?

»Na, die hat mich doch nachher aus dem Zimmer der Hütter kommen gesehen. Dachte wohl zuerst, das ist mein Zimmer. Als sie dann am nächsten Tag ausgecheckt hat, hab ich beobachtet, wie sie an der Rezeption geredet haben, dass in Zimmer vier in der Nacht eine Patientin gestorben ist. Mara Sibelius war total schockiert und hat gefragt: *Diese Schauspielerin? Die Alma irgendwas?* Na ja, für das *Alma irgendwas* hat sie ja sowieso einen Denkzettel verdient. Aber dann haben sie ihr gesagt, dass ich auf Zimmer fünf bin – und auf Zimmer vier diese Hütter war. Und dann hat sie mich noch einmal zufällig gesehen und mir einen wirklich mörderischen Blick zugeworfen ... Also musste ich handeln. Ehrlich, Martin, diese Frauen haben mir gar keine andere Wahl gelassen.«

Alma Zoppot bricht in lautes Weinen aus. Martin gibt ihr sein Taschentuch. Ob es Tränen der Reue oder des Selbstmitleids sind, kann er nicht sagen. Spielt auch keine Rolle, denkt er. Wie immer, wenn ein Fall gelöst ist, fühlt er sich gut und schlecht zugleich. Die Wahrheit ist nie so spannend wie die Suche danach. Die berühmte Banalität des Bösen ... Er sollte doch seinen Beruf wechseln und Gärtner werden.

***

»Sie hat also alles zugegeben, auch dass sie in der Klinik das Atropin gestohlen hat«, sagt Felix Wagner, als Martin ihm berichtet. »Schad eigentlich, so a fesche und charmante Frau.«

»Charmant?« Martin wundert sich über den Kollegen. »Eher psychisch schwer gestört mit einem bemerkenswerten Mangel an Empathie. Ich denke, dass ihr Anwalt ein psychiatrisches Gutachten fordern wird. Verminderte Schuldfähigkeit? Alma hat wohl ein Leben lang nur Rollen gespielt und am Ende zwischen Spiel und Realität nicht mehr unterscheiden können. Und dann hatte sie auch noch einen ziemlich verrückten bühnenreifen Abgang. Als sie vom Hotel zum Polizeiauto geführt wurde, hat sie sich stolz umgeblickt, den Passanten rundum huldvoll zugenickt und ihnen zugerufen: ›Keine Sorge, ich trete nicht von der Bühne ab. Ich werde im Gefängnis ein Theater gründen!‹«

Felix verzieht sein Gesicht. »Und den Mord an Prader hat sie ned zugegeben?«

Martin trinkt den Kaffee, der inzwischen kalt geworden ist. Er ist müde, ein bisserl angeekelt. »Nein. Der Prader habe zwar den Tod verdient, aber sie war's nicht. Sagt sie. Da sie alles andere gestanden hat, neige ich dazu, ihr zu glauben. Da werden wir also weiterermitteln müssen.« Martin steht auf und geht zur Tür. »Ich fahr jetzt eh noch amal zur Gisela Prader, vielleicht hat sie sich heute schon ein bisserl beruhigt und kann uns mehr erzählen.«

Felix greift sich schuldbewusst an die Stirn. »Uijegerl, des hab i jetzt über der Zoppot ganz vergessen: Ich hab da im Internet entdeckt, dass sich vor zwei Jahren in München eine von Praders Gespielinnen vor den Zug geschmissen hat. Am Namen der Kleinen bin ich noch dran, den haben sie nicht veröffentlicht, weil sie minderjährig war. Aber vielleicht ist das eine Spur ...«

Martin steht auf. »Ja, wär möglich. Bleib dran, ich werde bei Frau Prader diesbezüglich anklopfen.«

Er ist schon halb aus der Tür, da dreht Martin Glück sich noch einmal zu seinem Partner um: »Sag, Felix, glaubst du, dass manche Menschen schon böse auf die Welt kommen?«

Felix denkt kurz an seine Ex. »Meinst 'leicht die Zoppot? Na, eigentlich glaub i das nicht.«

»Hoffentlich hast recht«, seufzt Martin und schließt die Tür von außen.

***

Eine Frau, die Gisela Prader fast aufs Haar gleicht, öffnet Martin Glück die Tür. Sie sieht ihn an, ohne ihn zu erkennen. Er starrt verwundert zurück.

»Ich bin die Zwillingsschwester von Gisela«, klärt sie ihn schließlich auf. »Sie wollen meine Schwester besuchen?«

Martin stellt sich vor und zeigt seinen Dienstausweis.

»Gisela ist im Garten. Bitte hier durch.« Sie weist ihm den Weg durch das Esszimmer und über die Terrasse. Er findet Gisela Prader im hinteren Teil des großen Anwesens, wo sie vor einem Spalier mit einem prachtvollen hellblauen Blumenmeer steht und Clematisblüten abschneidet. Sie sieht nicht wesentlich gefasster aus als am Tag zuvor, diesmal sogar ungeschminkt und mit wilden, ungebändigten Locken. Sie starrt Martin an, als wünschte sie ihn weit weg von ihrem Kummer.

»Herrliche Blumen!«, versucht er das Gespräch unbefangen zu beginnen. »Mich wundert, dass die jetzt Ende September noch so üppig blühen. Die Clematis in meinem Wiener Garten war Anfang August schon hinüber.« Er denkt an Lotte, und dass seine Mutter hoffentlich den Garten am Küniglberg pflegt und dort keinen Hanf anpflanzt. Zutrauen würde er es ihr schon.

»Ich glaube, dass es sich hier um eine spätblühende Sorte, eine italienische Waldrebe handelt.« Gisela lässt sich darauf ein. »So genau weiß ich es nicht, ist ja nicht unser Garten.« Sie sieht an Martin vorbei in ihre Welt der Trauer. »Ich meine, nicht mein Garten, na ja, jedenfalls gemietet, wie Sie wissen. Aber ich liebe Clematis, und es tut gut, sich mit etwas zu beschäftigen. Einfach Blüten abzwicken und an nichts anderes denken. Gartenarbeit war für mich immer schon ein Therapeutikum.«

Sie setzt sich auf eine altmodische verwitterte Bank und bedeutet Martin, neben ihr Platz zu nehmen.

»Frau Prader, ich muss Sie leider ein paar Sachen fragen. Auch wenn es für Sie unangenehm sein könnte.«

Ihre Stimmt klingt jetzt hart: »Unangenehm? Dann weiß ich schon, was Sie meinen. Nein, mit Minderjährigen hatte

Mani nie etwas zu tun, er hat ...« Mitten im Satz unterbricht sie. »Aber worauf wollen Sie hinaus?«

Martin entscheidet, nicht darauf zu antworten. »Hat Ihr Mann kurz vor seinem Tod eine Injektion bekommen oder hat er vielleicht mit Drogen ...?«

Gisela Prader springt auf. »Ja, was denn noch? Soll er nicht nur pädophil, sondern jetzt auch drogensüchtig gewesen sein? Er war weder das eine noch das andere. Können Sie einem Toten nicht etwas Respekt zollen?«

Martin steht ebenfalls auf, murmelt eine undeutliche Entschuldigung und setzt dann zu einer Erklärung an: »Wir gehen von einem natürlichen Tod aus, aber nur, um ganz sicher zu gehen, nichts zu übersehen ... Darf ich mich in seinem Arbeitszimmer umsehen, ob es eventuell Hinweise auf Personen gibt, mit denen er sich zuletzt getroffen hat? Ich verspreche Ihnen, dass wir danach den Fall abschließen und die Leiche freigeben.«

Der Satz scheint sie zu besänftigen, sie zeigt ihm den Weg ins Büro. Als er vor Praders Computer steht, fragt er nach dem Passwort. Der Tote habe keines benutzt, da er ja nichts zu verbergen hatte, sagt sie. Martin liest kurz die Mails durch, alle dienstlich, und im Kalender ist überhaupt nichts eingetragen.

Die Witwe, die dem Chefinspektor über die Schulter schaut, kann das erklären. »Der Mani war kein Computerfreak, in der Beziehung war er sehr altmodisch. Er hat alles, was wichtig war, in seinem Filofax eingetragen.«

Fast empfindet Martin, der nach wie vor begeisterte Filofax-Nutzer, ein Quäntchen Sympathie für den Toten. Aber nur fast.

Bei der Durchsicht des Kalenders stößt er unter anderem auf zwei Termine mit Olga Markovic. Einer am Samstag, seinem Todestag. Er muss Olga fragen, ob Prader den Termin noch wahrgenommen hat. »Wollte sich Ihr Mann einem kosmetischen Eingriff unterziehen?«, fragt er nach.

Gisela Prader verneint vehement. »Diese Olga Markovic hat ihn quasi gestalkt. Ich wundere mich, dass er sich tatsächlich mit ihr treffen wollte, aber Emanuel hatte eben ein großes Herz. Wir kannten sie und ihren Mann in München, so auf einer gesellschaftlichen Ebene, dann ist der Kontakt abgebrochen. Aber seit wir in Graz sind, hat sie meinen Mann immer wieder telefonisch belästigt. Ich hab nur mitgekriegt, dass es um ihre Tochter ging, die einmal in einem Film von Emanuel mitgespielt hat. Vielleicht wollte sie ihn wieder um eine Rolle bitten. Möglicherweise eine dieser Mütter, die ihre Kinder um jeden Preis in eine Filmkarriere pushen wollen. Ich habe mich dann ehrlich gesagt nicht weiter damit beschäftigt. Am besten fragen Sie sie selbst.«

Und ob ich das tue, denkt Martin. Er bittet darum, den Kalender mitnehmen zu dürfen – nur für einen Tag? Eine Formalie. Gisela Prader denkt nicht zum ersten Mal, dass die Österreicher seltsame Dinge tun. Was will er mit dem Filofax? Sie ist mit dieser verfluchten Stadt nie warm geworden. Und sie bittet Martin noch einmal, sich um die Freigabe von Emanuels Leiche zu kümmern. Sie wird mit ihm nach München fliegen und nie mehr in dieses Mur-Kaff zurückkommen.

Gisela denkt, dass sie Mani zu sehr liebte. Und dass ihre mörderische Eifersucht jetzt ein Ende hat.

Kapitel 21

Warum Olga ihn im mittelalterlichen Kreuzgang des Franziskanerklosters treffen wollte, ist Martin nicht klar, doch er hat sich pünktlich eingefunden und bewundert die Fresken-Fragmente und die in den Wänden eingelassenen Grabdenkmäler.

»Sechzehntes Jahrhundert«, sagt ein vorbeigehender Mönch, von dem Martin nur noch die wehende Kutte sieht. Er fragt sich, ob Mönche auch Stress haben. Es ist so ein friedlicher Ort mitten im Stadtzentrum. Diese Stille, unterbrochen nur vom Geräusch bewegter Schuhe auf Steinboden. Besucher, und ab und zu ein Mann in dem braunen Gewand des Bettelordens. Schlicht und schön ist dieser Kreuzgang, in dessen Mitte sich ein kleiner Garten mit Steinbänken und Rosensträuchern befindet. Merkwürdig schon, dass Olga nicht überrascht war über seinen Anruf, und einem Treffen noch am selben Tag stimmte sie auch zu. Was wollte Olga von Emanuel Prader? Das, was sich für Martin wie ein Puzzle zusammenfügt?

»Es ist mein liebster Ort in Graz«, sagt eine Stimme hinter ihm. Er dreht sich um zu Olga Markovic. Sie lächelt ausnahmsweise, ihr schönes, trauriges Gesicht wird von einem dunkelrot geschminkten Mund beherrscht. Sie trägt einen schwarzen Regenmantel und hat den Kragen hochgeschlagen. Wie eine hübsche, melancholische Krähe sieht sie aus, denkt Martin. »So friedlich ist es hier«, sagt er anstelle einer Begrüßung. »Danke, dass Sie gleich Zeit für mich hatten.«

Olga zeigt auf eine Bank, und Martin findet es eigentlich schon zu kühl, in einem Klostergarten auf Stein zu sitzen, tut es aber dann doch. Olga platziert sich neben ihn, holt eine Zigarettenpackung aus ihrer Handtasche und bietet Martin eine an. Er nimmt sie, dann rauchen beide schweigend, als ob es nichts zu sagen gäbe. Martin betrachtet die Rosen, die vor dem Winterfrost noch einmal blühen, und spürt eine Ruhe, die wohl mit dem Ort zu tun hat. Mit seiner freien Hand schaltet er das Handy in seiner Jackentasche aus. Er schaut in den Himmel, der grau ist und wolkenverhangen. Gut möglich, dass es bald regnet, er hat keinen Schirm dabei, Olga auch nicht. »Sie waren am Tag seines Todes in Praders Haus«, sagt er schließlich. »Ich wüsste gern, worum es bei diesem Besuch ging.«

Olga ignoriert seine Frage: »Ich breche meine Zelte in Graz ab, wissen Sie. Eine spontane Entscheidung, aber Fridolin – Professor Leitner – hat mich sehr unterstützt. Er war es auch, der mich mit seiner Arbeit inspirierte. Ärzte ohne Grenzen. Sie brauchen dringend Leute in Syrien, und ich dachte, da werde ich eher benötigt als in einer Schönheitsklinik. Ich fliege morgen, und ich kann sofort anfangen. Ist das nicht wunderbar?«

Ihr Gesicht, seinem zugewandt, strahlt etwas aus, das er nicht deuten kann. Freude? Zuversicht? Triumph? »Glückwunsch, das ist sehr mutig von Ihnen. Und hat Ihr Entschluss etwas mit Emanuel Praders Tod zu tun?«

Olga lächelt beinahe. »Nein, aber ich wollte Ihnen vor meiner Abreise eine Geschichte erzählen. Sie sind doch ein Wahrheitssucher, Martin Glück, das mag ich an Ihnen. Doch natürlich gibt es nie nur die *eine* Wahrheit, nicht wahr? Ich habe das mit meiner Freundin lang diskutiert, ob ich sie Ihnen erzählen soll. Ihre Wahrheit. Sie hatte Angst, wissen Sie. So vieles in unserem Leben wird bestimmt von Angst. Angst vor Fehlern, Niederlagen, vor Verlust, Schmerz, vor dem Tod. Angst vor anderen, vor uns selbst. Meine Freundin meint, dass sie ihre Angst verloren hat, weshalb ich sie schließlich überreden konnte, dass ich ihre Geschichte erzählen darf.«

Martin raucht seinen letzten Zug, tritt die Zigarette aus und steckt den Stummel in seine Jackentasche. Er sieht Olga nicht an, als er sagt: »Darf ich den Namen der Freundin wissen?«

Sie scheint zu überlegen und sagt dann: »Nein, ich denke nicht. Ich glaube immer noch, dass ich sie beschützen muss. Nennen wir sie ... Esther. Esther war dreißig, als sie sich für einen sehr glücklichen Menschen hielt. Hatte ihr Studium geschafft, den Mann geheiratet, den sie liebte, und sie war schwanger. Ein perfektes Leben, dachte Esther damals, und das war es auch – für eine Weile.«

Sie schweigt jetzt, und Martin beobachtet sie von der Seite. Im Profil wirkt ihre Nase zu groß für das schmale Gesicht. Olgas Wangenknochen sind stark ausgeprägt, und sie hat Schatten unter den Augen. Dass sie ihr Grazer Leben aufgibt und nach Syrien geht, findet Martin bewundernswert. Sie scheint eine Aufgabe zu suchen, die sie erfüllt. Jetzt sieht sie ihn wieder an und lächelt, es ist nicht unbeschwert, aber auch nicht mehr tragisch. »Haben Sie Kinder, Martin? Sind Sie verheiratet?«

Er schüttelt den Kopf. »Ich war verheiratet. Keine Kinder. Meine Ex-Frau ... wir haben einen Fehler gemacht damals. *Ich* habe ihn gemacht. Vielleicht wär alles anders gekommen, wenn wir das Kind gehabt hätten.«

»Kinder sind keine Eheretter«, sagt Olga. »Aber sie sind das Größte im Leben, das Wichtigste. So dachte Esther. Ihr Mann war erfolgreich und viel unterwegs, und sie blieb die ersten fünf Jahre zu Hause, um für ihre Tochter zu sorgen. Sie nannte sie Rasha, was so viel heißt wie ›kleines Reh‹.«

»Ein schöner Name.« Martin fröstelt, und er blinzelt in den Himmel, der an diesem Tag so grau ist wie Asphalt. Warum erzählt sie mir das, fragt er sich, und ein wenig beginnt ihn die Geschichte zu langweilen. Wird Olga irgendwann auf den Punkt kommen?

»Rasha war ein liebes Mädchen, sehr hübsch, sehr klug, und Esther, die wieder arbeitete, dachte, dass sie mit ihr alles richtig gemacht hatte. Die besten Schulen, Musik- und Reitunterricht, die Förderung aller Talente ... es war die perfekte kleine Familie. Gut möglich, dass der Vater, so viel wie er unterwegs war, Esther gelegentlich betrog. Aber sie dachte nicht wirklich darüber nach, und sie sprachen niemals darüber. Rasha war ein so starkes Bindeglied, dass diese Ehe gar nicht zerbrechen konnte. Und dann ...«

Sie hält inne. Martin war klar, dass es nicht so weitergehen konnte mit dem Glück. Das wäre eine furchtbar langweilige Geschichte geworden. Eine, die man nicht erzählen müsste. Er wünscht sich wirklich, das Ende zu hören, das böse Ende, das er schon ahnt. Außerdem ist ihm kalt.

Olga nimmt seine kalte Hand in ihre. »Sie frieren ja! Sollen wir ein wenig herumwandern? Das wärmt auf, und so lang ist die Geschichte nicht mehr, versprochen.«

Sie stehen beide auf und gehen in den Kreuzgang. Olga hat ihren roten Schal enger gezogen und ihre Hände in die Taschen gesteckt. »Das Glück altert so schnell, nicht wahr? Als Rasha fünfzehn wurde, vollzog sich ein kompletter Wandel. Sie wurde verschlossen, aufsässig und geriet an die falschen Leute. Partys, Wodka, Kokain, der ganze pubertäre Dreck in der sogenannten besseren Gesellschaft. Esther und ihr Mann verloren die Kontrolle über ihre Tochter – und hier kommt ein Mann ins Spiel, der eine geradezu teuflische Rolle in dieser Familientragödie spielte.«

Olga zündet sich noch eine Zigarette an, dieses Mal lehnt Martin ab. Sie schaut auf die Statue der Mater dolorosa und wendet sich mit einem Seufzer ab. »Niemand konnte es wissen – weder Esther noch ihr Mann noch letztlich dieses dumme, junge Mädchen, das von dem Freund oder besser gesagt Bekannten ihres Vaters fasziniert war. Er bot den Eltern an, Rasha wieder auf die Reihe zu kriegen. Ihr eine kleine Rolle in einem seiner Filme zu geben, sie zu beschäftigen, damit sie eine Aufgabe hätte. Und Esther war ihm so dankbar. Ein wahrer Freundschaftsdienst, so dachte sie.«

»Emanuel Prader«, sagt Martin. Sie widerspricht ihm nicht, doch es gibt auch keine Bestätigung. Sie redet einfach weiter, jetzt wie in Trance. »Der falsche Freund begann eine Affäre mit der Fünfzehnjährigen, er versorgte sie mit Kokain und nahm sie mit auf Partys. Er war der Teufel, der schlimmste Verführer, und Esther und ihr Mann haben das zu spät begriffen. Als sie Rasha gegen deren Willen seinem Einfluss entzogen und sie da rausholten, kam sie erst einmal in ein Schweizer Internat. Rasha hasste ihre Mutter dafür, dass sie, wie sie meinte, ihr Leben zerstört hatte. Sie wollte nie wieder mit ihr sprechen und gab Esther die Schuld daran, dass ihr berühmter Freund sie längst vergessen hatte. Sie versuchte ein paarmal, mit ihm Kontakt aufzunehmen, doch die Drohungen Esthers und ihres Mannes hatten gewirkt, er wollte mit dem Mädchen nichts mehr zu tun haben.«

Es passt, denkt Martin, so wie er Prader kennengelernt hatte.

Olgas Stimme klingt rau: »Rasha hörte irgendwann auf zu essen. Als im Internat die Anorexie festgestellt wurde, war es schon fünf vor zwölf. Esther nahm ihr Kind mit nach Hause, versuchte es mit Ärzten und Psychologen. Sie hörte auf zu arbeiten, um vierundzwanzig Stunden präsent zu sein. Doch Rasha wollte einfach nicht mehr essen, letztlich nicht mehr leben. In einem schmalen Zeitfenster, in dem Esther sie nicht unter Beobachtung hatte, lief sie von zu Hause weg und stürzte sich vor einen Zug. Sie war sofort tot. Rasha wurde gerade mal sechzehn Jahre alt.«

Sie ist stehen geblieben und wendet ihm ihr Gesicht zu. Es ist so schmerzerfüllt, dass Martin gar nicht anders kann, als seine Arme um sie zu legen. Olga weint nicht, doch sie vergräbt ihr Gesicht in seiner Jacke, und er spürt, dass sie zittert.

»Rasha ist Ihre Tochter Fedora«, sagt er leise. Er versteht.

Olga löst sich von ihm, richtet ihre Haare, sieht an ihm vorbei in die Vergangenheit. »Meine Freundin Esther kam über den Selbstmord ihres Kindes nicht hinweg. Die Ehe zerbrach. Ihr Versuch, den Verursacher allen Leidens zur Rechenschaft zu ziehen, scheiterte. Also brach sie ihre Brücken ab und ging nach Graz. Um dort, ausgerechnet dort, wieder auf das Objekt ihres Hasses zu treffen. Was für ein absurder, tragischer Zufall das war! Und als sie ihn zur Rede stellte, und als er lachte, wahrhaftig darüber LACHTE, da beschloss sie, ihn zu töten. Auf eine etwas grausame Weise, das ist wahr. Dieses Narkotikum, von dem das Opfer völlig gelähmt wird, aber immer noch denken und fühlen kann. Ein lebendiger Toter, am Ende musste er Esther doch noch zuhören, und er konnte nicht mehr widersprechen, vor allem nicht mehr LACHEN. Sie ging weg, bevor er erstickte, sie wollte seinen Tod nicht mehr miterleben. Er konnte ja auch nicht mehr um Gnade flehen, um Vergebung. Es war zu spät … für alles!«

Sie stehen wieder vor der Statue der Mater dolorosa. Olga sieht zu ihr hoch, den Kopf zur Seite gelegt. »Man kommt irgendwann an das Ende des Leidens, glaube ich. Esther wollte nicht mehr Opfer sein. Ihre Tat war ein Akt der Befreiung, davon bin ich überzeugt. Und natürlich wird sie für immer im geheimen Gefängnis ihrer Schuld leben müssen.«

»Und da sie nicht bereut, wird ihr im christlichen Sinn nicht vergeben werden«, sagt Martin, der doch gar nicht religiös ist. Lächelt sie etwa?

»Ich wusste, dass Sie Esther verstehen, Martin Glück! Ich nehme an, die Obduktion von Emanuel Prader hat keinen Befund erbracht, der auf Fremdeinwirkung schließen lässt?«

»Nein«, sagt Martin, »aber es existiert die Einstichstelle, die den Professor dann doch die richtige Vermutung anstellen ließ. Aber es ist eben nur genau das – eine Vermutung, eine Theorie.«

Olgas feines, ein wenig grausames Lächeln. »Also wird es keine weiteren Ermittlungen im Fall Prader geben?«

Er sollte ihr darauf nicht antworten und tut es doch: »Ich denke nicht.«

Sie ist stehen geblieben und sieht ihn direkt an. »Dann kann ich morgen unbesorgt abreisen. Ich freue mich schon auf meine neue Aufgabe. Und danke, dass Sie mir so geduldig zugehört haben, Martin Glück. Sie sind ein netter Mann. Schade, dass wir uns nicht in einem früheren Leben kennengelernt haben.«

»Nett« ist ein Wort, dem Martin schon immer misstraut hat. Doch er lässt zu, dass sie ihm einen Kuss auf die Wange gibt, dafür muss sie sich auf Zehenspitzen stellen. »Gute Reise«, sagt er und schilt sich für die banale Phrase. Eines muss er noch loswerden: »Schuld ist ein Gepäck, das man überallhin mitnimmt und niemals aufgeben kann.«

Sie ist schon ein paar Schritte gegangen, als sie sich noch einmal umdreht. »Ich weiß. Aber ich reise mit leichtem Gepäck, Martin Glück. Da, wo ich hingehe, braucht man nicht mehr viel.«

Danach sieht er nur noch ihre schmale Gestalt, die sich durch den Kreuzgang entfernt. Ihre Schritte hallen, dann ist sie um die Ecke verschwunden. Martin greift sich unwillkürlich an die Nase. Die kleine Narbe wird nie ganz verschwinden und ihn immer an Olga erinnern.

Kapitel 22

Die Witwe und Olga begegnen sich am Flughafen Thalerhof, ohne einander zu erkennen. Gisela Prader trägt Schwarz und einen Hut mit Schleier, Olga eine Baseballmütze und eine dunkle Brille. Sie weiß nicht, dass Emanuel Prader mit nach München fliegen wird in einem Sarg aus Eschenholz. Olga wird in Deutschland umsteigen in den Flieger nach Istanbul und von dort mit dem Auto nach Syrien weiterreisen. Sie freut sich auf die Herausforderung, und sie weiß, dass es nichts zu fürchten gibt. Ein Jahr noch vielleicht, plus oder minus ein paar Monate, sagte der Kollege, der den Blutkrebs attestierte. Sie wird kaum Schmerzen haben, doch mit Sicherheit daran sterben. Das hat sie Martin Glück nicht erzählt, niemandem. Sie wird in das Flugzeug steigen und darauf vertrauen, dass ihr noch ein Jahr Zeit bleibt, sinnvoll zu leben. Es gibt nichts zu bereuen – oder alles. Olga reiht sich in die Schlange der Passagiere ein, die sich vor dem Abflugschalter drängen. »Pardon«, sagt sie, als sie der Frau in Schwarz versehentlich auf den Fuß tritt.

***

Martin Glück ist auf dem Weg von einer Zeugenbefragung zurück ins Büro. Ein neuer Fall, der als Suizid in den Akten verschwinden wird. Also kann er sich wieder dem ungelösten Tschetschenenmord widmen. Vielleicht findet er eine Spur – gemeinsam mit Felix, mit dem er in letzter Zeit ja doch gut zusammenarbeiten konnte. Am Karmeliterplatz bleibt er kurz stehen, um sein Handy zu checken. Keine Anrufe bisher, das enttäuscht ihn, schließlich hat er

Geburtstag. Sechsundvierzig Jahre – ein Grund zum Feiern? Zumindest seine Mutter und Romana hätten sich mit Glückwünschen melden können. Früher bekam man Geburtstagskarten per Post, damit ist es wohl auch vorbei.

Die erste und bisher Einzige, die ihm gratulierte, ist Gigi. Sie klingelte am Morgen Sturm und stand mit einer Flasche Champagner vor der Tür. Eine Umarmung, ein Kuss auf die Wange und ein fröhliches »Happy Birthday, Martin«. Keine Spur von Verlegenheit nach ihrer gemeinsamen Nacht in der Südsteiermark. Sie war wie immer, überschwänglich, fröhlich, der beste Kumpel, den man sich wünschen kann. Und so freute er sich einfach, dass sie daran gedacht hat, obwohl er es bei ihrem Ausflug nur in einem Nebensatz erwähnt hatte. Er lud sie spontan zu seinem Geburtstagsumtrunk im *Santa Clara* ein, zu dem Gigi nach dem letzten Vorhang gern kommen wollte. Ob man den Sex irgendwann wiederholt, könne ja offen bleiben. So leichthin sagte sie das, und Martin war froh, dass ihm diese Freundschaft – mit oder ohne – erhalten bleibt.

Mit schnellen Schritten biegt er vom Paulustor rechts ab. Er ist froh, ins Trockene zu gelangen. Das Wetter ist ungemütlich, windig und regnerisch, kein Kaiserwetter zu seinem Geburtstag. Doch als er in sein Büro kommt und ihm ein vielstimmiges »Herzlichen Glückwunsch, Martin« entgegenschallt, wird ihm gleich warm ums Herz. Die Kollegen gratulieren jetzt einzeln, jemand drückt ihm ein Glas Sekt in die Hand, und dann wird angestoßen. »Auf die besten Jahre, die coolsten Abenteuer und die verzwicktesten Morde!«

»Und auf die schönsten Frauen«, ergänzt Oberst Lammer mit einem Augenzwinkern. »Hast denn in Graz schon weiblichen Anschluss gefunden?«

»Wie man's nimmt«, Martin hebt die Schultern an und meint vage, dass es den einen oder anderen Flirt schon gebe. Jedenfalls seien die steirischen Frauen die feschesten und charmantesten von ganz Österreich. Applaus von den Kollegen – und besonders laut von den Kolleginnen.

Felix denkt an Martins Nachbarin, die Schauspielerin, die kurz zum Kreis der Verdächtigen gehörte, sagt aber nichts. Er selbst tindert jetzt und hat ein paar Dates, irgendwann, so hofft er, wird ihm die Eine begegnen, diese berühmte zweite Hälfte, die ihm noch im Leben fehlt.

Martin nimmt auch Glückwünsche zur Lösung der beiden Fälle entgegen und betont gleich, dass Felix einen tatkräftigen Beitrag geleistet habe. »Nur den Tod von Prader mussten wir zu den Akten legen. Laut Gerichtsmedizin eine natürliche Todesursache, die Leiche wurde freigegeben. Das Rätsel um die Einstichstelle wird wohl nie gelöst werden.«

Er kann lügen, ohne rot zu werden. Aber das Wissen, dass ein Mord ungesühnt bleibt, belastet ihn doch. Hätte er Olga nach ihrem Quasigeständnis verhaften müssen? Ja, sagt seine Polizistenstimme – und Nein die der Privatperson. Weil er ihren rasenden Zorn verstehen kann. Jeder, davon ist Martin überzeugt, ist unter gewissen Umständen zu einem Mord fähig. Und wenn es das Prinzip von Schuld und Sühne nicht gäbe, wäre das Gemetzel sicher gewaltig. Olga hat ihn mit ihrem Syrien-Einsatz bestochen, sie hat sich ihre Buße in gewisser Weise selbst auferlegt. Also beschwichtigt die Privatperson den Polizisten. Seine Zweifel wird er in jedem Fall für sich behalten.

Mit Alma Zoppot ist es anders. Kein Mitgefühl. Sie hat zwei Menschen ermordet, weil sie ihr lästig werden konnten. Wenn es zum Prozess kommt, wird Alma einen großen Auftritt hinlegen. Angeblich, so stand es in der Zeitung, hat sie den besten Strafverteidiger Österreichs mit ihrem Fall betraut. Almas Leben und ihre Taten füllen die Titelblätter der österreichischen Presse. Wörter wie »Ex-Filmstar« oder »Babymörderin« werden ihr nicht gefallen, denkt Martin. Grausame Ironie, dass jetzt genau das geschieht, was sie mit ihren Taten verhindern wollte.

Martin schaut auf sein Handy: Nun trudeln doch noch die Glückwünsche ein. Larissa schickt ihm Geburtstagsgrüße über WhatsApp, Franz wünscht ihm »Alles Gute« und hofft, dass Martin bald wieder nach Wien zurückkommt. Lotte sendet Herzchen und will später anrufen. Romana fragt, ob er ihr Geburtstagsgeschenk bekommen hätte? Hat er nicht, schreibt er zurück. »Kein Wunder, ich hab's erst gestern abgeschickt, mein hausgemachter Super-Kräuterlikör, und Bussi zum Sechsundvierzigsten!« Voicemail.

Und dann verlässt Oberst Lammer den Raum, alle sehen einander plötzlich so bedeutungsvoll an. Gerade, als Martin fragen will, was mit dem Chef los ist, kommt der mit einem länglichen schwarzen Koffer wieder zur Tür herein und geht auf Martin zu. »Das ist unser Gemeinschaftsgeschenk. Wir hoffen, dass daraus eine lebenslange Liebe wird, Martin. Alles, alles Gute.«

Martin bedankt sich und öffnet neugierig den Koffer. Schon als er einen ersten Blick riskiert hat, ist er sprachlos. Darin liegt golden glänzend der Traum seiner Jugend und ersten Erwachsenenjahre ... Ein Alt-Saxofon, nur leicht gebraucht, wie sein Vorgesetzter versichert.

»Jetzt musst du dir nur noch einen Sax-Lehrer suchen ... und irgendwann eine Band gründen und berühmt werden. So wie *Wanda*. Aber ich sag's dir lieber gleich: Der Weg dorthin wird nicht einfach sein.«

»Geh, spiel uns *Moon River* vor.«

»Na, *Moonlight in Vermont* g'fallt ma besser.«

»Ah geh, die alten Hadern! Improvisier was Modernes, Martin!«

Die Kollegen rufen lachend durcheinander. Martin hört sie nur von weit weg. Seine ganze Aufmerksamkeit ist auf das Instrument gerichtet. Vorsichtig streicht er mit den Fingern über die spiegelglatte Oberfläche, nimmt die einzelnen Teile heraus und überlegt, wie man sie zusammenstecken muss. Dann reißt er sich kurz von seinem Geschenk los, geht zuerst auf den Oberst zu und umarmt ihn, dann jeden der Kolleginnen und Kollegen. »Ich bin sprachlos«, sagt er.

»Des hamma g'merkt.«

In seiner kleinen Dankesrede verspricht er, zu seinem nächsten Geburtstag auf dem Saxofon ein Ständchen vorzutragen, dafür werde er eigens nach Graz kommen, von wo auch immer. Ein paar launige Worte zum Altern, die Jungen lachen am lautesten.

Er werde noch in dieser Woche einen Lehrer suchen und sich deswegen im Jazz-Laden umhören. Oberst Lammer meint, dass er eine gute Sax-Lehrerin in Weiz kenne, da müsse Martin halt die paar Kilometer fahren. Aber die sei geduldig mit Anfängern, und fesch sei sie obendrein. Er schreibt ihre Telefonnummer auf einen Notizblock.

Da läutet das Telefon. Die Zentrale meldet einen Raubüberfall in der Liebenau, jemand ist schwer verletzt. Felix macht sich gleich auf den Weg, und auch die anderen Kollegen verlassen Martins Büro.

»Du hast Geburtstag, warum gehst heut nicht früher nach Haus?«, sagt Lammer zu Martin. »Der Felix schafft das schon allein. Wir sehen uns dann eh alle bei deinem Umtrunk!«

***

Es regnet immer noch und ist richtig kühl geworden, als Martin mit seinem Instrumentenkoffer den Weg in die Burggasse antritt. Der Herbst hat Graz inzwischen umarmt. Und ihn, fragt er sich? Ist er mit sechsundvierzig schon ganz im Herbst angekommen? Oder erst mit fünfzig? Ob er es bis zur Halbzeit noch zu einer fixen Beziehung schafft? Er schaut kurz auf sein Handy. Keine Nachricht von Lily. Zum Geburtstag hätt sie ihm schon noch gratulieren können. Wurscht, er wird sich in nächster Zeit auf seine neue Liebe konzentrieren – das Saxofon.

Als er nach Hause kommt, ist es gerade einmal fünf. Noch zweieinhalb Stunden bis zum Umtrunk im *Santa Clara*. Zeit genug für ein Glas Sauvignon Blanc, erste Versuche auf dem Saxofon und einen Anruf bei der Lehrerin in Weiz. Er gießt sich gerade den Wein ein, da läutet sein Handy. Lily! Ein unerhebliches Ziehen in der Herzgegend. Ihre tiefe Stimme mit dem weichen Kärntner Slang: »Du, Martin, alles Liebe von mir. Glück, Gesundheit, Erfolg, was man so braucht im Leben.«

»Danke, Lily. Geht's dir gut?«

Kurzes Zögern, dann sprudelt es aus ihr heraus. »Na ja, i weiß nit so recht. Sophie ist von der Schule geflogen, und jetzt will sie für immer zu ihrem Vater nach Treviso. Der hat dort ein Hotel eröffnet. Und er hat mir einen Job angeboten als Sicherheitschefin. Also hab ich mir gedacht, ich nehm mir ein Karenzjahr und probier mal aus, wie das so ist in Treviso ...«

... und mit dem Kindsvater, denkt Martin, sagt aber nichts.

»Wir fahren übermorgen, Sophie und ich. Ich meld mich von unten, Martin. Mach's gut.«

Sie hat aufgelegt, bevor er auch nur piep sagen konnte. Martin schaut auf sein Telefon und fragt sich, was er jetzt spürt. Ein bisserl Wehmut, das darf sein. Schön war's mit Lily, kurz und fast schmerzlos.

Dann greift er zu seinem Geburtstagsgeschenk. Nimmt die einzelnen Teile des Instruments aus dem Koffer, steckt alles zusammen, und zuletzt befeuchtet er das Blatt mit der Zunge, wie er es bei Jazzmusikern gesehen hat. Nun legt er das Blatt auf das Mundstück und fixiert das Ganze mit der Blattschraube. Folgt der große Moment. Er holt tief Luft und bläst hinein.

Es kommt kein Ton.

GLOSSAR
steirisch – deutsch und überhaupt

umi	hinüber
auffi	hinauf
owi	hinunter
Beisl	Kneipe
Batzerl	kleine Menge
blede Dudl	blödes Ding
Schastackn	Schimpfwort f. altes Weib, hochdt. wörtl.: Furzunterlage
Polster	Kissen
notige Hascherln	bedürftige Wesen
g'selcht	geräuchert
hamdrahn	umbringen
Zezn	Mimose
Fuhr	Fahrt
Spompanadeln	Faxen, Scherereien
Brennsuppn	Mehlsuppe
dasig	verwirrt, benommen
Kumpf	Nase
Bahöl	Lärm, Wirbel
wurmen	sich ärgern, Ärger verursachen
damisch	schwindelig
gefladert	geklaut
Tratschn	geschwätzige Person
entrisch	unheimlich

Gfrett	Ärger, Mühe
Futzerl	kleines Stück
Pappn	Mund
hinich	kaputt
ang'rührt	beleidigt
Dodel	Trottel
Noagerl	Rest
Schnackerlstoßn	Schluckauf
weiße Mischung	Weißwein mit Mineralwasser

DIE FÄLLE DES WIENER CHEFINSPEKTORS MARTIN GLÜCK:

ERBEN = STERBEN?

Tante Sissys Ableben ist der Auftakt zu einer Reihe seltsamer Todesfälle. Große Summen sind im Spiel, und das Sterben der Erben fordert Chefinspektor Martin Glück heraus. Trotz seines Liebeskummers folgt er ihren kleinen, bösen Geheimnissen und stößt dabei auf allerlei Abgründe ...

Glück in Wien
978-3-86913-883-1
€ 14,00 [D] · € 14,90 [A]

KÄRNTEN, KUNST UND KALTE LEICHEN

Skiunfall, lange Reha und Beziehungsstress – Chefinspektor Martin Glück aus Wien hat genug: Befristet beurlaubt fährt er zur Entspannung an den Wörthersee. Mit der Ruhe ist es allerdings vorbei, als eine Wasserleiche durch die Vorsaisonidylle treibt. Kontrollinspektorin Lily Prokopp wächst die Sache schnell über den Kopf, und Martin Glück assistiert ihr gern. Bei den Ermittlungen bekommen es die beiden mit einer ganz besonderen Klientel zu tun, denn an »Österreichs teuerster Badewanne« wetteifern die Millionäre um die letzten Seegrundstücke – mittendrin die »rote Romana«, die ihre Gäste mit grauenhaften Kochorgien quält. Hat Martin am Ende das entscheidende Quäntchen Glück, nicht nur den Mordfall, sondern auch das Geheimnis um seinen verschwundenen Vater zu lösen?

Glück am Wörthersee
978-3-86913-631-8
€ 12,90 [D] · € 13,30 [A]